Frida Luise Sommerkorn

Whispering Dreams

Zwischen uns der Tag

NEISSUFER VERLAG

2. Auflage Juli 2025

Thrombergstraße 1, 02625 Bautzen

Lektorat: Dorothea Winterling M. A.
Bildmaterial: elements.envato, Adobe Stock; @tartila, freepik
Portraitfoto: Tine Jurtz, Dresden
Umschlaggestaltung: Anne Gebhardt Design
Layout und Satz: Dorit Schneider
Druck und Bindung: Booksfactory, Polen

ISBN: 978-3-910866-22-5

www.neissuferverlag.de

Für Eveli

Ich bin so glücklich, dich als meine Tochter zu haben.

Danke für deine ansteckende Fröhlichkeit,

für deine Geduld beim Zuhören,

für deine Kreativität
beim gemeinsamen Geschichten entwickeln.

Schön, dass es dich gibt!

Vorwort

Liebe Leserinnen, liebe Leser!

Habt ihr euch auch schon einmal gefragt, warum manche Träume so intensiv sind, dass wir sie noch den ganzen nächsten Tag hindurch spüren? Manchmal fühlt es sich sogar so an, als würde unser Körper darauf reagieren. Obwohl es doch nur *Träume* waren. Warum träumen wir oft so wirre Geschichten, die so gar nicht zu unserem Alltag passen wollen? Und wo befinden wir uns eigentlich, wenn wir träumen? Wer träumt da, wenn unser Körper im Bett liegt und sich erholt?

Leider kenne ich die Antworten auf all die Fragen auch nicht. Und ich bin mir nicht sicher, ob sie überhaupt jemand erschöpfend beantworten kann. Unterschiedliche Theorien besagen, dass wir in unseren Träumen *emotionale Ereignisse* verarbeiten, auf äußere Reize während der Schlafphase reagieren oder sogar Lösungen für manche unserer Probleme finden.

Schon immer hatte ich das Gefühl, dass mir diese Theorien zu wissenschaftlich sind. Irgendetwas in mir wollte an einen höheren Zusammenhang glauben. Deshalb möchte ich euch von meinen eigenen Träumen erzählen. Oder besser gesagt, meine Bücher erzählen davon. Denn einige meiner *Romanideen* habe ich in meinen Träumen selbst erlebt. Es ist schon manches Mal vorgekommen, dass ich morgens schnell zum Stift greifen musste, um die Geschichten nicht sofort wieder zu verlieren. Wie oft habe ich mich danach gefragt, woher diese Ideen kamen oder wer sie mir geschickt hat. Und vor allem, ob sie wirklich in meine Bücher Einzug halten sollten. Und wenn ja, in welcher Form?

Die Antwort darauf habe ich in einem Video von *Silke Schäfer*, einer Astrologin der neuen Zeit mit eigener Astrologie-Schule, erhalten, als sie über Shambhala gesprochen hat. Mich hat sofort fasziniert, dass wir nachts in unseren Träumen mit unserem Bewusstsein auf eine andere Ebene gehen und uns dort u. a. in Shambhala bei den Meistern der Weisheit schulen lassen. Klingt das nicht toll?

Daraufhin habe ich mir meine schon notierten und auch die folgenden Träume angeschaut und das Gefühl bekommen, dass sie mir etwas sagen wollen, mir etwas flüstern. So entstand die Idee zu meiner neuen Reihe *»Whispering Dreams«* (»Flüsternde Träume«).

Im ersten Teil »Zwischen uns der Tag« begibt sich meine Protagonistin Lucy in ihren Träumen nach Shambhala und erlebt eine Reise durch die Welt ihrer Gefühle. Doch warum werfen die nächtlichen Begegnungen so viele Fragen auf? Und wie beeinflussen sie ihr reales Leben? Lasst euch überraschen!

Ich wünsche euch von Herzen *traumhafte* Lesestunden!

Eure Frida Luise Sommerkorn

1

Sie streckte ihre Hand aus, um ihm näher zu sein. Und obwohl er weit entfernt am Ufer des Meeres stand, spürte sie seine Liebe, nahm wahr, wie alles um sie herum unwichtig wurde. Nur dieses überwältigende Gefühl strömte durch ihren Körper, der sich leicht und frei anfühlte.

Doch ihr Herz schwankte unentschlossen zwischen zwei Welten. Der Gedanke, zu ihm zu gehen, ihn zu fragen, ob das Flüstern der Hoffnung in ihr recht hatte, zog sie magisch an. Jeder Schritt in seine Richtung versprach Antworten. Aber was würde sie tun, wenn die Wahrheit ihre Ahnung zerschmetterte? Wenn die Funken, die sie zwischen ihnen spürte, nur ein Wunschtraum waren? Wenn er sich nicht als der entpuppte, für den sie ihn hielt?

Unentschlossen blickte sie zur Seite über hügelige Wiesen, die mit bunten Blumen übersät waren.

Bienen und Hummeln tanzten von Blüte zu Blüte, Vögel zwitscherten ihre markanten Lieder. Über allem spannte sich ein blauer Himmel. Sie roch das Salz des Meeres und hörte die Wellen, wie sie an den Strand rollten. Und obwohl sie glaubte, dass das nicht die Wirklichkeit sein konnte, denn so perfekt war das Leben nun mal nicht, gab ihr der Rhythmus der Natur Sicherheit. Sie fühlte sich geborgen, eingebettet in das große Ganze. Selbst als sie ihren Blick wieder auf den einsamen Mann am Meer richtete, blieb die unglaubliche Ruhe in ihrem Herzraum.

Nein, noch wollte sie sich ihre Illusion von ihm nicht zerstören lassen. Lieber genoss sie weiter dieses himmlische Gefühl. Sie wusste, dass sie noch nie etwas tiefer empfunden hatte als in diesem Moment. Als in allen Momenten, die sie hier verbrachte. Hier mit ihm. Und mit allem.

∞

Lucy öffnete die Augen. Der Traum löste sich in Luft auf. Was blieb, war die Sehnsucht nach der Leichtigkeit, nach dem Gefühl, alles erreicht zu haben, was nur möglich war. Nach nichts mehr streben zu müssen. Einfach nur zu sein.

Eine Träne löste sich aus ihrem Augenwinkel. Unwirsch wischte sie sie fort. Warum passierte ihr das denn immer und immer wieder? Früher hatte sie es geliebt zu träumen. Manchmal hatte sie sich noch Tage danach an ihre Träume erinnern können, sie sogar fühlen können. Aber diese hier steckten einfach fest. Es war, als ob sie nachts in einer anderen Welt leben würde, die tagsüber unerreichbar für sie war. Und die auch überhaupt nicht in ihren Alltag passte.

Lucy setzte sich im Bett auf. Diese Träume hatte sie mittlerweile mehrmals in der Woche. Und jedes Mal fiel es ihr schwerer, danach in ihre Routine zu finden. Vielleicht sollte sie doch mit Naima darüber reden. Bisher hatte sie nichts davon gesagt, weil sie die Angst davor spürte, dass es dann noch realer werden würde. Dass die Träume sie dann auch tagsüber intensiver begleiten würden. Schließlich war Naima der Meinung, dass nichts umsonst passierte, dass alles einer gewissen Ordnung folgte, die mit unserer Logik nichts zu tun hatte. Und mit nur einer einzigen Frage oder einem einzigen Denkanstoß konnte sie den Blick auf ein Thema plötzlich verändern. Lucy fühlte sich nach solchen Erkenntnissen jedes Mal, als hätte sich eine Tür aufgetan, die vorher noch nicht da gewesen war. Und wie oft hatte sie gespürt, dass hinter diesen Türen die Sonne viel heller schien. Das ganze Licht, das schon durch einen kleinen Spalt fiel, veränderte ihr Leben. Nicht im Großen und Ganzen, aber in kleinen Schritten. Blöd war nur, dass sie die Tür, die sie jetzt brauchte, um ihre Träume besser zu verstehen, nicht fand. Sie hatte das Gefühl, dass diese Türen immer erst erschienen, wenn Naima sie darauf aufmerksam machte. Aber warum denn? Wie konnte so etwas gehen?

Lucy rieb sich die Falte, die sich auf ihrer Stirn gebildet hatte. Sie wusste, dass sie sich die Tür, die ja als Lösung für etwas stand, nicht mit Wut im Bauch vorzustellen brauchte. Wut oder Angst hatten noch nie viel zutage gefördert. Höchstens Verwirrung. Aber verwirrt war sie auch jetzt schon.

Ein tiefer Seufzer löste sich aus ihrer Brust. Erschrocken horchte Lucy in die Stille hinter dem Vorhang. Sie hörte nur ein leises Schmatzen, was bedeutete, dass Stella noch tief und fest schlief. Ach, ihre Kleine war ihr ganzes Glück. Stella schaffte es mit ihrer Fröhlichkeit immer wieder, sie aus ihren Gedanken zu holen. Und leider tauchten die immer noch häufig auf, auch wenn sie sich verändert hatten. Anfangs waren sie noch voller Hoffnung gewesen, dann war die Wut gekommen und schließlich die Traurigkeit. Die war am schlimmsten, weil sie sie immer wieder mit aufgesetzter Hoffnung verscheuchen wollte. Aber gab es denn überhaupt noch Hoffnung? Alles schmerzte, wenn sie daran dachte, diesen letzten Funken loszulassen.

Bevor diese Gedanken jetzt wieder die Oberhand gewannen, schlug Lucy ihre Bettdecke zurück und setzte die Füße auf den kleinen Teppich, der vor ihrem Bett lag. Sie liebte das flauschige Gefühl. Während ihre Zehen mit den Schlingen des Teppichs spielten, schaute sie aus dem Fenster. Der Morgen kündigte sich mit einem zarten rosa Licht an, was bedeutete, dass es noch nicht mal sechs Uhr war. Ein Blick auf ihren Wecker bestätigte ihre Vermutung. 5:55 Uhr, eine Engelszahl, würde Naima sagen.

Okay, wenn sie schon so früh wach war, dann konnte sie den Tag auch am Strand begrüßen. Voller Vorfreude sammelte sie ein paar Kleidungsstücke zusammen und schob den Vorhang zur Seite. Hier begann das Kinderzimmer. Vor mittlerweile sieben Jahren hatten sie die Wohnung angemietet. Eigentlich war dieser Raum das Wohnzimmer gewesen. Dann gab es noch eine geräumige Küche, ein kleines Schlafzimmer und ein Minibad. So klassisch hatten sie es auch anfangs bezogen. Aber dann war Stella gekommen und das Kinderbettchen hatte nicht ins Schlafzimmer gepasst. Also war nichts anderes übrig geblieben, als diesen Vorhang im Wohnzimmer aufzuhängen und dahinter ihre Schlafstätte einzurichten. Die ausladende Couch, ein kleiner Tisch und der Fernseher hatten im Schlafzimmer Platz gefunden. Klein, aber kuschelig. Mittlerweile hatte sie die große Couch gegen eine kleinere getauscht, den Fernseher verschenkt und dafür ein wunderschönes Highboard aus einer Haushaltsauflösung erstanden. Es war aus Fichtenholz und hatte an den Türen filigrane Schnitzereien. Natürlich sah man ihm die Jahre an, aber genau die machten seinen Charme aus.

Lucy schüttelte den Kopf und blinzelte ihre Gedanken weg. Wenn sie wollte, konnte sie sich stundenlang in ihnen verlieren. Aber das hatte ihr noch nie gut getan. Und heute war ihr letzter Urlaubstag, den wollte sie mit Stella und bei bester Laune verbringen.

Sie lief auf Zehenspitzen zum Bett ihrer Tochter und strich ihr vorsichtig eine blonde Locke aus dem Gesicht. Wieder schmatzte Stella und drehte sich zur Seite. Gut! Das hieß, dass sie nicht so schnell aufwachen würde. Lucy griff nach dem kleinen Kuscheltier-Affen und setzte ihn auf das Fensterbrett. Das war das vereinbarte Zeichen, dass Lucy nur kurz unterwegs war und gleich wiederkommen würde. Stella war sowieso kein ängstliches Kind, aber seit der Vereinbarung fühlte sich Lucy besser, wenn sie sich morgens wegstahl. Diese kleinen Auszeiten beim Sonnenaufgang gehörten seit vier Jahren, zwei Monaten und sieben Tagen zu ihrem Leben.

Nein, jetzt nicht wieder in den Gedanken verheddern! Lucy schlüpfte ins Bad und zog sich eilig an. Dann nahm sie ihre Jacke und den Schlüssel und schob die Wohnungstür leise hinter sich zu. Nachdem sie ihr Fahrrad aus dem vollen Keller befreit hatte, atmete sie vor der Haustür tief ein und aus. Sie liebte diesen Moment, wenn die frische, salzige Luft in ihre Lungen drang. Die Jahreszeit spielte dabei keine Rolle. Im Winter erfrischte sie die Kühle, im Herbst mischte sich ein erdiger Geruch dazu und im Frühjahr die ersten Blütendüfte. Jetzt, wo sich der Sommer ankündigte, spürte sie mit jedem Atemzug die wohlige Wärme, die der Tag bringen würde.

Mit einem Lächeln auf den Lippen stieg Lucy auf das Rad. Sie fuhr an den Mehrfamilienhäusern, die alle im gleichen rötlichen Ton gestrichen waren, vorbei, überquerte einen kleinen Platz, an dem auch Stellas Kindergarten lag, und bog am Ende der Straße links ab. Sie trat kräftiger in die Pedale, so gut es die

Pflastersteine zuließen. In der Ferne konnte sie schon den kleinen Campingplatz von Dranske sehen.

Lucy stellte ihr Rad an der Rezeption, die noch nicht besetzt war, ab und lief zwischen den Wohnmobilen auf das Meer zu. Noch herrschte eine verschlafene Ruhe bei den Campern. Als sie das kleine Wiesenstück überquert hatte, blieb sie kurz stehen. Dieser Moment war immer wieder wie Achterbahn fahren. Einerseits liebte sie den ersten Blick auf die heute nur leicht bewegte See, andererseits traf sie die Trauer so heftig, dass ihr schwindelte. Meistens ließ sie die Traurigkeit nicht zu, verdrängte alle Gedanken daran und redete sich ein, dass doch noch alles gut werden würde. Aber heute spürte sie, dass sich das betrübte Gefühl in ihr Herz genistet hatte.

Vorsichtig setzte Lucy einen Fuß auf den steinigen Strand. Sie war schon einige Male voller Übermut auf dem feuchten Geröll ausgerutscht. Auf Zehenspitzen umrundete sie die kleine Felsengruppe und setzte sich an deren Ende auf eine der runden Kuppen. Hier fühlte sie sich von hinten geschützt und hatte doch freien Blick auf das Meer.

Auf den hölzernen Buhnen zu ihrer Linken hatten sich unzählige Vögel versammelt und gaben ihr Morgenkonzert. Dahinter lag die Insel Hiddensee. Mit klopfendem Herzen ließ sie ihren Blick weiter über die See schweifen und entdeckte den ersten Fischer.

Übelkeit flutete ihren Körper. Als könne sie die nächsten Reaktionen aufhalten, legte sie eine Hand auf ihren Herzbereich und versuchte, tief ein- und auszuatmen. Das hatte ihr Naima empfohlen. Trotzdem begann sie zu zittern. Erst nur der Atem, dann ihre Schultern und schließlich der ganze Körper. Sie wollte das nicht, wollte endlich abschließen. Aber alles in ihr weigerte sich.

»Aaron, wo bist du?«, flüsterte sie unter Tränen. »Sag mir, was ich tun soll!«

Lucy vergrub ihr Gesicht in den Händen. Sie wusste, dass sie die Erinnerung an diesen schrecklichen Tag niemals vergessen würde. Aaron war wie immer noch am späten Abend aufgebrochen. Er hatte der schlafenden Stella, die damals noch so winzig war, über den leicht verschwitzten Kopf gestrichen und ihr einen Kuss auf die Stirn gegeben. Danach hatte er sich noch für einen Moment neben Lucy gelegt und ihr ins Ohr geflüstert, dass er viel lieber bei ihr bleiben würde. Bei ihr und ihrer süßen Tochter.

Lucy hatte ihn fest an sich gedrückt. Er hatte so gut gerochen. Eine Mischung aus herbem Duschbad, Bratkartoffeln und Meeresluft. So roch nur Aaron.

Auch sie hatte an dem Abend das Gefühl, ihn nicht gehen lassen zu wollen. Aber natürlich war sie vernünftig gewesen, hatte es ihm nicht gesagt. Irgendwann hatte er ihr noch einen heißen Kuss auf die Lippen gedrückt und sich mit einem Zwinkern verabschiedet. »Bis morgen früh, Lucy-Schmetterling! Flieg verträumt durch die Nacht.« Das waren die letzten Worte gewesen, die sie je von ihm gehört hatte.

Was ab dem nächsten Tag passiert war, lag unter einer dicken Nebelschicht verborgen. Sie konnte sich nur noch an Bruchstücke erinnern. Vera, die Frau von Aarons Kollege Mats, mit dem er immer raus aufs Meer fuhr, hatte plötzlich Sturm geklingelt. Andere Fischer hätten beim Reinkommen vom nächtlichen Fang das gekenterte Boot gefunden. Von Aaron und Mats keine Spur.

So schnell es damals möglich war, hatte sie Stella angezogen und war mit Vera zum Hafen von Breege gefahren, wo die Fischer eingelaufen waren, die Aarons Boot gefunden hatten. Es hieß, dass deutsche und dänische Seenotretter, die Wasserschutzpolizei und sogar ein Rettungshubschrauber im Einsatz waren, es bisher aber noch keine Spur der beiden Fischer gegeben habe.

Und dann hatten sie Mats gefunden. Zwischen Wrackteilen trieb er tot im Wasser. Er hatte sogar einen Rettungsring umgelegt, der ihm jedoch das Leben nicht hatte retten können.

Zu dem Zeitpunkt war Lucy noch immer voller Hoffnung gewesen, dass es Aaron in die Rettungsboje geschafft hatte und die weit abgetrieben war. Doch die große Frage unter den Fischern lautete: Warum hatte es keinen Seenotfunk gegeben?

Irgendwann war Naima neben Lucy aufgetaucht, hatte ihr die schreiende Stella abgenommen und sie zu ihrem Auto geschoben. In den Tagen danach war Lucy selten wach gewesen. Was auch immer ihr Naima gegeben hatte, es hatte Wunder gewirkt. Allerdings kam das böse Erwachen, schließlich hatte sie irgendwann wieder mit dem Weiterleben beginnen müssen. So gut es ging, hatte sie sich von allen ferngehalten, wollte keine Nachrichten übermittelt bekommen. Als dann aber doch eines Tages Vera wieder vor ihrer Tür stand und ihr mitgeteilt hatte, dass sie die Suche nach Aaron einstellen würden, hatte Lucy gefühlt, wie irgendetwas in ihr gestorben war. So als wäre eine Tür zugefallen, zu der es keinen Schlüssel gab.

Ihre Eltern waren in der Zeit oft aus Berlin zu Besuch gekommen, um sie zu unterstützen. Freundinnen hatten ihr Hilfe angeboten, aber ohne Naima hätte sie die Zeit nicht überlebt.

Lucy schluchzte ein letztes Mal und wischte sich über das tränennasse Gesicht. Das alles lag nun schon über vier Jahre zurück und trotzdem fühlte sie es, als wäre es gestern gewesen. Niemand hatte seit damals etwas von Aaron gehört. Natürlich glaubten alle, dass das Meer ihn verschluckt hatte. Aber sie nicht. Sie müsste es doch spüren, wenn er nicht mehr da wäre. Nein, ihre Hoffnung blieb hartnäckig! Vielleicht war er doch irgendwo gestrandet oder gefunden worden? Sicher konnte er sich einfach an nichts erinnern und wurde seitdem von lieben Menschen umsorgt. Und irgendwann würde seine Erinnerung wiederkehren und er zu seiner Familie zurückkommen. Ja, genau so würde es sein. Die Einwände von anderen, dass alle angrenzenden Länder von dem Fischerunglück wussten und sich sicher denken konnten, wer der vermisste Mann war, ließ sie nicht an sich heran. Die hatten doch keine Ahnung.

Energisch stand Lucy auf und bewegte ihre steifen Beine. »Komm endlich nach Hause, Aaron«, rief sie dem Meer noch einmal entgegen, dann machte sie sich wieder auf den Weg in ihre Wohnung.

Als sie später leise die Tür zum Kinderzimmer öffnete, kniete Stella in ihrem Bett und schaute aus dem Fenster.

»Hey, mein Sternchen, du bist ja schon wach!«, rief Lucy.

»Mama, ist heute Steineklapperwetter?«, fragte Stella, ohne sich umzudrehen.

Lucy schmunzelte. Was war ihre Tochter nur für ein Schatz. Und wie oft hatte sie schon gedacht, dass sie von Stella einiges lernen konnte. Zum Beispiel dieses tiefe Urvertrauen. Andere Kinder machten ein Riesentheater, wenn sie mal allein bleiben sollten. Auch viel ältere Kinder. Und Lucy konnte das so gut verstehen. Die Erinnerung an früher, wenn ihre Eltern abends mal nur zu zweit etwas unternehmen wollten und sie allein zuhause schlafen sollte, spürte sie jetzt noch als Angstklumpen im Magen.

Stella war anders. Als Lucy sie einmal darauf angesprochen hatte, ob sie denn keine Angst alleine zuhause hätte, hatte ihre Tochter sie verständnislos angeschaut und gefragt, wovor sie denn Angst haben sollte. »Mama, du kommst doch immer wieder zu mir zurück. Und ich bin ja nicht wirklich allein«, erinnerte sich Lucy an Stellas Worte.

Aber als Lucy noch einmal nachgefragt hatte, was sie denn damit meinte, dass sie nicht allein wäre, hatte sich Stella schon wieder ihrem Spiel zugewandt. Manchmal war ihr ihre Tochter ein Rätsel. Allerdings ein sehr süßes, wie sie auch jetzt wieder feststellen musste.

Lucy kniete sich hinter ihre Tochter und umschlang sie mit ihren Armen. Dabei drückte sie ihr einen Kuss auf die noch bettwarme Wange.

»Heute ist auf jeden Fall Steineklapperwetter«, antwortete sie. »Ich war schon am Strand und ich denke, wir sollten gleich dort picknicken. Was meinst du?«

»Au ja!«, rief Stella und wirbelte herum. Sie legte ihre kleine Hand auf Lucys Wange. Das hatte sie schon immer getan. Und Lucy dabei mit ihren großen blauen Augen gemustert. Aufgefallen war das Lucy, als Stella etwa ein Jahr alt gewesen war. Damals, als Aaron gerade verschwunden war, da hatte es angefangen. Und irgendwie hatte es Stella immer geschafft, dass sich Lucy danach besser gefühlt hatte.

»Bist du wieder traurig?«, fragte Stella jetzt.

Lucy schluckte. Sie nickte leicht, denn vormachen konnte sie ihrer Tochter sowieso nichts.

»Du warst wieder bei Papa.« Stella legte ihr Köpfchen schief und schaute ihr direkt in die Augen.

»Ach, mein Stern, der Papa ist doch noch irgendwo auf dem Meer unterwegs. Ich wünsche mir eben, dass er bald zu uns zurückkommt und ...« Lucy atmete tief ein und aus. Was sollte sie noch dazu sagen, was sie nicht schon zig Mal gesagt hatte.

»Mama, dem Papa geht es gut. Er ist doch bei uns. Sei nicht so traurig!«

Jetzt hatte Lucy Mühe, die Tränen herunterzuschlucken. Sie wollte nicht weinen. Und irgendwie begann allmählich Ärger in ihr aufzusteigen. Aaron war eben nicht da. Sie musste alles alleine stemmen. Alleine leben. Das war so nicht vorgesehen. Sie hatten sich gemeinsam ihre Zukunft ausgemalt. Es hatte keine Pläne gegeben, dass sich einer aus dem Staub machen konnte.

»Ja, bestimmt ist er da«, murmelte sie und löste sich von Stella. »Komm, wir suchen dir jetzt was zum Anziehen raus und packen die Sachen fürs Picknick.«

Eine knappe Stunde später saßen sie auf einer Decke am Strand und hatten ihr Frühstück ausgebreitet. Auf dem Weg hierher hatten sie noch bei Gesa in der Bäckerei ein uriges Roggenbrot gekauft. Das aßen sie beide am liebsten. Und wie immer hatte Stella ein Milchhörnchen auf die Hand bekommen.

Stella saß im Kniesitz, wie nur Kinder es konnten, knabberte an ihrem Hörnchen und lauschte dem Meer.

»Die klappern nicht bei jeder Welle«, sagte sie plötzlich. »Weil nicht jede Welle gleich stark ist.«

Lucy riss sich aus ihren Gedanken. »Hm«, machte sie und konzentrierte sich auf das Steineklappern. Das hatte sie selber schon als Kind fasziniert. Durch den steinigen Strand und bei einer bestimmten Windstärke rollten die Wellen scheinbar klappernd an den Strand. Dabei kullerten einfach die losen Steine über den Untergrund. Woanders war ihr dieses Geräusch nie aufgefallen. Nur hier am Strand um Dranske herum.

»Stimmt, du hast recht. Es klappert nicht jede Welle«, antwortete sie. »Stella, sag mal«, nahm sie ihre Gedanken von eben wieder auf. »Hat dir das Naima gesagt, dass der Papa immer bei uns ist?«

Stella schnaufte leise und schaute ihre Mama an. »Warum soll mir das Naima sagen? Aber weißt du was, du kannst sie gleich selber fragen. Dahinten kommt sie.« Damit sprang Stella auf und rannte Naima entgegen.

Auch Lucy stand auf und klopfte sich den Sand von den Hosenbeinen. Hier ging irgendetwas Eigenartiges vor. Sie war sich ganz sicher, dass Naima erst aufgetaucht war, als Stella ihr schon entgegenlief. Also, woher hatte ihre Tochter gewusst, dass ... Lucy seufzte. Es war ja auch egal. Ihre morgendliche Traurigkeit hatte sich mal wieder wie ein zu enges Band um ihre Brust gelegt. Wahrscheinlich war sie heute einfach nicht zurechnungsfähig. Hoffentlich besserte sich ihr Zustand bis morgen, denn dann war der Urlaub vorbei, Stella musste in den Kindergarten und sie zur Arbeit. Aber noch konnten sie den Tag genießen. Und das nahm sie sich ganz fest vor. Mit einer schützenden Hand über den Augen schaute sie Naima und der neben ihr hopsenden Stella entgegen.

2

»Stella, bringst du das raus auf den Gartentisch?«, fragte Naima und drückte Stella drei Teller in die Hand. Auf den Tellern lagen die Löffel und Servietten.

Als das Mädchen, wie immer hüpfend, den Raum verlassen hatte, wandte sich Naima an Lucy: »Und nach dem Essen erzählst du mir, was dich heute so bedrückt.« Sie lächelte, legte Lucy eine Hand auf den Rücken und schob sie, bevor sie protestieren konnte, in den Garten. Auf der anderen flachen Hand balancierte sie einen großen Topf.

»Aber nur, wenn du den Topf auf deinem Kopf trägst«, murmelte Lucy und ließ sich widerstrebend in den Garten schieben.

»Nichts leichter als das«, lachte Naima. Schon saß der Topf auf ihrem mit Rastalocken frisierten Kopf.

Stella lachte quietschend. »Das kann ich auch!«

Sie nahm einen Teller und setzte ihn ebenfalls auf ihren Haarschopf.

Doch noch ehe sie die Hände lösen konnte, hatte Lucy den Teller gegriffen. »Es reicht, wenn mein Geschirr ständig zu Bruch geht, lass bitte Naimas schöne Teller leben.«

»Och menno, ich kann das doch«, maulte Stella.

»Jetzt lass doch deine Tochter mal probieren, ob sie es schafft. Du wirst sehen, hier geht nichts zu Bruch.« Naima lächelte Stella aufmunternd zu.

Lucy ließ sich auf einen der Gartenstühle fallen. »Von mir aus. Ist ja dein Geschirr.«

»Eben!«

Während Stella immer wieder probierte, den Teller auf ihrem Kopf zu halten, gab Naima ihr Tipps zur Körperhaltung.

Seufzend schaute Lucy zu. Was war nur mit ihr heute los? Sie konnte sich doch noch genau daran erinnern, dass ihr solche Spielchen mit Naima früher auch immer Spaß gemacht hatten. Und jetzt benahm sie sich wie eine Spielverderberin. Sie verteilte die anderen Teller auf dem Tisch, legte Servietten und Löffel daneben und hob den Deckel vom Topf. Mhm, Rote-Linsen-Curry, das mochte sie bei Naima am liebsten. Wobei eigentlich immer alles schmeckte.

Eben immer anders als bei ihren Eltern zuhause. Vielleicht war es deshalb schon lecker. Nicht, dass ihre Eltern nicht auch gut kochen konnten, aber Lucy mochte die klassische deutsche Küche nicht so sehr. Und ihre Eltern liebten es herzhaft und fettig mit viel Fleisch.

Lucys Gedanken blieben in der Vergangenheit hängen. Wie lange kannte sie Naima eigentlich schon? Zwanzig Jahre? Bestimmt! Sie konnte sich nicht erinnern, sie irgendwann kennengelernt zu haben, denn sie hatte schon immer zu ihrem Leben gehört.

Jetzt fiel ihr ein, dass ihre Mutter ihr einmal erzählt hatte, dass sie Naima bei einem Kochkurs das erste Mal getroffen hatten. Lucy schmunzelte. Was sollte denn das für ein Kurs gewesen sein? Auf alle Fälle nicht nachhaltig, so unterschiedlich wie ihre Geschmäcker waren.

Noch immer tobten Stella und Naima durch den Garten. Auch so etwas, was es bei ihren Eltern nicht gegeben hätte. Wenn das Essen auf dem Tisch stand, mussten sofort alle Platz nehmen. Naima war das egal. Sie kam irgendwie mit jeder Situation zurecht. Überhaupt lebte sie wie eine Exotin zwischen den ganzen Nordlichtern. Ihr Haus erinnerte Lucy an das Hexenhaus der Baba Jaga. Das reetgedeckte Dach schien viel zu groß zu sein für das weißgetünchte Haus mit den roten Fenstern. Auf sämtlichen Fensterbrettern standen Kräuter, blühende Pflanzen, Figuren oder Gefäße. Die größeren Exemplare thronten vor den Fenstern auf dem Boden, gefüllt mit besonderen Steinen, aus denen ebenfalls Kräuter wuchsen, mit Erdbeerpflanzen, die gerade blühten, oder riesigen Kakteen. Wie in einem Fluss ging die wilde Mischung nahtlos in den Garten über. Zwischen verschiedenen Sträuchern wuchsen unterschiedliche Stauden, die im Jahresverlauf mit ihrem Farbspiel glänzten. Sommerblüher und Heilpflanzen rundeten das Ganze ab. In Naimas Garten gab es immer etwas zu ernten oder einfach von der Wiese zu essen. In jedem Salat landeten Löwenzahnblätter, Schafgarbe oder Gundermann. Das waren zumindest die drei Kräuter, die sich Lucy merken konnte. Und Gänseblümchen!

Aus den Ringelblumen machte Naima eine Salbe, aus Arnika Tinkturen und aus Lavendel verschiedene Öle. Natürlich durften die Tees nicht fehlen, für die sie das ganze Jahr über Blüten und Blätter sammelte. Aber das alles nur für den Hausgebrauch, denn ihr Geld verdiente Naima mit Hexerei. So nannte sie es selber. Eigentlich war es jedoch viel mehr. Sie stellte Horoskope aus, legte Karten, arbeitete mit

Numerologie oder Human Design. Als Lucy noch klein war, hatte sie ab und an zuschauen dürfen, wenn die Kundinnen nichts dagegen hatten. Besonders spannend hatte sie es immer gefunden, wenn Naima ihre Glaskugel befragt hatte. Lucy hatte dann immer versucht, auch etwas in der schön leuchtenden Kugel zu sehen, aber das konnte wohl nur Naima.

»Puh, jetzt reicht's, ich habe Hunger«, rief Naima in dem Moment und setzte sich neben Lucy. Stella rückte mit ihrem Stuhl ganz nah an Naima heran.

Auch daran konnte sich Lucy erinnern. Früher wollte sie immer in Naimas Nähe sein. So als könnte sie bei ihr Kraft tanken.

Lucy gab allen dreien Curry auf den Teller und dann genossen sie die Stärkung.

»Ein bisschen süß, ein bisschen scharf, sehr gesund. Stimmt's?«, nuschelte Stella mit vollem Mund.

»Ganz genau«, antwortete Naima und zwinkerte Lucy zu.

»Wie läuft eigentlich dein Geschäft?«, fragte Lucy. »Gibt es noch genug Leute, die sich ihre Zukunft voraussagen lassen wollen?«

Naima leckte genüsslich ihren Teller ab, dann nickte sie breit grinsend. »Schätzchen, die Zukunft voraussagen ist mittlerweile der kleinste Teil meiner

Arbeit. Die Menschen sind jetzt an ganz anderen Sachen interessiert. Natürlich geht es auch um ihre Zukunft, aber sie wollen präziser wissen, warum manche Dinge gerade in ihrem Leben passieren und wie sie darauf reagieren können. Das ist viel spannender und macht mutiger.«

»Dann brauchst du deine Glaskugel also gar nicht mehr?« Lucy gab noch eine Kelle Curry auf ihren Teller.

Mit ihrer dunklen und etwas rauen Stimme lachte Naima laut los. »Die Glaskugel hat es dir früher schon angetan.« Sie gluckste noch einmal, dann holte sie tief Luft. »Soll ich dir ein Geheimnis verraten? Oder besser gesagt: euch?«, legte sie schnell nach, als Stella sich mit großen Augen zu ihr beugte. »Aber ihr müsst mir versprechen, es niemandem zu verraten. Großes Ehrenwort!«

Stella und Lucy nickten feierlich.

Wieder gluckste Naima, bevor sie weitersprach. »Ich sehe in der Glaskugel überhaupt nichts«, flüsterte sie.

»Wie, du siehst nichts? Warum benutzt du sie dann?«, fragte Lucy entrüstet. Klar war ihr das schon immer wie Humbug vorgekommen, aber dass Naima das jetzt so offen zugab, war schon komisch.

Stella sagte nichts dazu, schaute Naima nur grinsend an. Wusste sie etwas, das Lucy bisher entgangen war?

»Ach, du Süße, ich schaue doch nicht mit den Augen!«

Jetzt war Lucy komplett verwirrt. »Womit dann?«

»Mit dem Bauch?«, fragte Stella flüsternd.

So, wie sie es sagte, hatte Lucy das Gefühl, als wüsste sie, wovon sie sprach.

»Das kann man so sagen, meine Kleine. Du auch?«

Stella legte ihren Kopf schief und überlegte kurz. Dann zuckte sie mit den Schultern. »Ich weiß nicht.«

»Macht nichts, das musst du auch nicht wissen. Eigentlich ist es Intuition. So könnte man sagen. Bilder, die auftauchen. Oder Farben. Immer ein bisschen anders. Kommt auf mein Gegenüber an.«

Lucy versuchte, sich das vorzustellen. Dass Naima die Zukunft der Menschen nicht in der Glaskugel gesehen hatte, war ihr irgendwie schon klar gewesen, aber dass sie so gar nichts gesehen haben sollte, war doch neu. Intuition leuchtete ihr ein.

»Ich geh zu den Schildkröten«, rief Stella plötzlich und flitzte los.

Die beiden Frauen schauten hinterher. Eine Weile sprach keine von ihnen.

»So, und jetzt erzählst du mir, was dir heute so aufs Gemüt schlägt«, sagte Naima schließlich und legte ihre Hand auf Lucys Unterarm.

Von der plötzlichen Frage wurde Lucy ganz heiß. Sie entzog Naima ihren Arm und widmete sich dem Rest ihres Essens. »Da gibt's nicht viel zu erzählen«, murmelte sie mit vollem Mund.

Naima schwieg und schaute sie nur an.

Lucy seufzte innerlich. Das hatte Naima schon immer gut gekonnt. Gucken und schweigen, bis endlich jemand anderes etwas sagte.

»Na ja, ich war heute früh auch schon mal am Strand«, begann Lucy schließlich.

Naima nickte lächelnd.

»Und ... ist ja klar, dass ich da an Aaron gedacht habe. Du weißt doch, dass mich das immer durcheinanderbringt.« Lucy schob sich den letzten Löffel Curry in den Mund.

»Durcheinander, ja. Und traurig sicher auch. Aber so leicht reizbar warst du eigentlich nie. Das habe ich in letzter Zeit schon hin und wieder bei dir festgestellt. Willst du es nicht doch loswerden?«

Lucy wusste, dass sie nein sagen konnte. Naima würde das akzeptieren und nicht weiter nachfragen. Andererseits war Naima die Einzige, der sie davon erzählen würde. Wahrscheinlich würde es ihr sogar guttun. »Ich habe wieder komisch geträumt.« Sie blickte über die Wiese auf den Fliederbusch, der noch die letzten weißen Blüten hervorzauberte.

»Das ist spannend! Möchtest du mehr erzählen?«

Als Lucy Naima anschaute, strahlten deren Augen, als könnte sie gleich ein Geschenk öffnen.

»Es war nicht so schön, wie du jetzt vielleicht denkst. Eigentlich sogar nervig. Den Traum hatte ich nicht zum ersten Mal.«

Naima nickte aufmunternd. »Noch spannender!«

»Ich stehe auf einer Wiese, glaube ich. Aber eigentlich ist das unwichtig, weil ich alles unfassbar gut spüre. Um mich herum ist es wunderschön und ich fühle mich, als könnte ich die ganze Welt umarmen.« Lucy hielt kurz inne.

»So als wärst du mit allem verbunden«, flüsterte Naima. Sie hatte sich zurückgelehnt und die Augen geschlossen. Ein Lächeln umspielte ihre Lippen.

»Ja, so ungefähr. Und verbunden ist das Stichwort. Da ist nämlich ein Mann. Der steht ganz weit weg und trotzdem hebe ich meine Hand und habe das Gefühl, ihn berühren zu können. Wie soll das denn gehen, wenn er so weit weg ist? Aber in dem Traum war es eben möglich. Und es hat sich einfach nur herrlich angefühlt. Verstehst du? Jedes Mal wache ich aus diesem beschissenen Traum auf und bin am Boden zerstört. Der Mann kann doch nur Aaron sein. Naima, will er mir eine Botschaft senden? Lebt er noch? Will er, dass ich ihn suche oder irgendwo abhole? Aber ich kenne den Ort nicht. Da war ich noch nie.« Lucy schluchzte auf und legte die Hände vor das Gesicht. Sie hatte nicht weinen wollen. Heute früh war genug gewesen.

»Meine Süße, lass die Tränen ruhig fließen. Sie werden dich noch eine ganze Weile begleiten.« Naima stellte sich hinter Lucy und legte die Hände auf ihre Schultern. »Erzähl mir mehr von dem Ort, an dem du warst. Du hast gesagt, dass da eine Wiese war. Was siehst du noch?«

Lucy schniefte. Sie wischte sich die Tränen von den Wangen. »Ich weiß nicht. Das sah alles ganz normal aus, war aber gleichzeitig wunderschön.«

Naima beugte sich zu Lucy herunter und gab ihr einen Kuss auf den Haarschopf. »Weiter! Erinner dich!«

Jetzt holte Lucy tief Luft und schloss die Augen. »Berge! Rundherum waren Berge. Oben lag sogar Schnee. Darüber strahlte der blaue Himmel. Allerdings kann ich mich nicht erinnern, die Sonne gesehen zu haben. Hm ... das Meer habe ich rauschen hören. Und da war ein Dorf mit Menschen. Weiter weg. Und dahinter ...« Ruckartig setzte sich Lucy auf und stieß mit ihrem Kopf gegen Naimas Kinn. »Dahinter war ein riesiges Haus. Oder warte ... nein, das war ... so eine Art Tempel. Und der strahlte, als würde doch die Sonne auf ihn scheinen. Ich hab gar nicht mitbekommen, dass ich das alles wahrgenommen habe. Eigentlich hatte ich nur Augen für Aaron. Aber der stand mit dem Rücken zu mir. Ich weiß nicht mal, ob er mich gehört hat. Ich hab ihn nur so unglaublich tief gespürt.«

Jetzt sprang Lucy auf. Naima rieb sich die schmerzende Stelle am Kinn.

»Meinst du, Aaron lebt irgendwo auf dieser Welt und kann sich bloß nicht an mich erinnern? Oder er kann sich erinnern, weiß aber nicht mehr, wo wir wohnen? Ob Stella auch solche Träume hat? Naima, du kannst doch in deiner Glaskugel nachschauen, ob der Traum echt war. Also, wo Aaron jetzt ist und ob er auf mich wartet.« Lucy schnappte nach Luft, die ihr ausgegangen war. Sie schaute Naima mit flehenden Augen an. Natürlich erinnerte sie sich daran, was Naima vorhin über ihre Fähigkeiten gesagt hatte. Aber ihr reichte auch eine Intuition. Hauptsache, sie hörte endlich etwas über den Mann, den sie so sehr geliebt hatte. Und noch immer liebte.

Auch Naima holte tief Luft. Wieder lächelte sie sanft. »Komm mal mit«, sagte sie. Dabei griff sie nach Lucys Hand und zog sie hinter sich her ins Haus.

Vom Hausflur aus, der in der Mitte des Hauses lag, ging es direkt rechts durch eine dicke Holztür in Naimas Hexenreich, wie sie es selbst nannte. Warmes gelbes Licht fiel durch die kleinen Fenster, die sich an zwei Seiten des Raumes aneinanderreihten.

Trotz ihrer Aufgewühltheit fühlte sich Lucy schlagartig in ihre Kindheit versetzt. War es möglich, dass man in bestimmten Räumen alterslos wurde? Dann war der hier auf jeden Fall so einer.

Nachdem Naima auf einen Schalter gedrückt hatte, kamen nun auch die Ecken des Zimmers und damit die Lehmwände zur Geltung. Links der Tür standen drei große Ohrensessel, davor ein kleiner runder Tisch. Jeder der Sessel hatte eine andere Farbe und die passenden Kissen dazu. Auf dem Tisch stand die Glaskugel, von der sie eben noch gesprochen hatten.

»Du willst mir aber jetzt nicht die Zukunft aus der Hand lesen oder so?«, fragte Lucy.

Naima stand mittlerweile vor einem wandfüllenden Regal mit vielen Büchern, Kisten, Figuren,

Steinen und sonstigen Dekoartikeln. »Ach, eine Karte könntest du schon für mich ziehen«, antwortete sie mit einem Schmunzeln in der Stimme. »Musst du aber natürlich nicht. Nein, ich ...« Sie streckte sich nach oben und zog einen kleinen Karton aus dem Regalfach.

Sofort verbreitete sich ein zarter Duft nach Kräutern. Lucy schloss kurz die Augen und atmete tief. Schon als Kind hatte sie es geliebt, Naima in ihrem Reich einfach nur zuzuschauen. Es war, als würde sich ihr Fundus nie erschöpfen. Überall verbargen sich Schätze.

Lucy ließ ihren Blick schweifen. Auf dem kleinen Sideboard zwischen zwei Fenstern standen verschieden große Klangschalen und Heilsteine. Fläschchen mit unterschiedlichen Ölen und schmale Packungen Räucherstäbchen füllten den Raum mit orientalischen Aromen.

»Ah, jetzt habe ich es«, murmelte Naima. Dann schob sie die Kiste wieder ins Regal und kam strahlend auf Lucy zu. »Also, wie gesagt, du bist herzlich eingeladen, eine Tarotkarte zu ziehen. Ich kann dir auch einen Weg mit den Karten legen oder eine Frage auspendeln. Und du hast schon oft mitbekommen, dass sich erstaunliche Antworten zeigen können. Aber ...« Sie hielt kurz inne und streichelte Lucys Wange. »Noch bist du nicht soweit, oder? Ist auch gar nicht schlimm. Was ich dir eigentlich geben wollte, ist das hier.« Sie reichte Lucy eine braune Tüte.

»Was ist das?«, fragte Lucy. Sie öffnete die Tüte und sofort schlug ihr ein aromatischer Kräuterduft entgegen.

»Keine Angst, das ist kein schamanisches Kraut, mit dem du ins Reich der Ahnen abtauchen kannst. Das habe ich auch da, wenn du willst.« Naima kicherte, wobei sich viele Fältchen um ihre Augen bildeten. »Das hier ist nur Tee, der dir innere Ruhe beschert. Also trinke ihn wirklich erst am Abend. Die Blüten, Blätter und Kräuter habe ich selber gesammelt. Du weißt ja, dass es für jede Befindlichkeit ein Kraut gibt.«

Lucy sog noch einmal den Duft der Teemischung ein. »Und was ist da genau drin?«

»Ah, meine Skeptikerin, das kann ich dir sagen. Hauptsächlich Lavendel und Melisse, dazu etwas Frauenmantel, Passionsblume und ein paar Lindenblätter, Ringelblumen für die schöne Farbe, Orangenschalen für das Dufterlebnis und ganz wenig Kamille. Es soll ja nicht zu sehr nach Krankenhaustee schmecken. Oh, entschuldige! Ich wollte meiner kleinen Krankenschwester nicht zu nahe treten. Aber du weißt ja, dass ich von dem kulinarischen Angebot bei euch eher krank werden würde, als dass mir das auf die Beine hilft. Apropos, morgen geht's wieder los, oder?«

Lucy hatte sich innerlich schon ein paar Protestsätze zurechtgelegt, hielt sich dann aber doch zurück. Sie wusste ja, dass Naima es nicht böse meinte. Und sicher hatte sie recht damit, dass es den Patienten in ihrer Klinik besser ginge, wenn sie gesündere Mahlzeiten bekämen. Und dass der Tee immer gleich schmeckte und man sich nach ein paar Tagen nach Abwechslung sehnte, war ihr auch bekannt. Das Budget ließ nun mal nicht viel Spielraum. Allerdings, wenn sie diese Teemischung roch, wünschte sie sich auch den Genuss für ihre Patienten. Vielleicht sollte sie das beim nächsten Meeting noch einmal zur Sprache bringen.

»Danke erstmal für den Tee«, sagte Lucy. Sie drückte Naima einen Kuss auf die Wange. »Und natürlich vertraue ich dir. Wem sonst?« Sie lächelte, dann holte sie tief Luft. »Ja, morgen ist der schöne Urlaub vorbei und die Tour im Hamsterrad geht wieder los. Ich habe nächste Woche Spätschicht, kannst du Stella aus dem Kindergarten abholen? Du weißt ja, dass ich versuchen werde, den zeitigen Bus zu bekommen. Allerdings habe ich keine Ahnung, was mich morgen erwartet.« Sie hob die Schultern und blies die Wangen auf.

»Nun mach dir mal keinen Stress. Deine Stella und ich kommen prima zurecht. Und wenn du einen Bus später kommst, ist das auch nicht schlimm, dann kannst du gleich mit uns zu Abend essen. Was hältst du davon? Außerdem will ich doch wissen, wie dein Tag war und welchen interessanten Menschen du begegnet bist.«

Lucy drückte Naima noch einmal an sich. »Du bist die Beste. Wenn ich dich nicht hätte! Ehrlich gesagt, freue ich mich sogar auf meine Arbeit und auch darauf, Fiona endlich mal wiederzusehen. Und mal schauen, ob es wirklich interessant wird oder doch wieder nur anstrengend. Ich bin aber gespannt, welche neuen Patienten da sind. So, und jetzt schnappe ich mir mal den kleinen Wirbelwind da draußen und verbringe noch einen schönen Nachmittag mit ihr. Demnächst habe ich wieder so wenig Zeit. Wenn mir mein Job nicht so viel Spaß machen würde und ich vor allem das Geld nicht bräuchte, würde ich viel lieber irgendwo halbtags arbeiten und den Rest des Tages mit Stella zusammensein.«

Wie abgesprochen tauchte Stella in der Tür auf. »Hm, hier riecht es aber gut.« Sie schmiegte sich an

Lucy. »Mama, ich habe schon wieder Hunger. Gibt's heute Kuchen?«

»Da hast du aber Glück, ich habe gestern erst gebacken. Also los, dann genießen wir noch einen Nachmittagstee, bevor ihr nach Hause geht.« Naima nahm Stella an die Hand und verschwand in der Küche.

So viel dazu, dass sie eigentlich jetzt nach Hause wollte, dachte Lucy. Natürlich hatte sie auch Lust, den Nachmittag in Naimas Garten zu verbringen. Aber das Gefühl, das sie schon den ganzen Tag begleitet hatte, wollte einfach nicht weichen. Und manchmal meinte sie, Aaron in ihrer Wohnung noch spüren zu können. Sie hätte seinen Lieblingspulli übergezogen, mit Stella gespielt und sich ihm so näher gefühlt. Lucy seufzte. Das konnte sie ja später immer noch machen. Sie knipste das Licht aus und folgte den beiden in die Küche.

3

Der Sand rieselte durch seine Finger, als er nach ihm griff. Er roch die salzige Luft. Möwen kreischten über ihm und in einiger Entfernung rauschte es. Mal näher, mal weiter entfernt. Das musste das Meer sein. Irgendwie fühlte es sich beruhigend an, andererseits auch beängstigend. Was machte er hier? Und überhaupt, lag er wirklich einfach so am Strand? Warum konnte er das alles nur hören und nicht sehen? Er wollte seine Augen öffnen, aber es ging einfach nicht. Als wären die Lider tonnenschwer.

Etwas berührte ihn leicht an der Hand. Erschrocken zuckte er zusammen. War das ein Tier? Wurde er angegriffen? Er atmete schwer. Angstschweiß trat ihm aus allen Poren. Er musste hier weg! Aber wohin? Wo war er überhaupt? Wenn er sich doch wenigstens umsehen könnte, aber die Lider ließen sich noch immer nicht öffnen.

Er blieb ganz still liegen und lauschte. Noch schien sein Herzschlag seinen Gehörgang zu verstopfen. Er musste sich beruhigen, sonst konnte er nicht nur nichts sehen, sondern die Gefahr auch nicht hören. Als sich nach einer ganzen Weile nichts getan hatte, spürte er, wie sich sein Atem beruhigte. Alles hörte sich wie eben an. Das Meer, die Möwen, der Wind ... sonst nichts. Vertraut und fremd. Liebevoll und angsteinflößend.

Doch mit dieser inneren Ruhe, die einkehrte, kam ein neues Gefühl. Er nahm wahr, wie er sanft vom Boden abhob. So als würde er schweben. Eine Leichtigkeit ergriff ihn, die er noch nie in seinem Leben gespürt hatte. Er atmete tief ein und aus, wollte diese ungewöhnliche Empfindung genießen, aber da war etwas in ihm, das das nicht zulassen konnte. Er ahnte, dass er nie wieder zurückkonnte, wenn er sich diesem Gefühl hingab. Was sollte er jetzt tun? Einerseits zog es ihn magisch an, endlich loslassen zu können. Andererseits hatte er panische Angst davor, was danach kam. Ob überhaupt etwas weiterging.

Nur für einen kurzen Moment wollte er sich noch dem Schwebezustand hingeben. Es fühlte sich an, als würde er getragen, ganz sanft gehoben und gehalten. Und ... als gäbe es da noch mehr. Wenn er sich dafür entscheiden könnte, würde sich eine völlig neue Welt für ihn eröffnen. Er musste nur auf sein Herz hören, die Emotionen zulassen.

Waren das Stimmen, die er gehört hatte? Oder woher kamen plötzlich diese Worte? Sowas konnte er sich doch nicht ausgedacht haben. Das gehörte nicht in sein Leben. Unsanft landete er wieder auf dem Boden. Jetzt spürte er auch die Kälte des Sandes, den rauen Wind in seinen Haaren, hörte das laute Kreischen der Möwen, das in seinen Ohren schmerzte.

Was war denn passiert? Von einem Moment zum nächsten war er rausgeflogen. So fühlte es sich jedenfalls an. Das wiederum kam ihm sehr bekannt vor, war schon oft in seinem Leben geschehen. Irgendwie gehörte er nirgends dazu. Und wenn es doch einmal so war, dass er sich in einer Gruppe wohlgefühlt hatte, dann war das nie von langer Dauer gewesen. Insofern verwunderte ihn die unsanfte Landung auf dem Boden der Tatsachen nicht.

Und doch blieb da so ein Gefühl, es selbst in der Hand zu haben, wie es weitergehen könnte. Aber was sollte er mit solchen Hirngespinsten anfangen, wenn er blind wie ein Maulwurf am Strand lag und nicht mal wusste, wie er hierher gekommen war? Und wo er war? Das passte so gar nicht zu ihm. Er hatte sein

Leben immer im Griff gehabt. Wenn er einem bestimmten Muster folgte, konnte er die Tage strukturiert meistern. So war das bei ihm. Also, was um alles in der Welt sollte er hier? Die heftige Wut, die ihn plötzlich erfasste, schien ungeahnte Kräfte freizusetzen. Er bäumte sich auf, holte tief Luft und schrie, so laut er konnte.

Keuchend öffnete er die Augen und entdeckte, wo er sich wirklich befand.

4

Leise vor sich hin summend deckte Lucy den Frühstückstisch. Sie hatte wunderbar geschlafen. Ganz ohne Alpträume und auch ohne lange wachzuliegen. Naimas Tee schien Wunder gewirkt zu haben. Am Morgen war sie wie so oft vor dem Weckerklingeln wach gewesen und sofort aufgestanden, um zu duschen. Das half dabei, nicht wieder in Grübelei zu verfallen.

Lucy schaute auf die Uhr am Backofen. Es war kurz nach halb acht, Zeit, ihre Kleine zu wecken. Wie immer brach es ihr fast das Herz, wenn sie Stella aus dem Schlaf reißen musste. Wobei das in der Frühschicht noch eine Stunde eher war. Da frühstückte Stella im Kindergarten.

»Die Sonne scheint, die Sterne sind schlafen gegangen. Nur ein Sternlein muss jetzt aufstehen«, flüsterte Lucy, als sie sich über Stella beugte. Dabei streichelte ihre Nase Stellas Wange.

Als wäre sie auf großer Reise gewesen, kehrte nach und nach bewusstes Leben in den Körper ihrer Tochter. Mit einem tiefen Atemzug hob und senkte sich Stellas Brust, danach begann sich ihr Kiefer zu bewegen, als müsste er sich entspannen. Oder etwas gut kauen, damit es später verdaut werden konnte. Vielleicht war das so mit den Träumen, die beim Aufwachen noch im Körper steckten. Man musste sie irgendwie schlucken, um nicht daran zu ersticken. Allerdings sah Stella nicht aus, als hätte sie mit einem Alptraum zu kämpfen. Allmählich kam Bewegung in ihren ganzen Körper. Sie räkelte und streckte sich und dann lag plötzlich ein Lächeln auf ihren Lippen. Als sie schließlich die Augen öffnete, schien es Lucy, als hätte Stella ihr Licht angeknipst, so sehr strahlte sie. Dieses faszinierende Schauspiel konnte sie fast jeden Morgen bewundern. Wie der Phönix aus der Asche, kam ihr in den Sinn. Beim Aufwachen gab man die schützende Hülle des Schlafes auf, um sich wieder dem Alltag zu stellen. Im besten Falle so strahlend wie ihre Tochter.

Stella schlang ihre kleinen Arme um Lucys Hals. Und Lucy vergrub ihr Gesicht in Stellas Nacken. Sie liebte den süßen Schlafgeruch ihrer Kleinen.

»Halt dich gut fest, wir fliegen ins Badezimmer«, murmelte sie, obwohl sie viel lieber noch eine Runde gekuschelt hätte. Aber die Zeit drängte.

»Kann ich heute meinen Puppenwagen mitnehmen?«, fragte Stella wenig später, als sie am Frühstückstisch saßen. Dabei zappelten ihre Beine unter dem Tisch vor und zurück, so als könnten sie es kaum abwarten, loszulaufen.

Lucy hatte gerade, nach dem letzten Schluck Kaffee, die Tasse abgesetzt. Sie nickte. »Und welche Puppe soll mit?«, fragte sie.

»Keine«, antwortete Stella mit vollem Mund.

»Wie? Nur der Puppenwagen muss mit? Warum?« Lucy stand auf und begann schon einmal, den Geschirrspüler zu füllen. In zehn Minuten mussten sie los.

»Der ist doch für die Schildkröten von Naima. Die haben mir gestern gesagt, dass sie auch mal einen Ausflug machen wollen, aber immer viel zu langsam sind. Deshalb können sie meinen Puppenwagen als Auto nehmen. Und ich schiebe sie dahin, wohin sie wollen.« Stella trank ihren Kakao aus und reichte Lucy die Tasse. Wie immer hatte die dunkle Flüssigkeit Grinsespuren auf ihrem Gesicht hinterlassen. Sie sprang auf und rannte ins Kinderzimmer.

»Stella, geh erst Zähne putzen! Wir müssen gleich los!« Lucy brachte noch schnell die Küche in Ordnung und nach einem Badgang machten sie sich auf den Weg in den Kindergarten. Gott sei Dank lag der nur zwei Minuten entfernt. Manchmal konnte sie ihr Glück kaum fassen, genau hier zu wohnen. An einem Ende der Straße war der Kindergarten und am anderen Ende wohnte Naima.

Glücklicherweise dauerte die Verabschiedung nie lange. Manchmal vergaß Stella sogar, ihrer Mama einen Kuss zu geben, was Lucy anfangs irritierend fand. Sie beneidete die Eltern nicht darum, deren Kinder sich weinend an sie klammerten, bis die Erzieherinnen einschreiten mussten. Sie wusste nicht, ob sie es übers Herz gebracht hätte, Stella in so einem Fall hierzulassen. Andererseits mussten Eltern ja auch arbeiten gehen und die Kinder sich bis zum Schuleintritt daran gewöhnen, nicht immer bei Mama oder Papa bleiben zu können. Oder nicht? Aber warum reagierten manche Kinder so heftig auf die Trennung? Hatten sie denn überhaupt eine Chance, ihre Traurigkeit anders mitteilen zu können? Wäre es nicht doch besser, mit den Kindern gemeinsam zu wachsen, bis sie von sich aus so weit waren, den sicheren Hafen zuhause zu verlassen?

»Tschüss, Mama!«, riss Stella Lucy aus ihren Gedanken. Nach einem schnellen Kuss auf den Mund hüpfte sie in ihren Gruppenraum.

Okay, die Gedanken von eben konnte sie getrost anderen Eltern lassen. Ihre Tochter schien jedenfalls gerne hier zu sein. Beim Verlassen des Gebäudes schob sie Stellas Puppenwagen in die kleine Nische, in der auch Roller und Räder standen. Dann tippte sie zur Sicherheit Naima eine kurze Nachricht, damit das Puppengefährt am Nachmittag nicht im Kindergarten stehen blieb. Mit einem Blick auf die Handyuhr setzte sie sich eilig in Bewegung. Der Bus wartete schließlich nicht auf sie.

Tat er dann aber doch, als sie ihn rennend gerade noch so erreichte. Ein Glück, dass sie den Busfahrer gut kannte.

»Danke dir, Rico! Du bist ein Schatz!«, sagte sie schnaufend, als die Türen hinter ihr zugingen.

»Wie immer in Eile, was?«, antwortete der junge Mann und lenkte gekonnt den Bus aus der Haltestellenbucht.

»Ja, ich sollte an meinem Zeitmanagement arbeiten«, antwortete Lucy lachend. Schnell griff sie nach der Haltestange, um die nächste Kurve stehend zu meistern.

Rico zuckte mit den Schultern. »Das war doch noch nie dein Ding, oder? Du bist schon seit der ersten Klasse als Letzte in den Bus gesprungen. Das hab ich echt immer bewundert an dir. Hat dir das keinen Stress gemacht?«

Lucys Grinsen wurde breiter. »Stimmt, es war egal, wann ich morgens aufgestanden bin. Der Bus war immer schon fast weg, bevor ich ihn erreicht hatte. Ich hab ja schon manches Mal den Verdacht gehabt, dass die Busgesellschaft den Fahrplan vorverlegt hat.«

Jetzt schmunzelte Rico, dabei schaute er weiter konzentriert auf die Straße. Sie kannten sich schon aus dem Kindergarten, waren gemeinsam in Wieck in die Grundschule und später in Altenkirchen zur Realschule gegangen. Mit Grauen dachte sie an ihre Freundinnen, die sich für das Gymnasium entschieden hatten. Die mussten morgens ganz früh mit dem Bus nach Bergen fahren und waren abends erst kurz vor dem Abendessen zurück. Über drei Stunden Busfahrt allein, das hatte sich Lucy nicht antun wollen.

Für Rico hatte schon immer festgestanden, dass er Busfahrer werden würde. Lucy konnte sich nicht daran erinnern, jemals einen anderen Berufswunsch von ihm gehört zu haben, wenn sie den in der Schule angeben sollten. Im Gegensatz zu ihr. Sie war sich lange nicht sicher gewesen, welche berufliche Richtung sie einschlagen sollte. Irgendwas mit Menschen ... Erst als ihr Opa im Krankenhaus lag und sie ihn so oft es ging besuchte, reifte die Idee, Krankenschwester zu werden. Und das hatte sie bis heute nicht bereut.

An der nächsten Bushaltestelle warteten einige Leute auf Einlass. Deshalb verabschiedete sich Lucy von Rico und setzte sich im hinteren Teil auf einen freien Platz. In Altenkirchen musste sie in einen anderen Bus steigen. Hier begann für sie der schönste Teil der Strecke, denn kurz nach Juliusruh fuhren sie bis Glowe durch ein Waldstück. Es fühlte sich an, als könnte sie einen Schalter umlegen. Wie immer schlichen sich auf dem Weg zur Arbeit Gedanken an die bevorstehenden Aufgaben in der Klinik ein. Normalerweise schienen die Bäume sie beruhigen zu können, so dass sie ziemlich entspannt in Glowe aussteigen konnte. Später, auf dem Heimweg, würde sie dann alle Sorgen und Nöte der Patienten und ihre eigenen dem Wald anvertrauen. Und damit gelöst zuhause ankommen. Manchmal kam es ihr wie ein Wunder vor. Und es war egal, zu welcher Jahreszeit. Der Wald hatte immer magische Kräfte.

Heute allerdings mischte sich doch etwas Nervosität in ihr Gefühlsleben. Die Urlaubstage hatten richtig gut getan. Aber jetzt wusste sie nicht, was sie auf der Station erwartete. Und vor allem wer, denn die Patientinnen und Patienten wechselten von Woche zu Woche.

Nachdem sie den Bus verlassen hatte, stellte sie fest, dass sie spät dran war. Also überquerte sie eilig die Hauptstraße und bog in die schmale Straße ein, die zur Klinik führte. Wie jeden Morgen dachte sie, dass sie einen der schönsten Arbeitsplätze der Welt hatte. Wer konnte schon von sich behaupten, bei der Arbeit aufs Meer blicken zu können. Außer natürlich Fedder, der alte Hafenmeister.

Andererseits wurde sie bei ihrer Tätigkeit täglich damit konfrontiert, dass es Menschen gab, denen es nicht so gut ging. Die Patienten hier in der Klinik litten vor allen Dingen an psychosomatischen Krankheiten. Depressionen, Ängste, Zwangsstörungen gehörten für sie leider zum Alltag. Die individuellen Lebens- und Leidensgeschichten brachten Lucy so manches Mal an den Rand des Aushaltbaren. Für sie als Pflegepersonal galt es dann, den Menschen ihren Aufenthalt so angenehm wie möglich zu gestalten. Wenn sie es denn zuließen. Manche suchten auch einen Sündenbock, aber die meisten waren froh über ein paar nette Worte, Gesten oder Hilfe im Alltag.

Durch die große Glastür am Eingang konnte sie schon Martinas Reich sehen. Sie war die Herrin am Empfang. Nett, aber auch mit gutem Durchsetzungsvermögen gesegnet.

»Guten Morgen«, flötete Lucy und versuchte, sich so unauffällig wie möglich vorbeizumogeln.

»Moin Lucy«, antwortete Martina, ohne den Kopf vom Computer abzuwenden. »Pünktlichkeit klappt auch nach dem Urlaub nicht«, sagte sie streng.

»Du weißt doch, wenn der Bus zu spät kommt, bin ich auch später dran.« Anfangs hatte sich Lucy von Martina einschüchtern lassen. Aber mittlerweile hatte sie sich an ihre spitzen Bemerkungen gewöhnt. Im Grunde war Martina ganz in Ordnung, meinte aber, über alles und jeden wachen zu müssen, der hier ein und aus ging. Beim Pflegepersonal wurde sie oft auch Agentina genannt, denn ihre Überwachungsmethoden ähnelten häufig denen der Typen aus Agententhrillern.

»Immer die gleiche Ausrede!« Jetzt schaute Martina doch auf und Lucy direkt an. »Aber gut, dass du wieder da bist.«

Eben wollte Lucy zur Verteidigung ansetzen, doch Martinas ungewöhnliche Äußerung brachte sie aus dem Konzept. Seit wann freute sich Martina über irgendwas und besonders über sie? »Ähm, ja, finde ich auch.«

»Na, mal schauen.« Damit verschanzte sich Martina wieder hinter ihrem Computer.

Was sollte denn die Bemerkung jetzt wieder? Stirnrunzelnd lief Lucy zur Treppe und beeilte sich, in der ersten Etage ihre Station zu erreichen. Sie schielte auf die große Uhr, die über der Tür hing. Mit ein bisschen gutem Willen war sie noch pünktlich. Schon während sie das Pflegezimmer betrat, knöpfte sie ihre Strickjacke auf.

»Da bist du ja«, rief Fiona, kam auf Lucy zu und fiel ihr in die Arme. »Untersteh dich, nochmal so lange Urlaub zu nehmen.«

»Hallo Lieblingskollegin«, murmelte Lucy in Fionas Schwesterntracht. »Wenn du mich nicht gleich wieder loslässt, ersticke ich und du musst den Rest des Lebens alleine klarkommen.«

Fiona überragte Lucy um fast einen Kopf und drückte sie mit Vorliebe direkt an ihren üppigen Busen. Schon manches Mal war Lucy froh, so eng mit Fiona befreundet zu sein, sonst hätte sie sich dagegen wehren müssen. Aber als Freundin durfte Fiona das. Und obwohl sie nur ein Jahr älter war, fühlte sich Lucy mütterlich geherzt.

»Dann hoffe ich, dass dein Lieblingskollege auch so eine nette Begrüßung bekommt«, rief jetzt Nils, der am Fenster lümmelte und wie immer eine Tasse Kaffee in der Hand hielt.

»Heute bin ich spendabel«, antwortete Lucy lachend, umarmte erst ihren Kollegen und danach noch die Stationsleiterin Conny.

»Hach, so schön der Urlaub war, bei euch bin ich auch gerne. Gibt's noch Kaffee?« Lucy schwenkte die Thermoskanne und goss sich eine Tasse voll. »Und? Was ist in der Zwischenzeit alles passiert? Bist du deinen Verehrer Theo wieder losgeworden? Der war doch schon in seiner letzten Woche, als ich in den Urlaub gegangen bin.«

»Ach, Theo«, antwortete Fiona. Dabei legte sie ihren Handrücken an die Stirn und seufzte theatralisch. Dann lachte sie auf. »Ja, der ist schon kurz danach entlassen worden. Hat sich aber noch ganz süß verabschiedet und uns ein Päckchen Kaffee spendiert.«

Irgendetwas kam Lucy komisch vor. Fionas Lachen war zu laut. Und die anderen beiden wirkten mit einem Mal angespannt. Nils hatte sich halb abgewandt und schaute zum Fenster raus, als hätte er etwas Wichtiges entdeckt und Conny blätterte in irgendwelchen Unterlagen.

»Ist alles in Ordnung bei euch? Gibt's eine Entlassungswelle und ihr wollt mir nicht sagen, dass ich dabei bin? Oder warum benehmt ihr euch so merkwürdig?« Eigentlich sollte es fröhlich klingen, aber das Bauchgrummeln hörte sie sogar selber aus ihrer Stimme heraus.

Conny hob den Kopf und schaute Fiona aufmunternd an. Die wandte sich aber ab und goss sich ebenfalls eine Tasse Kaffee ein.

»Hey, was muss ich wissen? Ist jemand gestorben?« Lucys Bauchgefühl wurde allmählich zum dicken Klumpen. Hoffentlich hatte sich keine ihrer Patientinnen etwas angetan.

»Nein, nein«, antwortete Conny schnell. »Lass uns mal durchgehen, wer sich jetzt alles in unserer Obhut befindet.«

Nach einer halben Stunde war Lucy auf dem neuesten Stand. Die meisten ihrer Patientinnen und Patienten waren noch da, von anderen hatte sie sich leider nicht verabschieden können. Aber daran hatte sie sich in ihrem Beruf mittlerweile gewöhnt. Wie immer schickte sie allen in Gedanken die besten Wünsche hinterher. Sie hatte vor einiger Zeit mit Naima darüber gesprochen und die meinte, dass die Wünsche auf jeden Fall bei den Menschen ankamen. Auch wenn sie sie nur in Gedanken sendete. Lucy wusste nicht genau, wie das funktionieren sollte, aber sie fand es tröstlich. Also wandte sie es seitdem an.

»Na, ist doch alles bestens«, sagte sie fröhlich. »Dann mache ich mal meine Runde und schaue, wen ich gerade erreichen kann, um mich bei den Neuen kurz vorzustellen.« Sie schaute auf die vor ihr liegende Liste. »Hm, ich fange im zweiten Stock an, dann kann ich auch gleich bei Dr. Kuhl vorbeischauen und ihn fragen, ob ich was beachten muss. Oder habt ihr andere Aufgaben für mich?«

Die beiden Kolleginnen holten tief Luft und schüttelten dann die Köpfe. Nils ließ ein nur ein kurzes Brummen verlauten, dabei hatte er schon wieder seine Kaffeetasse vor dem Gesicht.

Irgendwie benahmen sich ihre Kolleginnen komisch. Von Nils war sie das ja gewohnt, aber Fiona und Conny waren doch sonst viel redseliger. Ach, egal. Vielleicht bildete sie sich das auch nur ein und musste erst wieder in den Arbeitsprozess reinkommen.

Sie nahm die Liste und machte sich auf den Weg. Das Treppenhaus war wie immer lichtdurchflutet. Sie dankte dem Architekten, den sie nie kennengelernt hatte, täglich dafür, dass er die zentralen Räume mit viel Glas ausgestattet hatte. Von einigen anderen

Häusern wusste sie, dass die Treppenhäuser seitlich abgingen und keine Fenster besaßen. Hier lagen die Aufstiege so, dass sie eher als Verbindung der verschiedenen Bereiche fungierten. Alle Außenwände waren aus Glas und hatte man eine Etage erreicht, lag jeweils ein großer Gemeinschaftsraum mit einem Rundblick über das Meer vor einem. Das war natürlich ein beliebter Treffpunkt, und die Verbindung wurde nicht nur zwischen den Bereichen, sondern auch zwischen den Menschen geschaffen.

Wie immer war ihr erstes Ziel die große Fensterfront in einem dieser Räume. Er war erstaunlich wenig besucht, was sicher daran lag, dass die meisten Patienten Therapietermine hatten. Nur ein ihr unbekannter Mann saß in einem Sessel ganz in der Ecke und tippte auf seinem Smartphone herum.

»Hallo«, sagte Lucy vorsichtig. Sie wollte erst abwarten, wie der Mann reagierte, bevor sie sich vorstellte.

Aber der reagierte gar nicht, sondern begann nur ungeduldig zu murmeln. Irgendetwas schien ihn aufzuregen. Für Lucy ein typisches Zeichen, dass er noch nicht lange da war. Die meisten schafften es, sich von diesen Zeit- und Nervenfressern zu lösen und sich lieber mit den Menschen oder, noch besser, mit sich selber zu beschäftigen. Also ließ sie ihn in Ruhe und trat an die Fensterfront.

Sofort machte ihr Herz einen Hüpfer. Vor ihr lag die ganze Bucht Tromper Wiek. An einem Ende konnte sie bis zum Kap Arkona schauen, auf der anderen Seite bis zum Kap Königshorn mit dem Yachthafen. Wenn das nicht der schönste Fleck auf Erden ist, dachte sie. Sicherlich gab es viele wunderschöne Gegenden auf der Welt, aber für Lucy stand fest, dass sie niemals woanders wohnen wollte als auf Rügen. Und sie hoffte sehr, dass ihr die Arbeit in der Klinik lange erhalten blieb. Schon für diesen Ausblick lohnte sich alles.

Okay, jetzt konnte der Tag starten. Gerade als sie sich doch dem Mann im Sessel vorstellen wollte, lief Dr. Kuhl vorbei.

»Wen haben wir denn da? Schwester Lucy ist wieder im Lande!«, rief er, blieb aber in der Nähe der Treppe stehen.

»Frisch erholt zum Dienst zurück«, antwortete Lucy.

Dr. Kuhl war ein komischer Kauz. Er zählte eher zu den jüngeren Ärzten, aber von seinem Verhalten wirkte er manchmal wie kurz vor der Rente. Auch seine Ansichten waren nicht immer zeitgemäß. Jedenfalls empfand Lucy das so. Hin und wieder hatten sie sich in der Cafeteria getroffen und einen kleinen Schwatz gehalten. Und manchmal hatte sie das Gefühl, dass er mit ihr flirten wollte. Allerdings auf eine skurrile Art und Weise. Einmal hatte er ihr erzählt, wie er sich eine Beziehung mit einer Frau vorstellte. Dabei hatte Lucy gedacht, dass selbst ihre Großeltern moderner gelebt hatten. Und gleich im Anschluss hatte er Lucy gefragt, ob sie am Abend nach dem Dienst mit ihm ein Bier trinken gehen würde. Gott sei Dank hatte Lucy in solchen Fällen die beste Ausrede der Welt: Stella wartete zuhause auf sie. Und meistens hatte die Nachricht, dass Lucy Mutter war, die Männer abgeschreckt. Dr. Kuhl irgendwie nicht. Der hatte sie mit der Bemerkung »vielleicht ein anderes Mal« aus dem Gespräch entlassen.

Und jetzt stand er da und schien auf irgendetwas zu warten. Falls er noch was sagen wollte, sollte er das tun, aber sie nicht mit seinen stechenden Augen fixieren.

»Störe ich?«, meldete sich jetzt der Mann im Sessel. Er hatte sich zurückgelehnt, sein Handy war verschwunden, dafür ein süffisantes Lächeln auf seinem Gesicht erschienen.

Wo war sie denn hier reingeraten?

»Ach, der Herr van Holt. Hatten wir nicht vor zwanzig Minuten einen Termin?«, fragte jetzt Dr. Kuhl.

Erschrocken schaute Lucy den Sesselmann an. Die Stimme von Dr. Kuhl klang eisig. So kannte sie ihn gar nicht. Normalerweise hatte er immer einen verbindlich professionellen Ton im Umgang mit den Patienten.

»Hatten wir?«, fragte der Sesselmann.

Dr. Kuhl schaute auf die Uhr. Natürlich eine Armbanduhr, ein Handy hatte sie noch nie bei ihm gesehen. »Mein nächster Termin ist erst in 50 Minuten. Wenn ich Sie also bitten dürfte.« Dabei machte er eine ausladende Bewegung mit der Hand, nickte Lucy noch einmal zu und verschwand wieder in die Richtung, aus der er gekommen war.

Der Sesselmann verzog das Gesicht und stöhnte laut. »Mein Beileid, dass Sie das täglich hier aushalten müssen.« Dabei schob er sich nach oben, straffte seine Schultern und lief hinter Dr. Kuhl her.

Lucy wandte sich noch einmal um und tankte für einen kurzen Moment Kraft für den Tag. Von wegen Beileid. Das brauchte sie nun wirklich nicht. Gerade hatte sie sich noch beglückwünscht, am schönsten Ort der Welt zu arbeiten. Und daran hatte sich auch nichts geändert.

Sie studierte noch einmal die Liste und entdeckte ganz am Ende den Namen Ethan van Holt. Damit fiel der Sesselmann wohl auch in ihr Aufgabengebiet. Tja, was wäre das Leben ohne Herausforderungen?

5

»Sag mal, bist du sehr sauer, dass wir dir unseren nervigen Neuzugang zugeteilt haben?«, fragte Fiona, während sie ihr Auto aus der Parklücke manövrierte.

So oft es ging, übernahmen Lucy und Fiona die gleiche Schicht. Lucy konnte sich kaum noch daran erinnern, wann sie Fiona kennengelernt hatte. Das musste bei einem Fest in Putgarten gewesen sein. Jedenfalls erzählte das ihre Oma immer. Damals hatte Lucy gerade ihren vierten Geburtstag gefeiert und war sehr oft bei ihren Großeltern ganz im Norden der Insel zu Besuch. Angeblich hatten die beiden Mädchen Gefallen daran gefunden, mit einigen anderen Kindern im bunten Laub zu toben. Und irgendwann waren sie nur noch Hand in Hand gegangen. Mal zu Lucys Großeltern, die der Blasmusik lauschten, und mal zu Fionas Eltern, die leckere Kartoffelpuffer brieten.

Ab da wollten sich die Mädchen, so oft es ging, sehen. Also war Lucy noch häufiger bei ihren Großeltern und Fionas Mutter brachte die Fünfjährige dort vorbei. Manchmal holten sie Fiona sogar vom Kindergarten ab, damit sie den Nachmittag gemeinsam verbringen konnten.

Lucy dachte gerne an ihre Kindheit zurück. Auch wenn sie sich im Nachhinein mehr Zeit mit ihren Eltern gewünscht hätte, waren die Tage bei ihren Großeltern unbeschwert und fröhlich gewesen. Ihre Oma dachte sich häufig Spiele aus oder ließ die Mädels in der Küche helfen. Obwohl sie dabei eher mehr Chaos veranstalteten, als wirklich echte Hilfe waren.

Fiona wohnte noch immer im Haus ihrer Eltern in Putgarten. Und meistens nahm sie Lucy mit nach Altenkirchen, damit sie sich eine Busstrecke sparen konnte. Außerdem hatten sie so fast täglich Zeit, ein bisschen privater miteinander zu reden.

»Also, ja?«, fragte Fiona noch einmal nach. Gerade fuhren sie auf die Hauptstraße von Glowe.

»Ach Quatsch, wieso denn? Ich hab ihn ja noch nicht wirklich kennen gelernt. Ist er denn so anders als andere Patienten?« Nach ihrer Begegnung im Gemeinschaftsraum hatte sie Ethan van Holt nicht mehr zu Gesicht bekommen. Sie hatte noch zweimal an seine Zimmertür geklopft, um sich vorzustellen, aber entweder war er unterwegs gewesen oder hatte ihr nicht geöffnet. Das war bei neuen Patienten nicht ungewöhnlich. Meistens mussten sie sich erst an die vielen Menschen gewöhnen. Vor allem, wenn sie allein lebten. Dann konnten die gemeinsamen Therapien, Mahlzeiten oder Aktivitäten anstrengend sein. Deshalb ließen sie die Neuen erstmal einige Tage in Ruhe ankommen und hakten dann nach, ob sie sich im Großen und Ganzen wohl fühlten.

»Hm, er fällt auf jeden Fall eher in die Kategorie ›Ich gehöre hier nicht hin‹. Und leider zeigt er das ziemlich deutlich mit einer sehr arroganten Art.«

»Und da habt ihr euch gedacht, die Lucy ist ja nicht da, dann kann die den übernehmen, oder was?«

»Nein ... Oder ja, vielleicht doch. Du bist immer so fröhlich und hast schon so manche schwierige Situation mit solchen Patienten gemeistert. Vielleicht reagiert er auf dich anders. Außerdem kannst du echt schlagfertig sein. Im Gegensatz zu mir.« Fiona wagte einen Seitenblick.

»Also, war er eigentlich dein Patient?«, fragte Lucy nach.

Fiona seufzte. »Ja, war er. Und bevor du sauer wirst, kann ich ihn auch wieder übernehmen. Nur ...«

Lucy spürte Fionas Konflikt. Was war denn da vorgefallen? »Na los, erzähl schon. Ist doch besser, wenn ich weiß, worauf ich mich einlassen muss, als dass du mich ins kalte Wasser springen lässt.«

»Ach, ich weiß auch nicht. Er hat es einfach immer wieder geschafft, mich zu provozieren. Oder ich bin ihm auf den Leim gegangen. Das letzte Mal, als er bei uns im Pflegezimmer war, war ich allein da. Als hätte er es auf mich abgesehen, hat er so lange rumgestichelt, bis ich angefangen habe zu heulen. Stell dir das mal vor! Vor Wut oder was weiß ich. Ich hab mich so geschämt, als ich gemerkt habe, dass mir die blöden Tränen aufsteigen. Das ist mir ehrlich noch nie passiert.«

»Hey Fi, pass auf!« Lucy schrie auf, als Fiona beinahe über einen Zebrastreifen gerast wäre. Ein älteres Ehepaar hatte sich angeschickt, die Straße zu überqueren. Wütend hob der Mann die Faust, während die Frau verständnislos den Kopf schüttelte.

»Siehst du, was ich meine? Der Typ bringt mich sogar jetzt noch zum Schäumen. Das ist doch nicht normal.« Fiona hob entschuldigend die Hand und formte dann mit beiden Händen ein Herz. Das schien das Paar etwas zu beruhigen. Sie nickten Fiona zu, wenn auch immer noch mit vorwurfsvollem Gesichtsausdruck. Langsam fuhr das Auto wieder an.

»Hm, das klingt ja wirklich nach einem Extraklassepatient. Du Arme! Ich bin mir aber ehrlich gesagt nicht sicher, ob ich mit ihm klarkomme.« Lucy holte tief Luft. Gerade durchquerten sie ihr Lieblingswaldstück. Die Spätnachmittagssonne glitzerte durch die Baumkronen. Irgendwie fühlte sie sich nach ihrem Urlaub der Sache nicht wirklich gewachsen. »Habt ihr mal mit dem Chef darüber gesprochen? Der kann doch sicher mit ihm reden.«

Fiona schnaubte. »Klar haben wir das. Aber der Typ ist ja gerissen. Beim Chef benimmt er sich astrein. Und natürlich haben wir dann die Ansage bekommen, uns nicht so zu haben. Du weißt ja, wie der Kuhl auch sein kann.«

Oh ja, das wusste Lucy. Eigentlich kam sie gut mit ihm aus, aber sobald sie Sonderwünsche äußerte, verzog er sich in sein Schneckenhaus. Er war fair, aber es galten seine Regeln. Und die fühlten sich manches Mal echt antiquiert an.

»Wie bist du denn aus der Situation rausgekommen? Hat er dich weiter gepiesackt, als du heulend vor ihm standest?«

»Nils war mein Retter. Der hat die Situation sofort erkannt, als er rein kam. Da konnte der van Holt sich noch so verstellen und Nils vorsäuseln, dass er auch nicht wüsste, was mit mir los sei. Unser Lieblingskollege hat ihn freundlich und bestimmt aus dem Zimmer geschickt und sich seitdem um ihn gekümmert.« Fiona zog die Nase hoch.

Lucy reichte ihr ein Taschentuch. »Dann wäre es doch das Beste, wenn Nils ihn weiter betreut.«

»Ja, das wäre es, wenn Nils nicht diese Woche mit seiner Fortbildung anfangen würde. Da ist er nicht mehr so regelmäßig da. Wir haben aber schon überlegt, dass er an den Tagen, wo er da ist, ihn übernimmt und du vielleicht die anderen Tage abdeckst.« Fiona stöhnte auf. »Oh Lu, ich bin echt eine schreckliche Freundin. Anstatt mich zusammenzureißen, wälze ich mein Problem auf dich ab. Weißt du was, vergiss es einfach. Ich werde mich schon durchboxen. Van Holt ist ja nicht ewig da. Hoffe ich jedenfalls ...«

Lucy ließ Fionas Worte eine Weile sacken. Sie fuhren durch Juliusruh und weiter Richtung Altenkirchen. Kurz bevor sie bei der Bushaltestelle ankamen, schüttelte sie den Kopf. »Nee, lass mal. Wenn der dich so fertig gemacht hat, ist das Verhältnis doch hinüber. Ich weiß ja jetzt, wofür ich mich wappnen muss. Das kriege ich schon hin. Außerdem gibt es noch so viele wirklich nette Patientinnen und Patienten bei uns, da werden wir uns doch nicht von einem einzigen Typen die Arbeit versauen lassen. Warte mal ab, in ein paar Wochen ist der vielleicht ganz zahm.« So sicher war sich Lucy da zwar auch nicht, aber ihre Motivationsrede brauchte sie jetzt selbst.

»Du bist echt ein Schatz! Wie kann ich das denn wieder gutmachen?«, fragte Fiona und parkte den Wagen neben der Haltestelle.

»Du kannst mich und Stella am Wochenende zum Eis einladen«, antwortete Lucy spontan. Dabei grinste sie Fiona an. »Ich habe unser Haus in Putgarten freigegeben und schon haben sich die ersten Feriengäste angekündigt. Das heißt, ich muss mal wieder durchputzen.«

»Oh ja, das mache ich. Da wird sich Mama auch freuen! Und wahrscheinlich direkt einen Kuchen backen. Ihr kommt zu uns zum Kaffee und danach laufen wir zum Kap, damit deine Maus sich auf dem Spielplatz austoben kann. Wie wir früher, weißt du noch?« Fiona klatschte vor Freude in die Hände.

»Wie könnte ich das vergessen!«, antwortete Lucy. Sie umarmte ihre Freundin. »Abgemacht! Ich freu mich! Der Bus kommt. Danke fürs Fahren! Bis morgen!« Eilig stieg sie aus und rannte zur Bushaltestelle.

6

Da war er wieder! Sie sah ihn ganz deutlich. Er saß am Strand und schaute dem Sonnenuntergang zu. »Aaron!«, rief sie, aber er rührte sich nicht. Wahrscheinlich war sie noch viel zu weit entfernt. Warum konnte sie ihn denn dann so gut sehen?

Erst jetzt entdeckte sie, dass eine ganze Gebirgskette zwischen ihnen lag. Keine schroffen Felsen, aber bewaldete Hügel mit saftigen Hochwiesen. Seit wann waren Berge durchsichtig? Obwohl das auch nicht richtig war. Alles sah aus wie immer. Wenn sie sich nur auf die Berge vor ihr konzentrierte, standen auch nur die massiv vor ihr. Aber die Energie von dem Mann am Strand dahinter war so intensiv, dass sie auch ihn eindeutig sah. Sie seufzte.

Das konnte doch nur wieder ein Traum sein. Aber hieße das dann, dass sie ihn bewusst wahrnahm? Und konnte sie ihn womöglich steuern? Schlief sie jetzt oder war sie wach? Und konnte man an zwei Orten gleichzeitig sein? Also schlafend im Bett und putzmunter in ... Wo war sie eigentlich?

Während sie grübelte, bewegte sich der Mann am Strand plötzlich. Er stand auf und schüttelte sich den Sand von der Hose. Dann schaute er sich um. So, als wüsste auch er nicht, wo er sich befand. Oder wohin er gehen sollte.

»Aaron!«, rief sie noch einmal laut. Allerdings hörte sie ihre Stimme nicht. Sie sah nur, wie sich Wellen ausbreiteten. Sie schwappten durch die Berge hindurch und schienen den Mann zu erreichen.

Er zuckte zusammen und schaute sich panisch um. Dann setzte er sich in Bewegung. Aber er lief in die falsche Richtung. Hatte er sie nicht gehört? Konnte er nicht durch Berge schauen? Warum rannte er vor ihr weg? Sie jedenfalls spürte ganz deutlich, dass sie zu ihm musste. Sie sprang auf. Dabei begann sich alles zu drehen, glitzernde Funken umhüllten ihren Kopf. Schnell hielt sie sich an dem Baum fest, der wie aus heiterem Himmel neben ihr stand.

Langsam beruhigte sich ihr Atem und der Schwindel ließ nach. Doch nun veränderte sich der Blick zu dem Mann am Strand. Diesmal rollten die Wellen in ihre Richtung und warfen sie beinahe wieder um. Mit Mühe blieb sie standhaft und konzentrierte sich auf die Energie, die sie wahrnahm. Es fühlte sich an, als kämen seine Gefühle bei ihr an. Er hatte Angst, war unsicher, aber er hatte sie gehört. Warum auch immer sie das wusste. Ob sie noch einmal nach ihm rufen sollte?

Stattdessen versuchte sie, sich in Bewegung zu setzen. Allerdings ging das, ohne dass sie ihre Beine benutzte. Es genügte, sich vorzustellen, dass sie lief, und schon begann sie zu schweben. Sie flog über die Landschaft hinweg. Dabei begann sie, sich umzuschauen. Das schien hier ein besonders schöner Landstrich zu sein. Überall entdeckte sie üppige Wiesen, gesunde Wälder, die Wellen des Meeres und über allem ein strahlend blauer Himmel. Es wunderte sie kaum noch, dass sie auch alles gleichzeitig wahrnahm. Während sie das Salzwasser roch, spürte sie auch die Gräser, die ihre Beine kitzelten. Sie nahm die Wärme der Sonne wahr, doch genauso auch die Kühle des Wassers. Ganz verrückt wurde es, als sie sich auf eine Stelle am Horizont konzentrierte. Dort hatte sie ein paar Häuser entdeckt. Kaum hatte sie sich darauf fokussiert, war sie auch schon dort, ohne zu wissen, wie sie so schnell dahin gekommen war. Plötzlich stand sie inmitten eines Dorfes. Geschäftiges Treiben umfing sie. Überall entdeckte sie Marktstände, die so einladend aussahen, dass sie die Fülle überforderte.

Zu ihrer Linken entdeckte sie einen Obststand, von dem ein herrlicher Duft nach allen Obstsorten und Beeren, die man sich denken konnte, ausging. Daneben pries ein Bäcker seine Ware an. Brot, Brötchen und Kuchen, so wie sie es noch nie gesehen hatte. Auf der anderen Seite gab es Blumen in den schönsten Farben, Töpferwaren und Schmuck. Von allem zu viel und zu perfekt. Das Wort Schlaraffenland schlich sich in ihr Gehirn. So schön wie alles aussah, wurde es ihr mit einem Mal zu viel. Und kaum hatte sie sich nach Ruhe gesehnt, saß sie auch schon außerhalb des Dorfes in einer Hängematte im Schatten eines riesigen Baumes. Erschöpft atmete sie tief ein und aus und schloss für einen Moment die Augen.

»Es wird irgendwann leichter, bis du es richtig genießen kannst«, hörte sie plötzlich eine Stimme.

Erschrocken fuhr sie auf. Gerade war sie der Frage nachgegangen, warum sie die Menschen viel weniger wahrnahm als die Umgebung. Sie konnte sich an keine Gesichter erinnern, nur daran, dass es Menschen gab. Es war irritierend, die Natur weit entfernt mehr zu spüren als die Personen in ihrer Nähe.

»Das liegt daran, dass du noch nie in so einer intakten Welt gelebt hast. Hier ist alles gleichwertig. Ein Baum zählt genauso viel wie ein Vogel, der Grashalm wie das Meer, die Sonne wie ein Mensch. Wir machen hier keine Unterschiede.«

Für einen Moment setzte ihr Herzschlag aus. Erschrocken schnappte sie nach Luft. Der Mann, der im Schneidersitz vor ihr saß, schien alt zu sein. Jedenfalls war seine Haut wettergegerbt, sein Haar weiß und sein Rücken leicht gebeugt. Andererseits strahlte er jugendliche Energie aus. Alles an ihm leuchtete, vor allem seine blauen Augen.

Erst jetzt fiel ihr auf, dass er auf ihre Gedanken geantwortet hatte, ohne dass sie sie aussprechen musste. Sie setzte sich auf, dabei begann die Hängematte leicht zu schaukeln. Sofort begann wieder dieses schwummrige Gefühl. Tausend Fragen schossen ihr durch den Kopf. Sie konnte keine einzige greifen. Trotzdem öffnete sie den Mund. Doch bevor sie etwas sagen konnte, verschwamm der Alte vor ihren Augen.

»Hab keine Angst, du kommst wieder. Wenn du willst! Es ist deine Entscheidung! Ich warte hier auf dich.«

Das Letzte, was sie sah, war sein liebevolles

Lächeln, das alles versprach. Freiheit, Grenzenlosigkeit und Liebe. Dann öffnete sie die Augen.

7

Der nächste Tag verlief wie der davor. Die darauffolgenden ebenfalls. So allmählich fand sich Lucy wieder in ihrer Routine zurecht. Und das war auch gut so. Zu viele Eindrücke brachten sie aus dem Gleichgewicht.

Allerdings war sie heute mit einem mulmigen Gefühl aufgewacht. So als würde etwas bevorstehen, von dem sie noch nicht wusste, was es sein könnte. Dabei hatte sie gut geschlafen und sich nicht wieder in ihren Träumen verfangen.

Nachdem sie Stella in den Kindergarten gebracht und nach dem allmorgendlichen Plausch mit Rico im Bus die Fahrt zur Arbeit genossen hatte, betrat sie das Foyer der Klinik. Sofort fiel ihr die Veränderung auf. Martina war nicht da. Und damit blieb auch der vorwurfsvolle Blick auf die Uhr aus. Schnell huschte sie über die Treppe in den ersten Stock.

Vor dem Pflegezimmer herrschte schon reger Patientenbetrieb. Einige warteten darauf, ihre Medizin einnehmen zu können, andere wollten sicher Termine verschieben oder sich für einen Ausgang abmelden.

»Ach Lucy, super, dass du da bist. Dr. Kuhl hat schon nach dir gefragt«, wurde sie von Conny begrüßt. Sie schob gerade eine Tablettenbox und ein Glas Wasser über den Tresen. Die Patientin schluckte die Medizin ohne ein Wort, hob die Hand zum Gruß und verließ den Raum. Direkt klopfte es wieder an der Tür.

»Herein«, rief Conny. Dabei blies sie sich eine Haarsträhne aus dem Gesicht.

»Hast du eine Idee, was er wollte?«, fragte Lucy noch schnell in die Lücke. Sie zog sich ihren Schwesternkittel über.

»Keine Ahnung. Ich glaube, es ging um unseren Spezialpatienten.« Conny zuckte mit der Schulter, dann wandte sie sich an den Patienten, der eben zur Tür hereingekommen war. »Was kann ich denn für Sie tun, Herr Köster?«

»Ich kann nicht schlafen«, begann Herr Köster ohne Umschweife. »Ich muss mit der Ärztin reden. Alles dreht sich in meinem Kopf und irgendwann macht das ganze Zimmer mit. Sobald ich die Augen schließe, bin ich woanders. Und wenn ich doch mal einschlafe, habe ich wilde Träume. Das kann doch nicht normal sein. Ich brauche mit Sicherheit meine Medikamente wieder. So geht das hier nicht weiter.«

»Na, dann schauen wir mal.« Conny nahm sich eine Akte und blätterte darin herum. »In Ihrem Plan steht, dass Sie heute Nachmittag einen Termin bei der Ärztin haben. Wo ist das Problem?«

»Dass es erst heute Nachmittag ist«, reagierte Herr Köster heftig atmend. »Ich brauche jetzt Unterstützung.«

»Das wird sich schwer machen lassen. Frau Dr. Schnell hat den ganzen Tag Termine.« Conny beugte sich leicht über den Tresen und schaute Herrn Köster warmherzig an. »Ich kann mir vorstellen, dass das nicht leicht für Sie ist. Aber ich bin mir sicher, dass Sie das bis heute Nachmittag schaffen. Waren Sie denn schon frühstücken?«

Herr Köster schüttelte den Kopf und öffnete den Mund.

»Sehen Sie, das hilft bestimmt. Ihre Kollegen aus der Therapiegruppe warten doch sicher schon auf Sie. Lassen Sie sich mal ein bisschen ablenken, genießen Ihren Kaffee und um zehn haben Sie schon den ersten Termin. Sie werden sehen, der Tag vergeht wie im Flug und dann hat Frau Dr. Schnell für Sie Zeit«, redete Conny weiter, bevor Herr Köster etwas erwidern konnte.

Noch einmal holte er tief Luft. Conny nickte ihm aufmunternd zu.

»Na gut, weil Sie es sind«, brummelte er und verließ das Zimmer.

»Wie du das immer machst! Ich bewundere dich«, sagte Lucy, während sie sich eine Tasse Kaffee einschenkte.

»Das sagt die Richtige. Du bist doch bei allen Patienten die Lieblingsschwester. Ich bin nur freundlich und froh, dass der Tresen hier eine Grenze bildet. Und solche Menschen wie der Köster sind doch sowieso schon gestraft. Tablettensucht ist sicher nicht lustig.«

»Haben wir Vollmond oder so? Ich habe das Gefühl, heute sind alle überdreht«, kam Fiona sprudelnd plappernd in das Zimmer gefegt. Sie stellte ein Tablett mit verschiedenen Bechern ab und schloss Lucy kurz in die Arme. »Schön, dass du da bist.« Dabei verzog sie ihren Mund und ähnelte kurz einem Frosch.

Lucy kannte diese Grimasse. »Was ist los?«

»Ich sag ja, heute drehen alle durch. Unser Lieblingspatient Ethan van Holt will sich selber entlassen.

Seine Mutter hat heute schon hier angerufen und uns Inkompetenz vorgeworfen. Ehrlich gesagt, kann ich jetzt ein bisschen verstehen, warum der Sohn so geraten ist. Na, jedenfalls habe ich sie natürlich zu Dr. Kuhl durchgestellt. Und der hat kurz darauf bei uns angerufen und nach dir gefragt. Du warst noch nicht bei ihm, oder?«

Lucy erinnerte sich an ihr mulmiges Gefühl beim Aufwachen. Könnte gut sein, dass die Vorahnung damit zu tun hatte. Jetzt wurde sie schon so hellseherisch wie Naima, dachte sie innerlich grinsend. Allerdings war ihr nicht wirklich zum Lachen zumute. »Nein, war ich noch nicht. Aber das werde ich mal lieber direkt erledigen.«

Fiona nickte. Dann zog sie ihren Bauch ein, streckte den Brustkorb raus und hob das Kinn. »Du hast dir nichts vorzuwerfen, also mach dich nicht kleiner, als du bist. Auch wenn du klein bist«, schob sie noch grinsend nach.

»Danke für die Motivation«, schnaubte Lucy und machte sich auf den Weg. Wie gerne hätte sie Connys Job am Tresen übernommen! Die war gerade dabei, einer jungen Patientin Blutdruck zu messen. Dabei plauderten sie über alles Mögliche.

Auf dem Weg zu Dr. Kuhl überlegte sie, ob sie

etwas mit Ethan van Holts Selbstentlassung zu tun haben könnte. Ihr fiel beim besten Willen nichts ein. Wenn sie es sich recht überlegte, hatte sie in den letzten beiden Tagen versucht, ihm aus dem Weg zu gehen. Was natürlich nicht immer funktionierte. Schließlich war sie ja für ihn zuständig. Meistens hatte er unwirsch reagiert, wenn sie sein Zimmer betreten hatte. Oder gar nicht. Das war dann der Fall gewesen, als er mal wieder eine Therapiestunde verpasst und sich auch auf keine Anrufe gemeldet hatte. Dann waren sie verpflichtet, nach den Patienten zu schauen.

Sie klopfte zaghaft und nach einem kräftigen »Herein!« betrat Lucy Dr. Kuhls Zimmer.

»Sie wollten mich sprechen?«, fragte sie und blieb dabei an der Tür stehen.

»Schwester Lucy, schön, dass Sie es einrichten konnten«, sagte Dr. Kuhl. Er zeigte auf den Stuhl vor seinem Schreibtisch.

Während Lucy sich setzte, überlegte sie, ob sie sich rechtfertigen sollte. Ließ es dann aber. Ihr Dienst hatte gerade erst begonnen. Eher war also nicht möglich gewesen. Oder wollte er sie gar nicht darauf hinweisen, dass sie zu spät war?

Dr. Kuhl saß hinter dem Schreibtisch, hatte die Fingerspitzen aneinandergelegt und schien nachzudenken. Sein Blick ging durch Lucy hindurch ins Leere. Aufmerksam betrachtete sie ihn. Mit seinem eher runden Gesicht, den kurzen dunklen Haaren und der Nickelbrille hätte er Harry Potter Konkurrenz machen können. Allerdings war er mindestens einen Kopf größer als der kleine Magier. Jetzt, wo er mit seinen Gedanken ganz woanders zu sein schien, wirkte er viel weicher und irgendwie freundlicher. Eigentlich sah er ganz sympathisch aus, wenn er nicht immer seine Ironie zur Schau trug. Wie alt er wohl sein mochte? Darüber hatte Lucy nie nachgedacht. Aber sicher noch keine 40. Wenn sie ihn jetzt so betrachtete, eher Mitte 30. Das war schon verrückt. Sonst wirkte er immer wie ein altehrwürdiger Herr im weißen Kittel. Und ließ das die Schwestern und Pfleger auch spüren. Wie eine Mogelpackung, kam es ihr in den Sinn.

»Ja, äh ...« Dr. Kuhl räusperte sich. Sofort veränderte sich seine komplette Erscheinung.

Augenblicklich tauchte Lucy aus ihren Überlegungen auf. Sie nickte. Warum redete er denn nicht weiter?

»Also, Schwester Lucy, Ethan van Holt scheint ein ... äh ... besonderer Patient zu sein. Nennen wir es mal so.« Er fixierte sie mit seinen Augen.

Lucy versuchte, seinem Blick standzuhalten. Was

ihr nicht leicht fiel, da der Knoten in ihrem Magen immer größer wurde. Hatte sich dieser van Holt über sie beschwert? Dann konnte Dr. Kuhl doch einfach damit rausrücken. Sie hatte sich keine Vorwürfe zu machen und würde die Sache aufklären können. Und außerdem wurde sie nicht gerne so intensiv gemustert. Von ihrem Chef schon mal gar nicht.

»Es ist so«, hob Dr. Kuhl erneut an. »Ethan van Holt möchte die Klinik so schnell wie möglich verlassen. Seine Mutter hingegen will uns auf unterlassene Hilfeleistung verklagen, wenn wir ihn nicht davon abhalten. Inwieweit das zum Erfolg führen würde, sei mal dahingestellt. Schließlich ist Ethan van Holt ein erwachsener Mensch. Allerdings hat die gute Frau, nachdem ich ihr klar gemacht habe, dass wir niemanden halten können, der nicht hier sein will, ihre Taktik geändert und mit einer enormen Spendensumme für unsere Klinik gelockt. Ich weiß, das klingt nach Erpressung.« Dr. Kuhl hob die Hände und verzog das Gesicht.

Lucy rutschte unangenehm berührt auf ihrem Stuhl herum. Warum erzählte er ihr das? Sie würde so etwas doch sowieso nicht entscheiden. Und wollte damit auch nichts zu tun haben. Eine innere Stimme flüsterte, dass sie auf der Hut sein sollte.

Denn mittlerweile hatte sich Dr. Kuhls Miene wieder verwandelt. Er konnte also doch freundlich dreinschauen. Nur gerade jetzt wirkte es aufgesetzt. Sie spürte, wie sich Schweiß auf ihrem Rücken bildete und langsam der Schwerkraft nachgab. Wo war hier die Stopptaste? Sie wollte raus aus dieser Situation.

»Worum ich Sie jetzt bitte, muss unser Geheimnis bleiben!« Dr. Kuhls Gesicht hatte wieder professionelle Züge angenommen. Allerdings mit einem angestrengten Lächeln.

»Ähm, Moment, ich möchte keine Komplizin bei irgendwelchen Machenschaften sein«, rutschte es Lucy heraus, bevor sie weiter nachdenken konnte.

Wider Erwarten hellte sich Dr. Kuhls Miene auf. »Komplizin, das klingt gut. Gefällt mir! Verbunden, bis dass der Tod uns scheidet!«

Lucy wurde übel. So sehr, dass sie nicht mal Lust verspürte, ihren Chef darauf hinzuweisen, dass dieser Satz eher zu einem Eheversprechen passte. Oder hatte er es etwa auf diese Reaktion angelegt? Sie schluckte würgend an ihrer Spucke und erschrak heftig, als Dr. Kuhl plötzlich aufstand.

»Keine Angst, Sie haben mit der Mutter von Ethan van Holt nichts zu tun. Diese Angelegenheit kläre ich mit ihr. Ich hatte nur das Gefühl, Sie in die Sache einweihen zu müssen, da Sie mich ja sonst sowieso mit Fragen löchern würden.« Er holte tief Luft. »Also, Sie sorgen dafür, dass Ethan van Holt Patient in dieser Klinik bleibt. Und glauben Sie mir, ich hätte sonst niemanden fragen wollen. Ihnen vertraue ich. Über die andere Sache bewahren Sie Stillschweigen. Oder am besten vergessen Sie, was ich gesagt habe. Können Sie mir folgen?«

Folgen? Entrüstet stieß Lucy Luft aus ihren Lungen. Sie war doch nicht seine Schülerin, die ihm an den Lippen hing. »Und was passiert, wenn ich Ihr Angebot nicht annehme?«, presste sie hervor und zeichnete Gänsefüßchen in die Luft.

»Das kann ich Ihnen nicht vollumfänglich erklären. Nur soviel: Die Zahlen sehen mies aus und der Vorstand plant die nächste Entlassungswelle.«

Das hatte gesessen! Lucy atmete schwer. Sie durfte auf gar keinen Fall ihren Job verlieren. Aarons Einnahmen fehlten doch sowieso schon an allen Ecken und Enden. Eine schlimme Ahnung beschlich sie. Hatte Dr. Kuhl sie deswegen ausgewählt, weil er wusste, dass sie auf diesen Job angewiesen war? Niemals hätte sie ihn für so berechnend gehalten. Wütend schob sie den Stuhl zurück und stand auf. »Und Sie wollen mir jetzt sagen, dass ich dann die Erste wäre, die entlassen werden würde?« Lucy konnte ihren Zorn kaum noch unterdrücken. Alles in ihr brodelte und war auf Angriff vorbereitet. Mit Dr. Kuhls Reaktion hatte sie allerdings nicht gerechnet.

Er blinzelte irritiert, dann erschien so etwas wie Verstehen auf seinem Gesicht. »Nein! Lucy, das haben Sie falsch verstanden! Ich wollte Sie nicht erpressen! Ganz im Gegenteil! Sie sind jetzt eine von wenigen Personen hier in der Klinik, die wissen, wie es um unseren Haushalt bestellt ist. Wirklich, das würde ich nicht jedem erzählen. Wir stecken in einer ziemlichen Klemme, aus der uns fast nichts mehr retten kann. Entweder ein Wunder ...« Dr. Kuhl hob die eine Hand, als würde er das Wunder tragen, dann hob er die andere. »Oder eine Finanzspritze. Am einfachsten in Form einer Spende. Und glauben Sie mir, Familie van Holt ist sehr vermögend. Ich habe mich ein bisschen im Netz umgesehen. Eine Brauerei mit langer Familientradition. Hintermüller, kennen Sie vielleicht. Das heißt, Ethan van Holts Vater stammt aus der Familie. Anscheinend hat seine Mutter darauf bestanden, dass ihr Name der Familienname wird. Was ja doch bei Traditionsunternehmen sehr verwunderlich ist. Aber die Dame hat Durchsetzungsvermögen, das kann ich Ihnen sagen. Kein Wunder, dass ihr Sohn ...« Jetzt hielt er inne und winkte ab. »Das gehört nicht hierher. Also, was sagen Sie? Oder brauchen Sie bis morgen Bedenkzeit? Bitte, Lucy, denken Sie nicht schlecht von mir. Es geht mir um den Erhalt unserer Klinik. Oder wenigstens um eine Verlängerung. Und ich schätze Ihren Umgang mit den Patienten sehr!«

Er sah aus, als wollte er noch etwas sagen, schien es sich aber anders überlegt zu haben. Mit fragenden Augen schaute er sie an. Erschöpfung lag in seinem Blick.

Von dieser Entwicklung musste sich Lucy erst einmal erholen. »Ich habe morgen frei, gebe Ihnen am Sonntag Bescheid.« Damit drehte sie sich um und verließ das Zimmer.

»Dann hoffen wir mal, dass Ethan van Holt dann noch da ist«, rief Dr. Kuhl hinterher.

8

»Und du willst mir nicht sagen, was mit dir los ist?« Naima schaute sie mit ihren liebevollen Augen an.

Lucy hatte es irgendwie geschafft, sich noch durch den Tag zu retten. Auch die Heimfahrt mit Fiona war ihr, ohne dass ihre Freundin zu viele Fragen stellte, geglückt. Natürlich hatten ihre Kolleginnen mitbekommen, dass Dr. Kuhl ihr zugesetzt haben musste. Aber Lucy hatte den Nachfragen immer wieder ausweichen können und irgendwann Unwohlsein vorgeschoben. Ob Conny und Fiona ihr glaubten, konnte sie nicht sagen; immerhin hatte die bohrende Fragerei nachgelassen.

Lucy schüttelte leicht den Kopf und drückte Stella an sich, die auf ihrem Schoß saß und eine Banane aß. »Ach, es war einfach ein anstrengender Tag. Ich bin froh, dass ich morgen frei habe«, antwortete sie.

Dabei versuchte sie, so unbeschwert wie möglich zu lächeln. »Und morgen fahren wir zwei zu Fiona und gehen dann auf den Spielplatz am Kap. Was hältst du davon?« Sie drückte ihrer Tochter einen Kuss auf die Wange.

»Au ja!«, jubelte Stella. Sie drehte sich zu ihrer Mutter um und strahlte sie an. Die Banane landete auf Lucys Pulli.

»Ach Süße, pass doch auf«, meckerte Lucy und ärgerte sich direkt. Das hatte ihre Tochter schließlich nicht mit Absicht gemacht. Manchmal wünschte sie sich diese kindliche Freude zurück. Erinnern konnte sie sich nicht mehr wirklich daran, aber eine Matschbanane auf dem Pulli war sicher kein Beinbruch.

Stella schien ihre Äußerung gar nicht mitbekommen zu haben. Sie ließ die Banane einfach liegen, sprang von Lucys Schoß und lief quer über die Wiese. Lucy legte die Frucht mit spitzen Fingern auf den Tisch und wischte auf ihrem Pulli herum.

»Hat es wieder mit einem deiner Träume zu tun?«, fragte Naima. »Ich finde das sehr spannend und habe auch eine Theorie, wo du in deinen Träumen bist.« Sie lächelte aufmunternd.

Lucy stand auf und ging um den Tisch herum. Sie legte ihre Arme von hinten über Naimas Schultern.

Ihre Wangen berührten sich. »Nein, diesmal war es leider sehr real. Aber ich bin heute zu müde, um darüber zu reden. Und deine Traumtheorie höre ich mir gerne ein anderes Mal an. Vielleicht am Sonntagabend? Wenn ich Stella wieder abhole?«

Naima drückte sich zart an Lucys Wange.

»Kann ich morgen dein Auto haben? Die ersten Feriengäste haben sich angekündigt und ich muss die Wohnung noch auf Vordermann bringen.«

Nickend schob Naima Lucy von sich und reckte ihren Rücken. »So machen wir es, meine Kleine! Und jetzt ab nach Hause, ich muss mal ganz ohne Hokuspokus meine Beine hochlegen. Wir sehen uns morgen!«

Am nächsten Morgen beim Frühstück war Lucy froh, wie ein Stein geschlafen zu haben. Statt Naimas Beruhigungstee für den Abend hatte sie sich für ein Bier entschieden. Die erhoffte Wirkung hatte auch direkt eingesetzt. Sie wurde schläfrig und konnte so ihre Gedanken verdrängen.

»Mama, können wir die Schildkröten von Naima abholen und mit zum Kap nehmen? Dort wollten die schon immer hin.«

Stella riss Lucy aus ihrer Trägheit. »Was?«, fragte sie, bis Stellas Frage in ihr Gehirn drang. »Ach Schatz, das verschieben wir auf ein anderes Mal, ja? Vielleicht nehmen wir dann Naima lieber mit, oder? Heute müssen wir erst in die Ferienwohnung und sind dann bei Fionas Mama zum Kuchenessen eingeladen.«

Mit schokocremeverschmierter Schnute schien Stella über Lucys Worte nachzudenken. Dabei schleckte sie mit der Zunge über ihre Lippen. Schließlich zuckte sie mit den Schultern und nickte. »Ob es wieder Schokokuchen gibt?«

Lucy lachte laut auf. Ihre Tochter war schon ein wundersames Wesen. Zwar konnte sie auch beharrlich sein und das mit kindlicher Empörung kundtun, aber meistens gab sie sich mit Lucys Erklärung zufrieden und akzeptierte die Entscheidung. Sehr oft beglückwünschte sich Lucy zu ihrer Tochter, besonders wenn sie schreiende Kinder im Supermarkt sah. Wie oft hatte Stella die Kinder neugierig gemustert und Lucy schon Bedenken gehabt, dass sie sich das Verhalten abschauen könnte. Aber Stella schien das nicht für nötig zu halten.

Als sie später Naimas Kleinwagen vor dem Haus ihrer Eltern in Putgarten parkte, klebte Lucy schon das T-Shirt am Rücken. Warum musste es ausgerechnet heute so heiß sein? Sie freute sich auf die kühle Brise am Kap.

Stella hatte sich bereits abgeschnallt und war aus dem Auto gesprungen. Sofort lief sie zur Schaukel, auf der Lucy schon ganze Nachmittage in ihrer Kindheit und Jugend verbracht hatte. Anfangs mit Fiona, später heimlich im Dunkeln mit ihrer ersten großen Liebe und noch später mit Kopfhörern auf den Ohren, um mit überlauter Musik den Liebeskummer zu verdrängen. Sie wunderte sich immer wieder, wie der alte Apfelbaum das alles immer noch mitmachte, aber der dicke Ast bewegte sich kaum, als Stella sich jetzt abstieß und zu schaukeln begann.

»Ich bin im Haus, mein Schatz! Bleib schön im Garten, ja? Und wenn was ist, rufst du laut, okay?«

Stella nickte lachend und Lucy schob sich eine Haarsträhne hinter das Ohr. Jetzt klang sie schon wie ihre Mutter früher. Die gleichen Worte hätten auch von ihr kommen können.

Als Lucy mit einer Tüte Obst und einem Blumenstrauß in der Hand ihr Elternhaus aufschloss, versetzte sie der Geruch direkt wieder in ihre Kindheit. Obwohl ihre Eltern nun schon lange nicht mehr hier wohnten und im Sommer die Feriengäste ein- und ausgingen, blieb der typische Familienduft. Oder lag es an den Putzmitteln, da sie die gleichen wie ihre Mutter benutzte?

Zuerst öffnete Lucy alle Fenster im Erdgeschoss und ließ die frische Luft durchziehen. Nachdem sie die Zimmer gesaugt, das Bad geputzt und die Küche kontrolliert hatte, wischte sie noch einmal alle Flächen mit einem Tuch ab. Zu guter Letzt legte sie das Obst in eine Holzschale, die in der Küche stand, und stellte die Vase mit den Blumen ins Wohnzimmer. Nun noch schnell die Betten beziehen und die Wohnung war für die ersten Gäste gerichtet.

Ein Blick aus dem Fenster zeigte ihr wieder einmal, dass der Apfel nicht weit vom Stamm fiel. Stella schaukelte noch immer und trällerte dabei ein Lied.

Lucy schloss die Erdgeschosswohnung sorgfältig ab und begab sich ins Obergeschoss. Nachdem ihre Eltern nach Berlin gezogen waren, hatten sie angenommen, dass Lucy in das Haus ziehen würde. Aber sie war damals gerade mit Aaron zusammengekommen, und der hatte eine kleine Wohnung in Bergen. Auch wenn man das nun wirklich nicht mit einer Großstadt vergleichen konnte, war in Bergen immerhin ansatzweise was los. Es gab ein Kino und ein paar Bars, wo sie sich mit Freunden treffen konnten. Glücklicherweise hatten ihre Eltern das ziemlich entspannt aufgenommen, schließlich waren sie ja aus genau diesem Grund nach Berlin gezogen. Mit ihrer

Frührente in der Tasche und guter Beziehung zu einer Immobilienmaklerin hatten sie eine kleine Wohnung in Berlin-Friedenau bezogen und genossen seitdem das kulturelle Leben der Hauptstadt.

Damals hatte sich der Familienrat dafür entschieden, das Haus nicht zu verkaufen, sondern das Erdgeschoss in eine Ferienwohnung umzuwandeln. Das war leicht, denn im Grunde waren Küche, Bad und Wohnzimmer vorhanden, und aus dem ehemaligen Arbeitszimmer wurde das Schlafzimmer. Das Obergeschoss blieb Familienwohnung. Im ehemaligen Schlafzimmer ihrer Eltern war nun der Wohnraum mit Küchenzeile, ihr Kinderzimmer sah fast noch so aus wie früher, nur dass jetzt ein Doppelbett darin stand, und ein großes Bad gab es sowieso. Hin und wieder übernachteten Lucy und Stella in der Wohnung. Vor allem, wenn die Dorffeste anstanden oder Fiona zu einer Party lud. Aber seit Aarons Unfall waren sie nur noch selten geblieben. Lucy fühlte sich Aaron in ihrer Wohnung in Dranske näher und hatte immer das Gefühl, ihre kleine Familie zu verraten, wenn sie dort auszöge. Deshalb hatte sie nicht nach Putgarten ziehen können, obwohl ihr das viele aus finanzieller Sicht geraten hatten. Und natürlich wäre Naima dann zu weit weg gewesen, um sie so unkompliziert zu unterstützen.

Das Geld aus den Vermietungen half ihr sehr und sie war ihren Eltern dankbar, dass die der Meinung waren, wer die Wohnung putzt und vermietet, bekommt auch die Einnahmen. Natürlich hätte sie über das Jahr gesehen mehr Gäste aufnehmen können, aber dann hätte sie noch weniger Zeit mit Stella verbringen können. Und das war ihr im Moment am wichtigsten.

Nachdem sie sich vergewissert hatte, dass im Obergeschoss alles in Ordnung war, verließ Lucy das Haus und setzte sich neben ihre schaukelnde Tochter ins Gras. Sie spürte die warme Rinde des Apfelbaumes an ihrem Rücken. Zufrieden schloss sie die Augen. Sofort schoben sich Bilder aus ihrer Kindheit in ihr Gedächtnis. Wie ihr Vater sie immer höher hatte fliegen lassen. Ihre Mutter, die ihnen vom Gartentisch aus zuwinkte, in der einen Hand ein Buch, in der anderen die Kaffeetasse. Lucy seufzte. Würde Stella solch eine Familienidylle jemals wieder erleben können? Das konnte doch nicht sein, dass sie ihren Vater nie mehr wiedersah. Das durfte einfach nicht sein. Aaron war sicher noch am Leben und kam irgendwann mit einer einfachen Erklärung für sein Verschwinden zu ihnen zurück. Etwas anderes wollte sie nicht zulassen. Sie spürte, wie sich ihr Hals zuschnürte.

Selbst das Schlucken half nicht viel. Schon stiegen die ersten Tränen auf.

»Fiona!«, schrie Stella plötzlich neben ihr. Sie sprang von der Schaukel und rannte über die Wiese zum Gartentor.

»Hallo, du Süßeste! Ich dachte, ich schaue mal nach, ob ich euch noch helfen kann, aber ihr lasst es euch ja schon gutgehen, was?« Während Fiona Stella auf den Arm nahm und sie durch die Luft wirbelte, hatte sie die letzten Worte in Richtung Lucy gerufen.

Eilig wischte sich Lucy die Tränen von der Wange und stand auf. »Nur eine kurze Verschnaufpause. Wir wären gleich zu euch rübergekommen«, sagte sie mit dumpfer Stimme. Sie räusperte sich.

»Das ist gut! Meine Mutter wartet schon mit dem weltbesten Schokokuchen auf euch. Also los ...« Fiona setzte Stella wieder ab, als sie Lucy erreicht hatten. Dann umarmte sie ihre Freundin. »Hey, ist alles gut bei dir?«, fragte sie flüsternd.

Lucy atmete tief ein und nickte leicht. »Gut, dass du da bist. Ich hätte mich sonst wieder verloren.«

»Na dann, lasst uns den Nachmittag genießen!«, rief Fiona, während sie Lucys Hand drückte.

»Sag mal, kannst du eigentlich schon Fahrrad fahren?«, fragte Fiona Stella, nachdem sie sich den Bauch mit Schokokuchen vollgeschlagen hatten und für den Spaziergang zum Kap bereitmachten. Dabei zwinkerte sie Lucy zu, der klar war, dass Fiona genau wusste, dass Stella schon vor einer Weile das Radeln gelernt hatte.

Prompt reagierte Stella entrüstet darauf. »Natürlich! Das kann ich schon lange. Ich bin doch kein Baby mehr«, antwortete sie. Dabei hatte sie beide Hände in die Seiten gestemmt und schaute Fiona mit zusammengekniffenen Augen an.

»Das dachte ich mir schon«, sagte Fiona und schob wie beiläufig die Schuppentür auf, an der sie gerade vorbeikamen. »Dann bist du ja fürs Rollerfahren zu groß, was?«

Stellas Neugier war geweckt. Sie linste an Fiona vorbei in den Schuppen. »Das ist doch kein Roller!«, rief sie, blieb aber stehen. Eine kleine Falte hatte sich auf ihrer Stirn gebildet.

Fiona schob die Tür noch ein bisschen weiter auf und trat beiseite. »Na ja, den hat ein Gast letztens dagelassen. Er hat gesagt, dass seine Kinder sowieso nicht damit fahren würden und wir den gerne für andere Gäste nutzen könnten. Aber du bist ja zu groß dafür.«

In der Zwischenzeit war Stella schon in den Schuppen gegangen und zog am Lenker des übergroßen

Rollers. »Der ist doch nicht für kleine Kinder«, sagte sie mit einer Stimme, die an Fionas Wahrnehmung zu zweifeln schien. »Da muss man doch mindestens so groß sein wie ich.« Jetzt hatte Stella den ganzen Roller aus dem Schuppen gefahren und begutachtete ihn skeptisch.

»Ach, da könntest du recht haben. Ich glaube, die Kinder von unserem Gast waren auch schon älter als du. Also, wenn du Lust hast, probier doch mal, ob du damit zurechtkommst.« Fiona war neben Lucy getreten und drückte ihr grinsend die Hand.

Das ließ sich Stella nicht zweimal sagen. Sie stellte einen Fuß auf das Trittbrett und wollte sich schon abstoßen, als sie doch erst noch mal zu Fiona schaute. »Und warum hast du mich gefragt, ob ich schon Fahrrad fahren kann? Das ist doch kein Fahrrad.«

Diesmal war selbst Lucy über Stellas Rückschluss erstaunt. Sie hatte erwartet, dass sie einfach losrollern würde, aber Stella musste es wieder genau wissen.

»Na ja, wenn ich dich gefragt hätte, ob du Lust hast, mit dem Roller zum Kap zu fahren, hättest du doch gedacht, dass ich dich veralbern will«, sagte Fiona lachend. »Aber warte mal, wir verstellen den Lenker noch ein bisschen, denn ich glaube, die Kinder von unserem Gast waren etwas größer.«

Als alles gerichtet war, setzte Stella wieder den Fuß auf das Trittbrett und diesmal stieß sie sich ab. Dabei strahlte sie über das ganze Gesicht. »Das ist super!«, rief sie und sauste schon Richtung Straße. Mit Schwung bog sie nach rechts ab.

Gott sei Dank wohnte Fiona am Ende einer Sackgasse, die danach in einen Feldweg Richtung Kap mündete. Die Gefahr, dass sich ein Auto hierhin verirrte, war mehr als gering.

»Sag mal, das ist doch ein total teurer Roller mit diesen großen Luftreifen und dem stylischen Gestell. Den wollte dein Gast wirklich nicht wiederhaben?« Lucy schüttelte ungläubig den Kopf.

»Hat mich ja auch gewundert. Ich glaube, Geld spielt keine so große Rolle bei der Familie. Und die Kinder sind dem Rolleralter echt schon entwachsen. Ich hatte sogar das Gefühl, dass sie das Ding absichtlich hier vergessen haben. Ist natürlich toll für uns und unsere anderen Gäste, wenn die Kids mit so einem Gefährt über den Feldweg zum Kap kullern können.«

»Und für Stella«, antwortete Lucy. Sie hakte sich bei Fiona unter und gemeinsam liefen sie hinter Stella her, die schon eine ordentliche Strecke zurückgelegt hatte und gerade wieder umdrehte, um ihnen entgegenzufahren.

»Sag mal, was war gestern eigentlich los? Hat dich der Kuhl zur Schnecke gemacht?«, begann Fiona ohne Umschweife.

Lucy hatte natürlich damit gerechnet, dass ihre Freundin danach fragen würde. Sie seufzte. Was sollte sie darauf antworten, ohne Fiona zu verletzen. Wütend ballte sie die Fäuste. Wie konnte dieser Kuhl ihr das antun? Er hätte sie doch gar nicht einweihen müssen, sondern ihr einfach den Auftrag geben können, sich um Mister van Holt zu kümmern. Wäre das nicht fairer gewesen?

»Der fährt fast von alleine, guck mal, Mama!«, rief Stella jetzt schon von weitem. »Ich schubs mich einmal ab und dann bin ich richtig schnell.«

Lucy lachte laut auf und merkte selber, dass es gekünstelt klang. Aber sie war so froh um den kurzen Aufschub und vielleicht konnte sie Fiona mit einem Themenwechsel ablenken. »Super, meine Süße! Fahr aber nur bis zum Ende vom Feldweg und dreh dann wieder um, ja?«

Stella nickte, wendete und sauste wieder los.

»Hoffentlich kommt sie nicht auf die Idee und will zuhause auch so einen Roller haben«, sagte Lucy. Das war ziemlich lahm, um Fiona abzulenken. Was sollte sie darauf schon antworten?

»Du brauchst gar nicht zu versuchen auszuweichen«, lachte Fiona. »Schon vergessen? Wir kennen uns aus Sandkastenzeiten. Ich weiß, warum deine Stimme so bescheuert klingt.«

Lucy schluckte. »Ach du, wenn ich jetzt ganz ehrlich zu dir bin, dann darfst du aber auch nicht sauer sein, okay?«

Fiona gab ein grummelnd zustimmendes Geräusch von sich.

Jetzt holte Lucy tief Luft. »Das Einzige, das ich dir sagen kann, ist, dass ich dir nichts sagen kann. Es ging um Ethan van Holt und dass ich mich intensiver um ihn kümmern soll.« Dabei malte sie Gänsefüßchen in die Luft.

»Ich dachte, der verlässt uns schon wieder? Jedenfalls habe ich das im Buschfunk gehört.«

Die Wut auf Dr. Kuhl wuchs noch mehr. Jetzt musste sie seinetwegen ihre Freundin anlügen. Oder durfte ihr nicht alles sagen, wo sie das doch sonst immer taten. »Vielleicht funktioniert der Buschfunk nicht immer. Du weißt ja, wie van Holt ist. Dr. Kuhl möchte eben, dass wir ihn als Patient nicht verlieren. Ich glaube, er sieht sich bei ihm irgendwie herausgefordert. Das scheint zu locken.« Immerhin hatte sie jetzt nicht ganz gelogen, denn es stimmte ja, dass

Ethan van Holt Patient bleiben musste. Lucy spürte förmlich, wie Fiona abzuwägen schien, ob sie ihr das glauben sollte.

»Und was bedeutet das, dass du dich intensiv um ihn kümmern sollst?«, fragte Fiona nach einem Schnaufen.

»Ehrlich gesagt, weiß ich das auch noch nicht so genau. Ich fürchte, ich muss mich morgen mal mit ihm unterhalten und dabei meinen sogenannten Charme, von dem Conny immer spricht, sprühen lassen.« Lucy pustete sich eine Haarsträhne aus dem Gesicht. »Aber weißt du was? Ich habe jetzt keine Lust mehr, über den Typen zu reden. Erzähl mal lieber, was es bei dir Neues gibt. Was macht die Suche nach deinem Herzblatt? Hast du wieder ein Date?« Vor ein paar Monaten noch hatte Fiona ein großes Geheimnis daraus gemacht, dass sie sich bei einer Datingplattform angemeldet hatte. Lucy hatte es auch erst erfahren, als Nils Fiona aufzog, mit wem sie denn da so verliebt durch Göhren geschlendert war. Danach hatte ihr Fiona erzählt, dass das ihr erstes Date mit einem Matchmann gewesen war. Und dass sie sich doch extra auf der anderen Seite der Insel getroffen hatten. Aber Rügen war eben doch zu klein und der Mann sowieso nichts gewesen. Und woher hätte sie wissen können, dass Nils' Oma in Göhren wohnte und er ihr ausgerechnet an dem Tag einen Besuch abstatten würde?

»Ach nee, das war irgendwie doch nichts für mich«, antwortete Fiona einsilbig.

Lucy kam es so vor, als würde sie ihr ausweichen. »Wie? Hast du dich schon wieder abgemeldet? Nur weil Nils euch gesehen hat?«

»Ach Quatsch, wegen dem doch nicht.« Fiona räusperte sich. »Ich weiß auch nicht, die Männer haben mir alle nicht zugesagt. Eigentlich ist es doch blöd, auf dem Weg jemanden kennenzulernen. Sollte das nicht einfach so passieren?«

»Ist es ja aber bisher nicht. Und wie du gerade gesagt hast, wir wohnen hier auf einer Insel. Rundherum ist Wasser. Also, wenn du nicht einen Fischer haben willst, musst du dich mal weiter als bis nach Stralsund trauen.« Den Stich, der ihr bei der Erwähnung der Fischer ins Herz gefahren war, versuchte sie wegzuatmen. »Vielleicht sollten wir unseren nächsten Urlaub zusammen planen? Es gibt doch bestimmt einen Ort, wo du schon immer mal hinwolltest, oder?«

Fiona zog ihren Arm unter Lucys hervor. »Du weißt, dass ich am liebsten zuhause bin. Ich brauch dieses Rumgereise nicht. Wir haben es doch superschön hier. Die Leute machen extra Urlaub auf Rügen und bezahlen eine Menge Geld dafür. Also, warum soll ich woanders hinwollen?«

Natürlich wusste Lucy, dass Fiona, aus welchem Grund auch immer, nicht gerne verreiste. Selbst die Klassenfahrten hatte sie versucht zu umgehen und sich meistens krankgemeldet. Und natürlich war nicht klar, ob sie auf dem Festland jemanden fürs Leben finden würde. Aber die Chancen standen doch viel höher als hier auf der Insel, wo sie, außer den Urlaubern, die meisten Leute kannte. Schließlich fuhr Fiona lediglich von Putgarten bis nach Glowe und zurück. »Welcher Typ Mann gefällt dir eigentlich? Vielleicht finde ich ja deinen Traumpartner.« Sie angelte wieder nach Fionas Arm und hakte sich unter.

Fiona schnaufte. »Was weiß denn ich? Wahrscheinlich gibt's den gar nicht. Und das ist auch überhaupt nicht schlimm. Meine Mutter war auch immer alleine.«

»Sie hatte immerhin dich«, antwortete Lucy im Affekt und bereute es sofort. Sie wusste, dass Fiona sich auch Kinder wünschte. Aber ohne Partner war das doch wesentlich schwieriger.

»Na und, ich hab ja Stella. Vielleicht hast du ja mal wieder ein Date, dann kannst du mich als Babysitterin engagieren.«

Lucy zog die Luft scharf ein. Ihr Herz begann wild zu pochen. »Ich werde mich ganz sicher auf keinen anderen Mann einlassen. Schließlich ist Aaron noch am Leben und kommt irgendwann zu uns zurück.«

Danach herrschte eine ganze Weile Stille zwischen den Freundinnen. Als sie den Spielplatz am Kap Arkona erreichten, schauten sie Stella beim Toben zu. Kind müsste man sein, dachte Lucy. Da war die Welt noch in Ordnung. Und wenn nicht, konnte man so schnell vergeben und vergessen. Stella lebte immer im Hier und Jetzt. Sie plante nichts, sie überlegte nicht viel, sie machte einfach. Das klang so plausibel und doch war das Erwachsenenleben ganz anders. Sie seufzte leise.

»Tut mir leid«, flüsterte Fiona. »Das war blöd von mir.« Sie legte ihren Arm um Lucys Schulter.

»Von mir auch«, antwortete Lucy, während sie sich an Fiona kuschelte. »Vielleicht sollten wir einfach ein Paar werden. Wir verstehen uns super, Stella liebt dich und wir wären nicht mehr alleine.«

»Mama, ich hänge fest«, schrie Stella in dem Moment.

Lucy rannte los und rettete ihre Tochter, deren Jacke sich am Klettergerüst verhakt hatte.

Als sie später auf dem Heimweg waren, plätscherte

ihre Unterhaltung so dahin. Die tiefergehenden Gespräche ließen beide aus. Auch die Verabschiedung war eher zurückhaltend. An dem Abend dachte Lucy noch eine Weile darüber nach, an welchem Punkt sie sich entfernt hatten. Dabei fiel ihr wieder Dr. Kuhl ein und damit hatte sie ihren Schuldigen. Sie mussten echt aufpassen, dass nicht irgendwelche Männer ihre Freundschaft zerstörten. Schon gar nicht ihr Chef!

9

Der Sand unter ihm fühlte sich gut an. Obwohl er nicht sagen konnte, ob es warm oder kalt war, ob die Sonne schien oder der Wind die Wellen bewegte, die vor ihm an den Strand rollten. Es war einfach nur gut. Und das war so tröstlich. Einerseits. Denn wenn er sich bemühte und seinen Verstand einschaltete, dann würde er schon wissen wollen, woher das Licht kam. Wo war die Sonne? Und wo der Wind, der die Wellen auftürmte? Konnte es auch regnen, ohne dass er es fühlte?

Kaum hatte er diesen Gedanken zu Ende gedacht, fielen erste Tropfen vom immer noch strahlenden Himmel. Ungläubig schaute er nach oben. Doch, er spürte den Regen auf seiner Haut. Konnte es ohne eine einzige Wolke am Himmel regnen? Aber konnte es denn strahlend hell sein, ohne die Sonne?

Mittlerweile hatte der Niederschlag zugenommen.

Eilig kam er auf die Füße und schaute sich um. Irgendwo musste er sich unterstellen. Am Ende der kleinen Bucht entdeckte er eine Hütte. Hatte die vorhin schon dort gestanden? Ohne weiter darüber nachzudenken begann er zu rennen, immer die Hütte im Blick, damit die nicht wieder verschwand, aber vor allem mit dem intensiven Wunsch, schon dort zu sein. Plötzlich geschah etwas Unglaubliches. Schon nach ein paar Schritten war er da. Die Hütte, die zuvor noch hunderte Meter entfernt war, stand nun direkt vor ihm.

Ungläubig öffnete er die Tür, und als er niemanden entdeckte, schlüpfte er schnell hinein, denn mittlerweile wütete ein Unwetter. Fröstelnd schaute er dem Tosen da draußen zu. Wenn es doch wenigstens hier drin wärmer wäre. Mit verschränkten Armen und klappernden Zähnen drehte er sich um und entdeckte einen Kamin. Daneben einen Stapel Holz. Also machte er sich daran, ein Feuer zu entfachen. Sofort zog wohlige Wärme in die Hütte.

Durch den Feuerschein sah er, dass sie komplett eingerichtet war. In der Mitte des Raumes stand ein Holztisch mit vier Stühlen, in der einen Ecke ein Bett, in der anderen eine kleine Küchenzeile. Ob es hier auch fließendes Wasser gab? Wieder hatte er seinen

Gedanken kaum zu Ende gedacht, schon betätigte seine Hand den Wasserhahn, aus dem es zu sprudeln begann. Wie in Trance holte er einen Topf aus dem Küchenschrank, ließ Wasser hineinlaufen und stellte ihn auf den Herd. Bevor das Wasser anfing zu kochen, schaffte er es gerade noch, eine Tasse auf die Arbeitsplatte zu stellen und einen Teebeutel hineinzugeben. Dann goss er das Wasser darüber.

Nachdenklich setzte er sich an den Tisch. Warum passierten die Dinge immer direkt, sobald er an sie dachte? Er hatte an Regen gedacht und nun tobte draußen ein Unwetter. Er hatte sich einen Unterschlupf gewünscht und die Hütte entdeckt. Die jetzt ein Feuer erwärmte, weil ihm kalt war. Selbst die mit Tee gefüllte Tasse war eine Folge seiner Gedanken nach fließendem Wasser und einem wärmenden Getränk.

Vorsichtig nahm er den ersten Schluck und schloss für einen kurzen Moment die Augen. So gut hatte ihm Tee schon lange nicht mehr geschmeckt. Er war doch eher der Kaffeetrinker. Kopfschüttelnd hielt er inne. Worüber machte er sich denn hier Gedanken? Sollte er nicht eher rausfinden, warum er hier war? Hier am menschenleeren Strand? Wenn er doch wenigstens jemanden fragen könnte, wo er sich befand!

Kaum war ihm dieser Gedanke durch den Kopf gehuscht, entdeckte er in der Ferne eine Gestalt. Er stand auf und trat ans Fenster. Als könnten seine Augen sich von selbst schärfer stellen, zoomte er sich näher an die Gestalt heran und erkannte, dass es sich um eine Frau handelte. Sie schien genauso orientierungslos zu sein wie er vorhin. Noch immer tobte das Unwetter. Warum kam sie denn nicht hierher zur Hütte, um Unterschlupf zu finden?

Gerade als er überlegte, ob er es vor die Tür wagen sollte, um ihr etwas zuzurufen, blieb die Frau stehen, stemmte ihre Hände in die Seiten und schaute aufs Meer hinaus.

Erst jetzt bemerkte er, dass ihr das Unwetter nichts auszumachen schien. Nicht einmal ihre Haare bewegten sich im Wind. Wie konnte das sein? Er versuchte, noch näher an sie heranzuzoomen und sah, dass sie trocken und entspannt dastand. Kein Tropfen schien sie zu treffen. Wie gebannt starrte er sie an, bis sie plötzlich ihren Kopf in seine Richtung bewegte und ihn anschaute. Ihre Blicke trafen sich. Obwohl ihn ein ungutes Gefühl befiel, konnte er sich nicht lösen. Als wäre sie die Antwort auf Fragen, die er nicht stellen wollte. Er ahnte, dass sie ein wichtiger Teil in seinem Leben war. Aber genau das konnte er nicht zulassen.

Die plötzliche einsetzende Angst kroch wie ein lebendiges Wesen unter seine Haut, vermischte sich mit einer Sehnsucht, die ihn schwindeln ließ.

Erschrocken zuckte er zurück und verlor die Verbindung zu ihr. Wieder sah er nur eine Gestalt in der Ferne, die noch für einen Moment verharrte, sich dann abwandte und in die entgegengesetzte Richtung davonlief.

Wer war das? Etwas in ihm regte sich, so als würde er sie kennen. Er fühlte sich zu ihr hingezogen, und gleichzeitig spürte er die Furcht vor etwas Unbekanntem. Sein Magen begann zu rebellieren.

Nachdenklich trat er einen Schritt zurück und stieß an einen Stuhl. Er ließ sich darauf sinken. Was stimmte denn nicht mit ihm? War diese Welt echt? Alles wirkte so fremd. Nein, fremd war nicht das richtige Wort. Es wirkte unwirklich. Wie in einem Traum.

Traum! Das musste es sein. Er war in einem Traum gefangen, der allerdings sehr real schien. Aber hier wollte er nicht sein. Plötzlich bekam er keine Luft mehr. Er begann zu röcheln, zerrte an seinem Shirt, das ihn plötzlich einengte. Mit letzter Kraft schrie er auf.

Und öffnete verschwitzt die Augen.

10

Völlig verschlafen huschte Lucy am nächsten Morgen durch die Lobby in der Klinik. Zum Glück schien Martina gerade nicht am Platz zu sein. Die andere Kollegin hob nur freundlich grüßend die Hand.

Im Schwesternzimmer zog Lucy ihren Kittel über. Nils war sicher im Haus unterwegs. Fiona und Conny hatten heute frei, also begann sie damit, die Medizin für die Patienten zusammenzustellen. Kaum war sie damit fertig, klingelte auch schon die erste Patientin. Die nächsten zwei Stunden verflogen in Windeseile. Nils polterte immer nur kurz herein und war gleich darauf schon wieder verschwunden.

Erst gegen Mittag wurde es ruhiger. Es war schon wie verhext. Als würden die Patienten aufs Wochenende warten, brachten sie die skurrilsten Beschwerden vor. Häufig wusste Lucy eine Antwort; die meisten

Ärzte hatten am Wochenende frei oder Bereitschaft. Die Ärzte im Haus wollten natürlich nur im Notfall gerufen werden. Es blieb also an ihr hängen, einzuschätzen, wann wirklich Hilfe gebraucht wurde. Oft reichte es, den Patienten zuzuhören, ihnen einen Spaziergang oder Austausch mit anderen zu empfehlen und sie auf Montag zu vertrösten.

Gerade holte sie ihre Brotdose heraus, um endlich in ihr Hörnchen zu beißen, als es stürmisch an der Tür klopfte. Seufzend schloss Lucy die Dose wieder und betätigte den Drücker, um die Tür zu öffnen. Währenddessen hatte sie schon so eine Vorahnung beschlichen, die sich direkt bestätigte.

»Schwester Lucy, Sie heute hier?«, polterte Ethan van Holt los. »Wo ist Schwester Conny?«

»Die hat heute frei. Was kann ich denn für Sie tun?« Lucy bemühte sich, freundlich zu bleiben. Auch wenn ihr schon beim ersten Wort von diesem ungehobelten Kerl die Magensäure aufstieg.

»Ich muss dringend zu einem Arzt. Dass ich hier in diesen Betten nicht schlafen kann, ist ja nichts Neues. Aber seit heute Morgen habe ich auch noch heftige Atembeschwerden. Also, entweder reagiere ich allergisch auf irgendwelche Gifte hier oder es bahnt sich ein Herzinfarkt an. Sie sehen, Sie können mir dabei nicht helfen. Rufen Sie also schnellstens Dr. Kuhl.«

Noch bevor Ethan van Holt zu Ende gesprochen hatte, merkte Lucy, wie die Magensäure ihre Kehle erreichte. Wenn sie sich jetzt nicht gleich beruhigte, würde sie diesem Schnösel vor die Füße kotzen. Instinktiv legte sie eine Hand auf ihren Bauch und begann tiefer zu atmen. Sie wusste, dass sie irgendetwas sagen musste, um ihr Gegenüber zu beruhigen, aber erstmal musste sie selber ruhiger werden.

»Na super! Da hat man einmal ein Problem und dann macht die einzige Person, die einem irgendwie weiterhelfen könnte, selber schlapp.« Ethan van Holt lehnte sich über den Tresen und setzte ein gespielt besorgtes Gesicht auf. »Soll ich jetzt den Doktor rufen? Haben Sie etwa Angst vor ihm?«

In der Zwischenzeit hatte sich Lucy wieder etwas gefangen. Sowas war ihr noch nie passiert. Warum denn immer bei diesem Typen? Sie räusperte sich und straffte die Schultern. »Dr. Kuhl ist in seinem verdienten Wochenende. Er hat auch keinen Bereitschaftsdienst. Das heißt, ich kann höchstens bei den Ärzten im Haus nachfragen, ob Sie sich bei ihnen vorstellen können.«

Ethan van Holt schnellte zurück. Er schien sich

plötzlich wieder an seine Atembeschwerden zu erinnern, denn er schnaufte ein paarmal tief durch.

Lucy ahnte, dass sie sich die Anfrage bei den Ärzten eigentlich sparen könnte. Ethan van Holt gehörte wohl zu den Patienten, die uneingeschränkte Beachtung verlangten. »Ich werde schauen, wen ich erreichen kann, und schicke Ihnen den Arzt in das Zimmer. Und ich komme später auch noch einmal vorbei, um nach Ihnen zu sehen.« Sie hatte so viel Professionalität wie möglich in ihre Stimme gelegt.

Ethan van Holt schien abzuwägen, schließlich nickte er und verließ hoch erhobenen Hauptes, aber mit der Hand auf der Brust den Raum.

Was ihm wohl widerfahren ist, dachte Lucy. Kein Mensch wurde so geboren. Eigentlich schrie alles an ihm nach Aufmerksamkeit. Gedankenverloren biss sie endlich in ihr Hörnchen, bevor sie versuchte, einen der Ärzte ans Telefon zu bekommen.

»Was rennst du denn heute so hin und her?«, fragte Lucy später, als Nils mal wieder seufzend ins Pflegezimmer kam.

Er nahm sich einen Kaffee und belegte seinen Lieblingsplatz – mit dem Rücken zum Meer ans Fensterbrett gelehnt. »Das frage ich mich auch«, begann er, nachdem er den ersten Schluck genommen hatte. »Ist heute schon wieder Vollmond? Irgendwie haben alle schlecht geschlafen und brauchen noch ein zweites Kissen, eine dickere oder dünnere Decke, einen Handwerker, der dafür sorgt, dass die Gardinen wieder richtig schließen, da sonst ein millimetergroßer Spalt das Mondlicht hereinlässt ...« Er setzte die Tasse an. »Und so könnte ich noch weitermachen«, endete er nuschelnd.

Lucy spürte ein Kribbeln auf ihrem Rücken. Bisher hatte sie die Erinnerungen an ihre nächtlichen Träume gut verdrängen können, aber nun bahnten sie sich ihren Weg. Und damit verbunden so ein komisches Gefühl im Magen. Der Verstand tat das Ganze souverän als simple Träume ab, ihr Unterbewusstsein schien dagegen alle Register zu ziehen. Vor ihrem inneren Auge erschien die grüne Ebene und dazu das Gefühl, dass sie dort alle Antworten auf ihre Fragen finden würde. Darauf folgte direkt die Vorahnung, dass sie diese Antworten nicht hören wollte und trotzdem dem Glück folgen sollte. Was für ein Durcheinander! Konnte man solche Gefühle gleichzeitig haben? Nein, das war nicht das, was sie jetzt brauchte. Sie atmete schwer ein und aus.

»Ist bei dir alles gut? Du siehst irgendwie blass aus! Mach mir jetzt bloß nicht schlapp!« Nils schaute sie besorgt an.

Das Wort schlapp katapultierte sie wieder in die Wirklichkeit. Das hatte heute schon mal jemand zu ihr gesagt. Und eigentlich konnte sie es gar nicht leiden, wenn sie damit konfrontiert wurde. Sie machte nie schlapp. Schließlich meisterte sie seit einigen Jahren das Leben einer alleinerziehenden Mutter und lebte mit der Hoffnung, dass ihr Mann wieder auftauchte. Im wahrsten Sinne des Wortes. Also, warum meinten diese Typen ihr sagen zu müssen, dass sie schlapp wirkte?

»Hey, Lucy ...« Unbemerkt war Nils neben sie getreten und hatte seine Hand auf ihre Schulter gelegt.

Lucy zuckte zusammen. Sie hatte sich so in ihren Gedanken verheddert, dass sie ihren Kollegen nicht wahrgenommen hatte. »Ja, ist alles gut«, antwortete sie schnell und trat einen Schritt zurück. »Ich musste nur daran denken, dass du recht hast. Heute scheinen alle Patienten irgendwie durch zu sein.«

Nils beäugte sie misstrauisch. »Hat dich unser Spezialpatient blöd angemacht?«

Mist! Sie hatte ja Ethan van Holt versprochen, noch einmal bei ihm vorbeizuschauen. Direkt spielte ihr Magen wieder verrückt. »Der soll mir mal blöd kommen«, antwortete sie und versuchte, Kraft in ihre Stimme zu legen. Sie lächelte Nils an. »Aber jetzt, wo du ihn erwähnst ... ich muss los und nach ihm schauen. Seine Nacht war wohl ähnlich wie die der anderen Patienten. Wobei, bei ihm war es natürlich viel schlimmer. Er brauchte sogar ärztlichen Beistand.« Sie verzog grinsend das Gesicht. »Bis später!«

Auf dem Weg zu Ethan van Holt kam sie am Gemeinschaftsraum vorbei. Hier saßen einige Patientinnen und Patienten und unterhielten sich entspannt. Diese friedliche Energie zog Lucy magisch an. Lächelnd betrat sie den Raum.

»Schwester Lucy, das ist aber schön, dass Sie uns besuchen«, begann eine Dame, die kurz vor der Rente stehen musste. Lucy wusste nur, dass sie Lehrerin war und wegen eines Erschöpfungssyndroms behandelt wurde. Ihr schien es von Tag zu Tag besser zu gehen. Solche Patientinnen hätte Lucy gerne öfter gehabt.

»Frau Weiland, ich freu mich auch, Sie zu sehen. Wie geht es Ihnen heute?«

»Na, schauen Sie sich doch mal um, alles nette Leute hier und die Aussicht erst. Wenn ich könnte, würde ich ein Zimmer dauerhaft hier mieten.« Frau Weiland lachte über das ganze Gesicht, wobei sich zwei Grübchen auf ihren Wangen zeigten. Die anderen Patienten lächelten mit.

Diejenigen, die sich hier zum Plausch trafen, waren

meistens schon länger da und wurden sicher bald entlassen. Es war so schön, mit anzusehen, wenn die Heilung einsetzte und die Menschen wieder zu sich selbst fanden. Wenn die Blockaden, Traumata oder Depressionen abfielen, dann tauchten die wahren Charaktere auf. Lucy kam es manchmal so vor, als würden die Menschen dann zu leuchten beginnen. Naima vermutete, dass Lucy die Auren sehen konnte. Aber daran glaubte sie nicht. Es war eher eine Lebendigkeit, die von den Augen ausgehend bis über den Körper hinaus strahlte.

»Soll ich Ihnen mal was verraten?«, holte Frau Weiland sie aus ihren Gedanken. »Ich habe ernsthaft überlegt, ob ich nochmal umziehen soll. Ans Meer!«

In Frau Weilands Stimme lag so viel Ernsthaftigkeit, die im Kontrast zu ihrem fröhlichen Gesicht stand, dass Lucy zu schmunzeln anfing. »Aber dann ziehen Sie hier auf Rügen und kommen mich besuchen, ja?«

»Wer weiß ...« Frau Weiland lehnte sich lächelnd zurück und schaute verträumt aus dem Fenster.

Die anderen Patienten folgten ihrem Blick und schienen ebenfalls die Aussicht zu genießen.

»Dann wünsche ich Ihnen noch einen schönen Sonntag«, sagte Lucy leise und zog sich zurück.

Tief atmete sie durch, als sie sich wieder auf den Weg zu Ethan van Holt machte. Am besten war es, sie dachte gar nicht lange über ihn und seine Art nach, sondern klopfte einfach und stürmte selbstbewusst ins Zimmer.

Diesen Vorsatz verwünschte sie allerdings direkt, denn als sie die Tür öffnete, telefonierte Ethan van Holt gerade. Da er sich aber bei geöffneter Tür im Bad befand, hatte er sie nicht wahrgenommen. Lucy wollte sich gerade wieder rausschleichen, doch die Stimme ihres Patienten ließ sie aufhorchen.

»Ja, Mutter, natürlich werde ich im Herbst die Stelle antreten. Das hatte ich doch zugesagt.«

Obwohl Lucy Ethan van Holt nicht sah, spürte sie seine Anspannung.

»Nein, du musst meinem Bruder nicht Bescheid geben. Im übrigen würde er das sowieso nicht machen. Das hat er doch schon oft gesagt.«

Wut schien sich in seine Stimme zu mischen. Allerdings gab er sich große Mühe, sie zu unterdrücken.

»Mutter, ich muss jetzt auflegen. Die Schwester ist gerade ins Zimmer gekommen.«

Lucy hörte, wie sich Ethan van Holt bewegte. Hatte er sie also doch wahrgenommen? Ihr Herz begann wie wild zu klopfen. Sollte sie noch schnell das Zimmer verlassen? Aber wie wirkte das denn dann? Am Ende beleidigte er sie wieder. Sie reckte ihr Kinn und wartete ab.

»Ja, ich dich auch! Wir telefonieren morgen wieder. Grüß Vater von mir.«

Kaum hatte er aufgelegt, flog das Handy im hohen Bogen auf sein Bett. Wütend schnaufend trat Ethan van Holt aus dem Bad und zuckte zusammen. »Was machen Sie hier?«, polterte er los.

Lucy schreckte ebenfalls zurück. »Sie haben doch eben Ihrer Mutter gesagt, dass Sie mich ins Zimmer haben kommen hören.«

»Ach ... das hab ich doch nur so ... was geht Sie das an? Schnüffeln Sie mir nach?«

Das wurde ja immer schöner. »Warum sollte ich Ihnen nachschnüffeln? So interessant sind Sie nun auch nicht«, platzte es aus Lucy heraus. Sie hätte sich auf die Zunge beißen können. Hatte Dr. Kuhl nicht angeordnet, dass sie den Typen mit Samthandschuhen anfassen sollte?

Ethan van Holt ging an Lucy vorbei und trat ans Fenster. Dabei stützte er sich mit den Händen auf dem Fensterbrett ab. »Wie lange haben Sie da schon gestanden?«

Verwirrt setzte Lucys Atem kurz aus. Wo kam

denn plötzlich diese angenehm warme Stimme ihres Patienten her? Oder war das nur die Ruhe vor dem Sturm? »Nicht lange«, stotterte sie. »Ich wollte auch direkt wieder gehen, aber da haben Sie ihrer Mutter gesagt, dass sie mich gehört haben. Also ...«

Ethan van Holt wandte sich um und schaute sie nun direkt an. Etwas Weiches lag in seinem Blick, etwas Verletzliches. »Manchmal muss ich meine Mutter anlügen, sonst wäre ich sie heute nicht mehr losgeworden.«

»Ach so.« Mehr brachte Lucy nicht hervor. Tausend Gedanken schwirrten durch ihren Kopf. War ihr Patient ein klassisches Muttersöhnchen? Hatte Dr. Kuhl schon mal an eine Bipolare Störung gedacht? Oder war die Mutter so ein typischer Hausdrachen, gegen den niemand eine Chance hatte?

Bevor sie ihre Gedanken versehentlich noch laut aussprach, schüttelte sie sie mit einem Räuspern ab. »Ich hatte ja versprochen, dass ich nochmal nach Ihnen schaue. Ist einer der Ärzte dagewesen? Was macht Ihre Atemnot?« Lucy merkte, dass sie ins Plappern kam. Gar nicht gut. Sie wollte sich nicht angreifbar machen.

»Haben Sie eine Familie?«, fragte Ethan van Holt, ohne auf ihre Fragen einzugehen.

Verunsichert blinzelte Lucy. »Ähm, wieso wollen Sie das wissen?« Was für eine blöde Frage. Sie musste sich zusammenreißen und die Kontrolle wieder übernehmen. »Habe ich! Einen Mann und eine Tochter«, legte sie nach und hoffte, souverän zu klingen.

Ethan van Holt lächelte, schaute sie aber nicht an. »Das ist schön! Dann freuen Sie sich bestimmt schon auf einen gemütlichen Sonntagabend mit den beiden.«

Eine schwere Hand legte sich um Lucys Hals und schien zuzudrücken. Sie schluckte. »Mein Mann wird seit ...«, rutschte es ihr heraus, bevor sie wieder denken konnte. Oh nein, sie konnte sich gerade noch bremsen, ihm von Aarons Verschwinden zu erzählen. Sie musste so schnell wie möglich das Zimmer verlassen. »Okay, wenn bei Ihnen alles in Ordnung ist, verabschiede ich mich. Wir sehen uns morgen wieder.«

Beim Rausgehen schaute sie Ethan van Holt noch einmal an und nickte zum Abschied. Seine dunklen Augen musterten sie. Für einen kurzen Moment zögerte sie. Das Gefühl, das sich dazu einstellte, kannte sie. Nur woher? Irritiert schloss sie hinter sich die Tür. Hoffentlich konnte sie bald in den Feierabend entfliehen.

11

»Oha, wusste ich doch, dass wir heute noch zusammen zu Abend essen«, begrüßte Naima Lucy, als sie Stella abholen wollte.

»Wie kommst du darauf?«, murmelte Lucy. Dabei schob sie sich eilig in den Hausflur von Naimas kleinem Hexenhäuschen. Auf der Rückfahrt von der Klinik hatte Nieselregen eingesetzt, der jetzt immer kräftiger wurde. Auch der Wind hatte nicht lange auf sich warten lassen und fegte den Regen quer über das Land.

»Zum einen kenne ich diesen Gesichtsausdruck und zum anderen bin ich eine Hexe. Schon vergessen?«

Naimas warmes Lachen ließ die erste Schutzschicht, die Lucy sich über den Tag zugelegt hatte, fallen. Die nächste fiel, als sie ihre Tochter am Esstisch sitzen und malen sah. Stellas Zungenspitze umrundete dabei ihre schmalen Lippen und sie summte leise ein Lied vor sich hin.

»Hallo, mein Schatz!«, sagte Lucy, setzte sich neben Stella und gab ihr einen Kuss auf die Wange.

»Mama, guck mal, das sind wir«, antwortete Stella ohne wirkliche Begrüßung.

Wie so oft bedankte sich Lucy bei wem auch immer dafür, dass sie diesen Schatz auf die Welt gebracht hatte. Am liebsten hätte sie Stella an sich gedrückt und erst wieder losgelassen, wenn der zarte Kinderduft, den oft nur Mütter riechen konnten, ihren Frust weggezaubert hätte. Aber sie riss sich zusammen und schaute auf Stellas Bild. Erschrocken zuckte sie zurück. Dabei atmete sie geräuschvoll aus. »Ähm, das sind wir?«, fragte sie vorsichtig nach.

»Hier stehst du, das bin ich und das ist der Papa.« Stella lächelte sie so unschuldig an, wie es nur Kinder können.

Lucy hoffte, dass das Lächeln auf ihrem Gesicht nicht zu verkrampft wirkte. »Was macht denn der Papa da?«

»Der Papa schaut uns zu.«

»Ach so«, presste Lucy hervor. Dabei schaute sie Naima an, die die ganze Zeit still im Hintergrund gestanden hatte. »Was hast du ihr erzählt?«, flüsterte Lucy fast tonlos.

Naima schüttelte lächelnd den Kopf. Der warme Ausdruck ihrer Augen schien Lucy trösten zu wollen.

»Und wo ist der Papa?«, brachte Lucy noch hervor. Die Magensäure, die sich schon den ganzen Tag über angesammelt hatte, schien sich zu verselbständigen. Gerade noch so erreichte sie das Spülbecken, dann erbrach sie sich.

»Hey, was machst du denn für Sachen?« Naima redete beruhigend auf sie ein. Sie streichelte Lucy den Rücken und reichte ihr ein Tuch. »Komm, leg dich erstmal hier aufs Sofa und ruh dich aus.«

Als Lucy später wieder erwachte, konnte sie sich kaum noch daran erinnern, wie sie das Sofa erreicht hatte. Naima saß auf einem Stuhl neben ihr und massierte ihre Hand. Räucherduft lag in der Luft.

»Was ist passiert?«, fragte Lucy und wollte sich aufrichten. Ihr Schädel brummte und sie hatte einen üblen Geschmack im Mund.

Naima drückte sie wieder sanft zurück und schüttelte leicht den Kopf.

Erschöpft blickte sich Lucy um. »Wo ist Stella?« Sie spürte, wie ihr Herz wie wild zu schlagen anfing.

»Keine Panik, meine Süße, Stella ist drüben in meinem Hexenzimmer und spielt mit den Steinen. Das beruhigt sie und gibt ihr Energie. Außerdem sucht sie einen Stein für dich aus, der dich wieder aus dem Dornröschenschlaf aufwecken soll.«

Erleichtert atmete Lucy auf. Doch dann fiel ihr wieder Stellas Bild ein. Jetzt schaffte sie es doch, sich aufzusetzen. »Naima, bitte! Was hast du Stella erzählt?«

»Deiner Tochter muss ich nichts erzählen. Sie lebt in ihrer Welt, in der sich alle Fragen von allein beantworten. Das können wir als Erwachsene nicht mehr verstehen, aber mit ein bisschen Übung können wir uns wieder daran erinnern.«

Das klang alles so kompliziert für Lucy. »Aber warum hat Stella dieses Bild gemalt?«, fragte sie und kam sich dabei wie ein störrisches Kind vor.

Naima stand auf und ging zur Küchenzeile. Sie zog ein Teesieb aus der bauchigen Kanne und goss zwei Tassen voll. Dann setzte sie sich wieder zu Lucy. »Vorsicht, ist noch heiß«, sagte sie. Dabei drückte sie Lucy eine Tasse in die Hand.

Schon der Duft der blumigen Teemischung legte sich beruhigend über Lucys Nervenkostüm. Sie führte ihre Lippen an die Tasse, unterließ es dann aber doch, einen Schluck von dem heißen Tee zu nehmen. Stattdessen schnupperte sie noch einmal daran.

»Hat es mit deinen Träumen zu tun?«, fragte Naima in die Stille.

Lucy ließ die Tasse sinken, hielt sie aber mit beiden Händen umschlossen. Was sollte es, Naima schien ja sowieso alles zu wissen. Auch wenn sie eigentlich keine Lust hatte, darüber zu reden, nickte sie leicht.

»Du warst in Shambhala«, flüsterte Naima mit einem verträumten Gesichtsausdruck.

»Wo war ich?«, fragte Lucy verwundert.

»Willst du mir von deinem Traum erzählen? Ich würde mich wirklich sehr freuen.« Naima lehnte sich zurück und trank einen Schluck Tee.

Lucy seufzte. Vielleicht tat es wirklich gut, mit Naima darüber zu sprechen. Also berichtete sie, wie sie immer wieder den Mann in der Ferne sah. Und wie der Alte neben ihr aufgetaucht war. Und dass er auf sie warten würde, wenn sie sich entscheiden könnte, sie aber in dem Moment wieder aufgewacht war.

Naima hatte die ganze Zeit über die Augen geschlossen gehalten. Lucy wusste, dass sie sich so besser konzentrieren konnte. Früher hatte sie immer Angst gehabt, dass sie zu langweilig erzählen und Naima deshalb einschlafen würde. Aber darüber hatte Naima nur schallend gelacht.

»Hast du den alten Mann schon einmal gesehen?«, fragte Naima jetzt mit offenen Augen.

»Was meinst du? Ob ich ihn hier irgendwo schon mal gesehen habe?« Irritiert schüttelte Lucy den Kopf. Aber weil Naima sie so durchdringend anschaute, begann sie darüber nachzudenken. Sie ging alle ihre Patienten durch, auch die Gäste im Ferienhaus und ihre Nachbarn. Keiner hatte so ausgesehen wie der Alte im Traum. Und trotzdem mischte sich ein Gefühl in ihre Gedanken, dass sie ihn irgendwoher kannte. Komisch!

»Vielleicht orientierst du dich weniger an seinem Aussehen, als an seinem Wesen«, sagte Naima sanft. »Aber eigentlich ist es auch nicht wichtig, ob du dich an ihn erinnerst. Versuche, ihm zu vertrauen, denn er hat eine Botschaft für dich. Sonst würdest du ihm nicht im Traum begegnen.«

Jetzt schob Lucy die Beine vom Sofa und ruckelte ein paar Mal hin und her, bis sie die richtige Sitzposition gefunden hatte. Dabei schwappte der Tee in der großen Tasse gefährlich bis an den Rand. »Naima, ich weiß ja, dass du hinter allem den großen Zusammenhang siehst. Aber mal ehrlich, der alte Mann ist in meinem Traum aufgetaucht. Ich habe auch schon geträumt, dass ich fliegen kann, dass ich verfolgt werde oder plötzlich wieder Kind bin. Ich kann nicht fliegen, wurde noch nie verfolgt und Kind werde ich auch nie wieder. Also, warum sollte der Mann eine Botschaft für mich haben, so als würde er wirklich existieren?«

»Hast du schon jemals etwas über Shambhala gehört?«, fragte Naima weiter und schien Lucys Frage zu ignorieren.

»Hab ich nicht«, antwortete Lucy seufzend. »Und ich will auch nicht dorthin reisen, weder in echt, noch mit meinen Gedanken.« Immer wieder hatte Naima Lucy angeboten, in der Meditation Ruhe zu finden. Aber Lucy fand lieber Entspannung am Meer, Ausschau haltend am Strand.

Naima lächelte breit. »Das tust du doch sowieso schon jede Nacht. Jedenfalls gefällt mir diese Theorie am besten. Möchtest du sie hören?«

Lucy lehnte sich zurück und nickte. Naimas Geschichten mochte sie schon immer gerne hören. Vielleicht konnte sie sich so von ihrem Traum und dem ominösen Alten ablenken.

Nachdem Naima beiden Tee nachgeschenkt hatte, hob sie feierlich an. »Shambhala bedeutet Das reine Land. In den buddhistischen Legenden wird es als mythisches tibetisches Königreich beschrieben, das nur Eingeweihten zugänglich ist. Es wird angenommen, dass es sich im Himalaya befindet und als Sitz der Meister der Weisheit gilt, ein Ort für eine besondere geistige Entwicklung. Deshalb sagt man auch, dass es kein äußerer Bereich ist, den man einfach besuchen kann. Viele glauben, dass es quasi untergegangen ist, weil wir Menschen unsere intuitiven und spirituellen Fähigkeiten verlernt haben. Ich denke aber, dass wir wieder auf dem Weg sind, uns an unsere wahren Fähigkeiten zu erinnern. Und da wir nachts die tiefste Entspannung erleben, glaube ich denen, die sagen, dass sich unsere Seelen in Shambhala treffen.«

»Alle Seelen?«, fragte plötzlich eine Kinderstimme.

Erschrocken fuhr Lucy zusammen. Sie hatte nicht bemerkt, dass Stella in der Tür stand und lauschte. »Ach, Naima erzählt nur eine Geschichte«, versuchte sie, Stella zu beruhigen.

Aber die schien gar nicht aufgeregt zu sein, sondern schaute Naima mit großen Augen an.

»Ja, ich glaube, dass man dort alle Seelen treffen kann.« Naima streckte den Arm aus und winkte Stella zu sich.

Stella krabbelte auf Naimas Schoß. »Auch die Seelen von den Menschen, die schon gestorben sind?«

Naima nickte wieder nur lächelnd. Dabei schaute

sie Stella auf so komische Weise an, als würden sie eine Kommunikation ohne Worte führen.

Lucy räusperte sich. Das war ein Reflex, denn irgendwie fühlte sie sich ausgeschlossen. Was hatten die beiden, was sie nicht ansatzweise wahrnahm? »Wie gesagt, mein Schatz, das ist nur eine Geschichte. Du musst keine Angst haben.« Schon während sie die Sätze aussprach, spürte sie ihre eigene Furcht. Stella sah eigentlich eher fasziniert aus, aber keineswegs ängstlich.

»Mama, du musst auch keine Angst haben«, sagte Stella nur. Dann lehnte sie sich an Naima. Das telepathische Gespräch zwischen den beiden schien beendet zu sein. »Erzählst du noch weiter?«, fragte Stella an Naima gewandt.

»Ich glaube, wir müssen jetzt nach Hause«, antwortete Lucy schnell. Sie trank den letzten Schluck Tee, der mittlerweile nur noch lauwarm war, und sprang auf. »Ich bin hundemüde. Und morgen früh ist wieder Kindergarten. Also hopp, meine Süße.« Lucy hörte selber, wie aufgesetzt ihre Stimme klang. Aber sie konnte sich beim besten Willen keine weiteren Geschichten von Naima anhören. Das alles brachte sie nur durcheinander. Schließlich gab es schon in der Klinik genug, was sie verarbeiten musste. Sie wollte jetzt nicht auch noch darüber nachdenken müssen, was sie nachts in ihren Träumen erwartete.

Trotzdem kam es genau so. Nachdem sie mit Stella zu Abend gegessen und ihre Tochter ins Bett gebracht hatte, suchte sie in der Mediathek nach einem seichten Film, konnte dem Flimmern aber kaum folgen. Immer wieder tauchten Naimas Worte in ihren Gedanken auf. Und besonders auch die Fragen, die Stella gestellt hatte. Sollte es wirklich so etwas wie ein nächtliches Treffen geben? Und warum hatte Stella nach den Verstorbenen gefragt? Bei diesem Gedanken beschloss sie, ins Bett zu gehen und zu versuchen, sich mit einem Buch abzulenken. Das gelang auch ganz gut, bis sie den Roman beiseite gelegt und das Licht gelöscht hatte. Normalerweise schlief sie danach immer schnell ein, aber heute ließen sich die Gedanken nicht abschütteln. Lucy spürte die Enge in ihrer Brust. Hatte sie jetzt schon Angst davor einzuschlafen? Der alte Mann tauchte vor ihrem inneren Auge auf. Er schien sie anzulächeln und ihr sagen zu wollen, dass er auf sie wartete. Trotzdem hatte Lucy das Gefühl, dass er sie nicht drängte. Konnte es sein, dass sie sich tatsächlich davor fürchtete, was er ihr zeigen wollte?

»Ach, das ist doch alles Quatsch«, knurrte Lucy.

»Lasst mich einfach in Ruhe schlafen. Damit ist mir am besten geholfen.« Sie drehte sich auf die Seite und versuchte es mit Rückwärtszählen.

12

Die Weite, die sich vor ihr auftat, schien grenzenlos zu sein. Sie saß im Schneidersitz auf einem Felsen, der von Schnee umgeben war. Sie konnte den Schnee riechen, frisch und irgendwie erdig. Die Kälte zwickte beim Einatmen in ihrer Nase. Automatisch legte sie ihre Arme um den Körper und sah, dass sie keine Jacke trug. Eigentlich war sie eher sommerlich gekleidet. Und außerdem fror sie auch gar nicht. Verwundert schüttelte sie den Kopf. Dabei schien die Luft sich zu bewegen und wellenförmig davonzugleiten.

Lucy stand auf. Was sollte sie jetzt tun? Was machte sie hier überhaupt? Einer Ahnung folgend begann sie mit dem Abstieg. Wie von selbst fanden ihre Füße die richtigen Tritte, bis sie am Fuße der Bergkette angekommen war. So schnell?

Hier war das Gras grün und saftig, keine Spur

mehr von Schnee. Als sie sich umdrehte und auf die Berge schaute, wirkten sie, als wären sie unerreichbar. Dabei war sie doch eben noch dort oben gewesen.

Unschlüssig, wohin sie jetzt gehen sollte, wandte sie sich wieder der grünen Ebene vor ihr zu.

»Jeder Weg, den du gehst, ist der richtige«, sagte eine Stimme neben ihr.

Genau, dachte Lucy. Dieses Gefühl war ihr eben bewusst geworden. Erst jetzt realisierte sie, dass sie völlig ruhig geblieben war. Und dass sie ganz genau wusste, wer da so unvermittelt neben ihr stand. Es war der alte Mann, den sie an der Hängematte getroffen hatte.

Sie schaute ihn an und wusste plötzlich, dass er Jinpa hieß. Hatte er ihr das im letzten Traum verraten?

»Habe ich nicht«, lachte Jinpa. Dabei bildeten sich unzählige Falten um die schmalen Augen und mehr Lücken als Zähne kamen zum Vorschein.

»Aber woher weiß ich das dann?«, fragte Lucy verdutzt.

Noch immer grinsend nickte Jinpa. »Du weißt alles. Du musst dich nur daran erinnern.«

Lucy seufzte. Das hörte sich einerseits kompliziert an, so als müsse sie noch ganz viel lernen, andererseits spürte sie in allen Zellen ihres Körpers, dass

Jinpa recht hatte. Ohne darauf zu reagieren, setzte sie sich in Bewegung. Auch das machte sie stutzig. Wollte sie gerade loslaufen? Oder welche Kraft hatte sie angeschoben?

Jinpa deutete auf einen Punkt in der Ferne. Soeben war es noch ein kleiner Punkt gewesen, doch nun erkannte Lucy den Mann, dem sie immer wieder begegnet war, dessen Gesicht sie nie erkennen konnte. Und der auch jetzt in die entgegengesetzte Richtung lief.

»Aaron?«, flüsterte sie.

Der Mann verschwand hinter einem Hügel und ging auf ein Haus zu.

Lucys Herz verkrampfte sich. Warum wollte er denn nichts mit ihr zu tun haben? Sie fühlte doch, dass er ein Teil ihres Lebens war. Auch wenn sich das irgendwie komisch anhörte, sie musste ihn treffen. Denn ohne ihn würde sie nie heilen. Also konnte es doch nur Aaron sein. Er war doch ihre große Liebe. Verzweifelt schaute sie Jinpa an.

»Hab Geduld! Manche Antworten zeigen sich nicht direkt. Sie erscheinen erst, wenn du bereit dafür bist. Und meistens merkst du dann, dass sie doch schon immer in dir geschlummert haben, du sie nur nicht hören wolltest. Also, verzage nicht. Die Zeit wird kommen.«

Jinpas Worte trafen sie mitten ins Herz. Sie musste ihm recht geben, noch war sie nicht soweit. Wofür auch immer, das konnte sie nicht ahnen. Es war aber auch wie verhext, wenn die Antworten vor den Fragen auftauchten. »Gibt es hier nur uns drei?«, fragte sie einer Eingebung folgend und auch, um sich wieder zu fangen.

»Wie du das gerne möchtest, Lucy. Du hast immer nur nach ihm gesucht. Möchtest du auch andere Menschen sehen? Dann denke an sie.« Jinpa lief trotz seines hohen Alters spielerisch neben ihr her. Oder schwebte er?

Eigentlich wollte sie lieber sehen, wohin der Mann verschwunden war, aber dann tauchten plötzlich überall Menschen auf. Wo kamen die so schnell her?

»Die waren schon immer da. Du hattest sie nur ausgeblendet. Probiere es noch einmal. Das ist eine wunderbare Übung, um das Führen der Gedanken zu trainieren.«

Mittlerweile hatten sie schon die Hälfte der grünen Ebene durchlaufen. Lucy wagte einen Blick zurück und staunte. Die Berge waren kaum noch zu sehen. Als sie wieder nach vorn schaute, tauchte plötzlich ein Dorf vor ihnen auf. Schon begann es nach Köstlichkeiten und Blüten zu duften.

»Ah ja, das hat dich schon beim letzten Mal beeindruckt«, lachte Jinpa laut auf. »Das ist natürlich auch eine Möglichkeit, um deinen Gedanken zu folgen.«

»Aber ich habe doch überhaupt nicht an das Dorf gedacht«, antwortete Lucy. Machte sich Jinpa über sie lustig?

Jinpa wiegte den Kopf hin und her. »An das Dorf hast du wahrscheinlich nicht gedacht, aber du hattest einen Anflug von Hunger. Und dabei ist dir der Markt eingefallen, den du schon besucht hattest. Oder anders ... er war mit dem Hungergefühl verknüpft und hat sich dir deshalb gezeigt.«

»Wieso mir? Siehst du das Dorf nicht?« Das wurde ja immer verrückter.

»Doch, im Moment schon. Ich befinde mich ja in deiner Energie.«

»Das heißt, wenn du an etwas denkst oder irgendwas fühlst, sehe ich das auch?«, fragte Lucy perplex und wandte sich diesem komischen Alten zu.

Jetzt wurde Jinpa ernst. Er schaute sie mit einem durchdringenden Blick an. »Ja, deshalb bin ich hier.«

»Um mir zu zeigen, was du denkst?« Lucy kniff die Augen zusammen. Sie spürte ein Ziehen in ihrer Körpermitte. Wo kam das jetzt her?

»Ja, um dir zu zeigen, was du sehen solltest.

Nur ...« Jinpa legte den Kopf schief und musterte sie eingehend.

»Nur was?« Das Ziehen im Bauch wurde stärker.

»Ich glaube, du bist noch nicht so weit. Wir versuchen es beim nächsten Mal. Lass mich nicht zu lange auf dich warten.«

Die letzten Sätze hörte Lucy kaum noch. Die Welt verblasste vor ihren Augen.

Dann erwachte sie.

13

Als Lucy am nächsten Morgen die Augen öffnete, spürte sie ein undefinierbares Ziehen in ihrer Brust. Es fühlte sich wie eine schreckliche Sehnsucht nach jemandem an. »Aaron, mein Liebster«, schluchzte sie und nahm sein Bild vom Nachtschrank. Sie drückte es an ihre Brust und gab sich dem heftiger werdenden Schluchzen hin. Hörte das denn niemals auf? Warum kam er denn nicht einfach nach Hause, sondern versteckte sich in ihren Träumen? Das war doch alles so unreal, wie sollte sie denn so weiterleben?

Ihr Kopf fühlte sich zentnerschwer an. Vorsichtig setzte sie sich auf und wartete, bis das Schwindelgefühl vorbei war. Sie legte das Bild auf ihr Kopfkissen und schlich ins Bad. Aus der kleinen Medikamententasche suchte sie sich eine Schmerztablette raus. Glücklicherweise fand sie noch eine Packung. Normalerweise brauchte sie nie Kopfschmerztabletten, aber heute hatte sie keine Chance.

Stella hingegen ging es gut wie immer. Sie plapperte die ganze Zeit am Esstisch und überredete Lucy wieder, ihren Puppenwagen nebst einigen Kuscheltieren mit in den Kindergarten nehmen zu können.

Lucy war viel zu kraftlos, um ihr den Wunsch abzuschlagen. Sie durfte nur nicht vergessen, Naima Bescheid zu geben, dass sie den Wagen wieder mit nach Hause nahmen. Andererseits ... dann blieb er eben mal dort stehen. Davon ging die Welt nicht unter. So musste sie wenigstens Naima nicht sofort anrufen oder ihr eine Nachricht schreiben. Die Geschichte von Shambhala war Lucy am gestrigen Abend nicht mehr aus dem Kopf gegangen. Und nach dem intensiven Traum letzte Nacht fühlte sie sich wie Falschgeld. Dabei hatte Naima einfach nur eine Geschichte erzählt. Wie so oft schon. Warum klebte diese denn so an ihr und ließ sich auch nicht abschütteln?

Allerdings musste sie sich auch eingestehen, dass irgendetwas in ihr in Bewegung gekommen war. Ob sie wollte oder nicht, es brodelte. Selbst der kurze Plausch mit Rico, dem Busfahrer, brachte sie heute auf keine anderen Gedanken. Es war ihr sogar egal, dass Martina am Empfang wieder demonstrativ auf die Uhr blickte, als Lucy durch die Eingangshalle eilte.

»Was ist denn mit dir passiert?«, empfing Fiona sie im Schwesternzimmer und bestätigte damit, dass sie obendrein so aussah, wie sie sich fühlte.

Lucy hatte sich noch gar keine Gedanken darüber gemacht, ob sie Fiona von ihren Träumen und Naimas Interpretation erzählen wollte. Also beschränkte sie sich vorerst auf eine Ausrede. »Ich weiß auch nicht, hab einfach Kopfschmerzen«, murmelte sie und zog sich ihren Kittel über.

»Du hast nie Kopfschmerzen«, entgegnete Fiona prompt.

Ihre Freundin kannte sie aber auch zu gut. »Dann ist es eben heute mal so. Das wird schon wieder werden. Ich habe vorhin eine Tablette genommen. Mach dir keine Sorgen.« Mit größter Anstrengung versuchte sie sich an einem Lächeln und drückte Fiona kurz an sich. »Wer übernimmt heute die Medikamentenausgabe?«

In dem Moment rauschte Nils ins Zimmer. »Hallo Mädels«, rief er im Vorbeigehen, legte seine Tasche ab und nahm sich wie immer zuerst einen Kaffee. »Du siehst ja noch genauso bescheiden aus wie gestern. Wirst du doch krank?«, fragte er, lehnte sich ans Fensterbrett und genoss den ersten Schluck.

»Du hattest also gestern auch schon Kopfschmerzen?« Fionas Gesicht sprach Bände. Sie schien Lucy kein Wort zu glauben.

Noch bevor Lucy nach einer Antwort suchen konnte, klopfte es an der Tür. »Dann übernehme ich heute mal die Ausgabe, oder?«, fragte sie schnell.

Soeben war Conny aus dem Nachbarzimmer dazugekommen. »Daraus wird nichts, der Chef hat Sehnsucht nach dir.« Sie beugte sich lächelnd zu Lucy. »Dr. Kuhl wünscht, dass sich Schwester Lucy schleunigst auf den Weg macht«, so die offizielle Ansage.

Lucy seufzte. Was hätte sie darum gegeben, mit Fiona über dieses Ethan-van-Holt-Arrangement sprechen zu können. Hoffentlich hatte der sich nicht bei Dr. Kuhl beschwert und sie musste das jetzt wieder ausbaden.

Als hätte Fiona ihre Gedanken gelesen, nahm sie Lucy kurz in den Arm. Dabei flüsterte sie: »Mittagspause. Heute. Und du erzählst mir alles.« Dann drückte sie den Schalter, um die Tür für den ersten Patienten zu öffnen.

Auf dem Weg zu Dr. Kuhl ging Lucy noch einmal in Gedanken die gestrige Begegnung mit Ethan van Holt durch. Hatte er sich beschwert, dass sie sein Telefonat belauscht hatte? Aber das war doch nicht absichtlich gewesen. Schließlich hatte er ja am Telefon sogar die Schwester, die eben in sein Zimmer kam, erwähnt. Sie konnte doch nicht ahnen, dass das nur ein Bluff war.

Vor Dr. Kuhls Zimmer atmete sie noch einmal tief durch. Sie war hier nur Krankenschwester, keine Komplizin für irgendwelche Machenschaften oder zuständig für besonders hartnäckige Fälle. Und sie hatte sich nichts zu Schulden kommen lassen. Energisch klopfte sie an die Tür und betrat nach Aufforderung hoch erhobenen Hauptes das Zimmer.

Allerdings rutschte ihr doch das Herz in die Hose, als sie sah, dass nicht nur Dr. Kuhl anwesend war. Ethan van Holt saß in einem der Besuchersessel und lächelte sie an.

Sofort kroch Argwohn getarnt als Magensäureschlange in Lucy auf. Nicht schon wieder! Sie versuchte, die Schlange mit heftigem Schlucken aufzuhalten. »Guten Morgen«, murmelte sie und ärgerte sich, dass ihr schöner Vorsatz in Sachen Selbstbewusstsein verschwunden war.

»Schwester Lucy, schön, dass Sie so schnell kommen konnten! Nehmen Sie Platz! Wollen Sie auch einen Kaffee?« Dr. Kuhl war aufgesprungen und kurz hatte Lucy die Befürchtung, er würde sie gleich umarmen. Aber dann schob er ihr glücklicherweise nur den anderen Besuchersessel zurecht.

»Keinen Kaffee, danke!«, sagte sie. Was war hier los? Was führte ihr Chef im Schilde?

»Okay, auch gut, dann können wir gleich zur Sache kommen.« Dr. Kuhl schob seinen Bürostuhl hinter dem Schreibtisch hervor, um sich ihnen gegenüber zu setzen.

Irgendwie kam er Lucy nervös vor. Das hatte sie so noch nie an ihm gesehen. Und es beruhigte sie nicht gerade. Unruhig rutschte sie in ihrem Sessel hin und her. Erst ein Blick auf Ethan van Holt ließ sie innehalten. Warum schaute er sie die ganze Zeit mit so einem komischen Grinsen an? Und überhaupt, hatte er schon irgendetwas gesagt? Vielleicht einen Guten-Morgen-Gruß? Der sollte an seinen Manieren arbeiten.

Den Seufzer konnte Lucy gerade noch herunterschlucken. Wie war sie denn heute drauf? Es war doch egal, ob dieser Patient der Sonderklasse sie grüßte oder nicht. Eben hatte Dr. Kuhl wieder zu sprechen begonnen, also versuchte sie, sich auf ihren Chef zu konzentrieren.

»... darüber freuen wir uns sehr und deshalb gehen wir natürlich auch gerne auf Ihre Wünsche ein, Herr van Holt. Nicht wahr, Schwester Lucy?« Dr. Kuhl schaute Lucy mit einem aufgesetzten Lächeln an, dass es ihr kalt den Rücken herunterlief.

Sie räusperte sich. Jetzt nur nicht zum Mäuschen mutieren! Wo war denn die taffe Lucy, die alle mochten? Aus Reflex straffte sie ihre Schultern und setzte sich aufrechter hin. »Von welchen Wünschen sprechen Sie?« Okay! Die Tonlage klang souverän.

»Ach so, ja klar.« Wieder lachte Dr. Kuhl gekünstelt.

Das war nicht normal! Der war doch sonst die Beherrschung in Person. Warum hatte sie denn nicht zugehört, als er zu sprechen begonnen hatte. Irgendein wichtiges Puzzleteil schien ihr zu fehlen.

»Herr van Holt hat den Wunsch geäußert, dass Sie ihn persönlich betreuen. Exklusiv sozusagen.« Dr. Kuhl schien nach Worten zu suchen.

Lucy spürte, wie ihre Miene gefror.

»Nicht so, wie Sie jetzt vielleicht denken, Schwester Lucy«, kam es aus der anderen Richtung.

Ohne dass sie hätte etwas dazutun können, fuhr ihr Kopf herum. Lucy starrte den Patienten an. Es wäre schön, wenn ihr jetzt irgendetwas Cooles eingefallen wäre, aber ihr Gehirn ließ sie im Stich. Wenn das überhaupt ging, war Ethan van Holts Grinsen noch breiter geworden.

»Ähm ja, was Herr van Holt sagen wollte ...«, fuhr Dr. Kuhl dazwischen. »Er wünscht sich einfach eine engmaschigere Begleitung, weil er sich hier sehr einsam fühlt. Also, nicht so richtige Begleitung. Was ich meine, Herr van Holt sagt von sich, dass er eher der Typ einsamer Wolf ist und sich nicht so gut auf die anderen Patienten einlassen kann. Und deshalb ist er mit dem Wunsch an mich herangetreten, dass Sie vielleicht mal mit ihm an den Strand gehen könnten oder so etwas.« Er nickte Lucy aufmunternd zu.

»Ich habe noch gar nichts von Ihrer schönen Insel gesehen«, legte Ethan van Holt nach.

Lucy erwachte aus ihrer Erstarrung. Das konnte doch nicht deren Ernst sein. Sie war Krankenschwester und kein Begleitservice oder was auch immer die beiden Herren hier sich vorgestellt hatten. Ungläubig schaute sie ihrem Chef in die Augen. Der sonst so beherrschte Mann schien sie regelrecht anzuflehen. Aha, daher wehte der Wind. Es ging um die Kohle, die die Mutter von Ethan van Holt spenden wollte, wenn ihr Sohn hier geheilt werden würde.

Etwas veränderte sich in Lucys Innerem. Es fühlte sich an, als würde ein müder Motor gestartet werden. Was trieb den neben ihr sitzenden Patienten um, dass seine Mutter alle Hebel in Bewegung setzte, um ihn heilen zu lassen. Wovon sollte er geheilt werden? Die vermeintliche Depression, mit der er eingeliefert wurde, schien sich bei ihm ganz anders zu äußern, als sie das bisher kannte. Wenn sie ehrlich war, kam er ihr überhaupt nicht depressiv vor. Aber was war es dann?

Lucy spürte, wie die Fragezeichen größer wurden als ihre Abneigung gegen dieses Arrangement. Welches Geheimnis hütete Ethan van Holt so sehr, dass er dafür sogar hier gelandet war? Sie musste an die letzte Begegnung in seinem Zimmer denken, als sie das Telefonat mit seiner Mutter mit angehört hatte. Schon dabei hatte er völlig anders gewirkt. Irgendwie gefügig oder sogar unterwürfig. Dann der mäßige Wutausbruch, als er das Handy aufs Bett geworfen hatte. Und zu guter Letzt seine Wandlung zu einem Menschen, mit dem man ein fast normales Gespräch führen konnte. Selbst seine Stimme hatte sich dabei verändert.

Ihr innerer Motor begann zu stolpern. Wollte sie wirklich mit jemandem arbeiten, der sich in mehrere Persönlichkeiten flüchten konnte? Sie würde doch nie wissen, wer der echte Ethan van Holt war. Aber war nicht gerade das die größte Herausforderung? Geld für die Klinik hin oder her, sie ahnte, dass es sie reizte, die harte Nuss zu knacken. Sie wollte ihn nicht an den

Strand begleiten, sie wollte ihn entlarven. Er hatte in den letzten Wochen so viel Unfrieden gestiftet, dafür konnte er jetzt auch ein bisschen büßen. Sie würde sich schon was einfallen lassen, damit er diesen Aufenthalt hier nie wieder vergaß.

Der stotternde Motor schnurrte jetzt wieder ganz ruhig. Lucy schluckte. Sie hätte nicht gedacht, dass sie solch eine teuflische Energie besaß. Aber gerade fühlte es sich gut an. Was auch immer diese beiden Herren glaubten, mit ihr machen zu können, wie sie sie für ihre Spielchen nutzen könnten, sie hatte ihren eigenen Plan.

»Dann lassen Sie uns an den Strand gehen«, platzte es aus ihr heraus. War das ihre Stimme gewesen?

Selbst der coole Ethan van Holt zuckte kurz zurück.

Nur Dr. Kuhl schien sehr zufrieden zu sein. Er klatschte in die Hände, erhob sich und schob seinen Bürostuhl wieder hinter den Schreibtisch. »Dann haben wir ja alles besprochen, nicht wahr, Schwester Lucy? Zeigen Sie Herrn van Holt ruhig mehr von unserer schönen Insel als nur den Strand. Wenn Sie Ausgaben haben, wenden Sie sich bitte direkt an mich.« Jetzt blickte er zu Ethan van Holt. »Ich nehme an, das entspricht alles Ihren Vorstellungen?«

Auch Lucy hatte sich ihrem Spezialpatienten zugewandt. Irgendetwas schien in Ethan van Holt vorzugehen. Er wirkte verunsichert, öffnete den Mund und schloss ihn wieder mit einem Seufzer. Dann nickte er und schließlich entschied er sich für sein Pokerface.

»Das wird sich zeigen«, antwortete er mit der bekannten arroganten Stimme.

Ein erster Zweifel kroch in Lucys Unterbewusstsein. War sie so einem Menschen gewachsen oder würde sie sich nur an ihm aufreiben und als Verliererin rausgehen? Sie atmete einmal tief durch. Für solche Überlegungen war es nun zu spät. Sie hatte in diesen Geheimbund eingewilligt, also musste sie da jetzt auch durch. Was sollte schon passieren? Sie war hier zuhause, kannte jeden Winkel der Insel, er dagegen befand sich auf unbekanntem Terrain.

»Dann würde ich sagen, ich treffe Sie um 14 Uhr vor dem Haus. Und ziehen Sie sich Freizeitkleidung an, wir gehen in kein Sternerestaurant, sondern an den Strand. Wie von Dr. Kuhl vorgeschlagen.« Lucy nickte ihrem Chef zu, wandte sich ab und verließ eilig den Raum. Natürlich hatte sie mitbekommen, dass Ethan van Holt protestieren wollte. Schließlich war er es nicht gewohnt, von ihr herumkommandiert zu werden. Aber er wollte etwas von ihr, nicht umgekehrt.

Also hatte er auch nach ihrer Pfeife zu tanzen. Dass das gar nicht in ihrem Naturell lag, spürte sie auf dem Weg zum Schwesternzimmer ganz deutlich. Freundin Magensäure meldete sich heftig zu Wort. Gerade noch so schaffte es Lucy, in eine der Damentoiletten abzubiegen, um sich mit kaltem Wasser das Gesicht zu kühlen. Auf was hatte sie sich da nur eingelassen?

»Lucy und ich verschwinden mal in die Mittagspause«, rief Fiona Conny zu, die wieder im Büro neben dem Schwesternzimmer saß und auf der Tastatur herumtippte.

»Hm, okay«, antwortete Conny abwesend. »Aber seid pünktlich zurück.«

Den letzten Satz hatte Fiona leise mitgesprochen. Dabei grinste sie Lucy augenzwinkernd an. »Was würden wir nur ohne unsere Conny machen? Wir wären doch total aufgeschmissen.«

Lucy lächelte. Ihre Gedanken schwirrten aber die ganze Zeit darum, wie sie sich aus der Mittagsverabredung herausreden konnte. Sie wusste nicht genau, ob sie sich jetzt schon für Fionas Fragestunde bereit fühlte.

»Du musst gar nicht erst darüber nachdenken. Den Gesichtsausdruck kenne ich. Los, jetzt hol deine Jacke und lass die Brotdose da, ich spendiere dir ein

Fischbrötchen oder so was.« Abwartend stand Fiona an der Tür.

Also ergab sich Lucy der Situation, nahm ihre Jacke und folgte Fiona nach draußen. Vor dem Eingang hakte sich Fiona unter.

»Wenn ich es nicht besser wüsste, würde ich sagen, dass du schwanger bist. Ich hab dich vorhin in die Gästetoilette stürmen sehen. Und du bist blass, als wärst du dem Teufel persönlich begegnet. Los, jetzt erzähl mal, was dich bedrückt, sonst kündige ich dir die Freundschaft.«

Als Erstes kam Lucy in den Sinn, dass hoffentlich nur Fiona diese Wahrnehmung hatte. Gerüchte über eine Schwangerschaft brauchte sie nun wirklich nicht. Wobei das im Gegensatz zu ihren wahren Problemen irgendwie angenehmer klang. Dann wäre sie halt schwanger, na und. Allerdings konnte sie das Fiona nun wirklich nicht auftischen. Aber wie viel durfte sie ihrer Freundin erzählen? Von ihrem Arrangement mit Dr. Kuhl ja wohl nichts. Das hatte er ausdrücklich angeordnet. Und von ihren teuflischen Ideen, diesen Ethan van Holt ein bisschen nach ihrer Pfeife tanzen zu lassen, wollte sie auch nichts verraten. Das war ihr eigentlich schon selber peinlich genug. Nur der Trotz ließ sie noch an ihrem Plan festhalten.

»So schlimm?«, fragte jetzt Fiona nach und drückte leicht Lucys Arm.

Sie verließen das Klinikgelände und schlenderten auf der Straße Richtung Hafen. Die Sonne versteckte sich immer wieder hinter Wolken, aber wenigstens regnete und stürmte es heute nicht, so wie gestern Abend auf dem Heimweg.

»Nee, Quatsch! Mir geht nur immer wieder durch den Kopf, was Naima gestern zu mir gesagt hat. Und jetzt weiß ich nicht, wie ich damit umgehen soll.« Spontan war ihr der Einfall gekommen, das vorzuschieben.

»Oh, Naima also. Worum ging es denn?« Fiona schob Lucy an den Straßenrand, um ein Auto mit zu hoher Geschwindigkeit vorbeizulassen. »Blödmann«, rief sie ihm ärgerlich hinterher.

Lucy wusste, dass sie Fiona nun doch von ihren Träumen erzählen musste. Und warum auch nicht, schließlich war sie ihre beste Freundin. Wieso stellte sie sich denn so an? »Du kennst ja Naimas spirituelle Ader. Manchmal ist mir das eben alles zu viel. Selbst Stella scheint mehr Verbindung zu wem auch immer im Universum zu haben. Die kleine Motte nickt jedenfalls immer wie selbstverständlich, so als würde sie das alles wissen, was Naima so von sich gibt.« Vorsichtig lugte Lucy zu Fiona.

»Warte mal, ich verstehe nur Bahnhof. Was genau hat denn Naima gesagt? Und dass deine Kleine nicht von dieser Welt ist, haben wir doch schon öfter festgestellt.« Fiona grinste.

»Na ja, bisher habe ich nur angenommen, dass Stella ein superkreatives Kind ist, aber nicht, dass sie dieses Hexen-Gen wie Naima hat.«

»Hexen-Gen ist gut«, lachte Fiona.

»Wer ist hier eine Hexe? Ihr beide? Nie im Leben, ihr seid doch meine Engel.«

Erschrocken schnappte Lucy nach Luft. Auch Fiona fuhr herum.

»Mensch Fedder, jag uns nicht so einen Schrecken ein«, rief Fiona.

»Na, wenn ihr von Hexen erzählt, muss ich doch mal nachfragen dürfen. Kann ja sein, dass meine beiden Lieblingsschwestern demnächst auf dem Besen daherkommen.« Fedder schob sich glucksend lachend zwischen sie und hakte beide unter. »Heute kann ich euch die Fischsuppe empfehlen. Einfach klasse!«

»Die empfiehlst du uns immer«, antwortete Lucy grinsend.

»Die ist ja auch immer lecker.« Fedder schob Lucy und Fiona in Richtung Bistro. »So, der alte Fedder muss dann mal wieder. Ich wünsch euch einen schönen Tag und immer eine steife Brise.« Damit verschwand er hinter dem Bistrogebäude und begann schon die nächste Unterhaltung.

»Der Fedder! Wenn es den nicht hier geben würde, müsste man ihn erfinden«, sagte Fiona und studierte die Tagesgerichte.

Lucy gab ihr innerlich recht. Fedder gehörte hier zum Hafen wie der Fisch ins Wasser. Seit Lucy denken konnte, war er der Hafenmeister und brachte mit seiner guten Laune alle in Stimmung. Wahrscheinlich gab es niemanden hier am Küstenstreifen, den er nicht mit einem netten Moin oder lockeren Spruch begrüßt hatte. Als Kind hatte sie sich manchmal vor ihm gefürchtet, schließlich sah er wie ein echter Seebär aus. Groß, graue, wilde Haare, Rauschebart und wettergegerbtes Gesicht. So hatte sie sich die Seeräuber in den Geschichten von ihrem Großvater immer vorgestellt. Einmal hatte sie Opa sogar flüsternd gefragt, ob Fedder so ein Seeräuber war. Sie konnte sich noch genau an das schallende Lachen ihres Opas erinnern. Und daran, wie er sie danach hochgehoben und durch die Luft gewirbelt hatte. Eine Antwort hatte sie zwar nicht darauf bekommen, aber da sie sich bei ihren Großeltern immer beschützt gefühlt hatte, war es ihr egal gewesen. Als sie allerdings das nächste

Mal in Glowe am Hafen waren und Fedder auf sie zugelaufen kam, hatte ihr Opa ihre Hand genommen und »nur zur Sicherheit« geflüstert. Dabei hatten seine Augen listig gezwinkert. Und Lucy hatte sich mit einem Mal mächtig stark gefühlt. So an Opas Hand.

»Erde an Lucy«, hörte sie Fiona rufen. »Ob du auch eine Fischsuppe möchtest, würden wir gern wissen.«

Lucy zuckte zusammen. Der junge Mann hinter der Glasscheibe, der seine lockigen Haare mit einem Bandana-Tuch gebändigt hatte, schaute sie nickend an. Schnell studierte sie die Gerichte, die auf der Tafel über ihnen angeschrieben waren. »Ich glaube, ich nehme heute den Zander mit Bratkartoffeln.«

»Alles klar, dann einmal die Fischsuppe und einmal den Zander. Kommt sofort, die Damen!« Der Bandana-Typ wirbelte herum und begann an den Pfannen zu hantieren.

»Also dann, die Dame, suchen wir uns einen schönen Sitzplatz.« Fiona schaute auf ihre Uhr. »Wir haben nur noch eine halbe Stunde, bis wir wieder im Reich der Weißkittel eingeflogen sein müssen. Das wird knapp mit Futtern und Erzählen. Am besten, du fängst schon mal an, solange das Essen noch nicht da ist.«

Sie setzten sich in den eben freigewordenen Strandkorb, wo sie die Sonne genießen konnten, aber vor Wind geschützt blieben.

»Warum hat dich Naima genervt?«, fragte Fiona noch einmal nach, als sie sich eingerichtet hatten.

»Wegen meiner Träume«, begann Lucy. »Ich hab neuerdings so intensive Träume und Naima hat da was reininterpretiert, was totaler Quatsch ist.«

»Jetzt wird's interessant! Was sind das für Träume? Und was meint Naima dazu?«

Lucy seufzte. Jetzt kam sie wohl nicht mehr drumherum. Also erzählte sie von den Begegnungen im Traum.

Als sie das Essen serviert bekamen, unterbrach sie sich nur kurz. »Gestern Abend war es dann soweit, dass ich Angst vor dem Einschlafen hatte. Das ist doch bescheuert, oder? Kein Wunder also, dass ich mit Kopfschmerzen aufgewacht bin«, endete sie schließlich.

»Und warst du wieder dort?«, fragte Fiona. Dabei schlürfte sie leise ihre Suppe.

»Wo?« Lucy stocherte in ihren Kartoffeln herum. Der Fisch war wirklich lecker gewesen, aber die Kartoffeln schienen irgendwie zu fettig für ihren empfindlichen Magen.

»Na, in Scham ... wie hieß das noch?« Fiona setzte die Suppentasse an und trank den Rest mit einem Schluck. Sie wischte sich den Mund mit der Serviette ab. Dann schaute sie verträumt aufs Meer. »Ich stelle mir das wunderschön vor. Du lebst hier dein Leben und nachts kannst du dich mit den Leuten treffen, auf die du Lust hast. Also, falls man sich das so wünschen kann. Überleg mal, du könntest dich mit deinen Großeltern unterhalten. Oder wir könnten nachts sogar losziehen und was erleben.«

Lucy schob den Teller von sich. Sie brachte keinen Bissen mehr runter. »Mir reicht deine Anwesenheit tagsüber ganz und gar aus«, raunzte sie und stieß die Luft aus, dass ihre Lippen vibrierten.

Fiona schien noch immer der Idee der nächtlichen Treffen nachzuhängen, denn die erwartete Antwort blieb aus. Stattdessen schaute sie mit einem Lächeln über die glitzernde Wasseroberfläche rüber zum Kap Arkona.

»Ich glaube, wir müssen los«, holte Lucy sie zurück.

Auf dem Weg zur Klinik schien Fiona wieder zu erwachen. »Sag mal, der Mann, den du in der Ferne gesehen hast, könnte das eine verstorbene Seele sein? Ich meine, du weißt wirklich nicht, wer das war? Hast du überhaupt nichts an ihm erkannt? Was ist, wenn ...« Sie brach ab und kaute auf ihrer Lippe herum.

Reflexartig schüttelte Lucy den Kopf. Bloß gut, dass Fiona es nicht ausgesprochen hatte. Nein! Aaron war am Leben und würde eines Tages zu ihr zurückkehren.

Schweigend liefen sie die letzten Meter bis zum Klinikgebäude. Erst jetzt fiel Lucy wieder ihre Verabredung mit ihrem Spezialpatienten ein. Dazu fühlte sie sich heute überhaupt nicht in der Lage. Warum hatte sie da nur zugesagt? Im Moment hätte sie lieber eine Kündigung in Kauf genommen, als sich jetzt so zu verbiegen. Hätte dieser Mister Kuhl sich nicht irgendeine andere Schwester aussuchen können? Vielleicht eine, die es als Kompliment empfand, mit einem Patienten über die Insel zu flanieren. Sie jedenfalls fühlte sich gedrängelt. Oder hatte dieser Ethan van Holt darauf bestanden? Und wenn ja, warum?

»Sorry, ich wollte dir nicht wehtun«, flüsterte Fiona, kurz bevor sie das Schwesternzimmer erreicht hatten.

Lucy nickte leicht. »Das weiß ich doch.« Sie zog ihr Handy aus der Tasche und schaute auf die Uhr. Eine halbe Stunde blieb ihr noch. Ob Conny wenigstens Bescheid wusste? Sicher nicht alle Details, aber es wäre angenehmer, wenn sie sich nicht erklären müsste.

Die Sorge hatte sich schneller erledigt als gedacht, denn als sie das Schwesternzimmer betraten, stand Dr. Kuhl höchstpersönlich neben Conny und deutete immer wieder auf einen Plan, der vor ihnen auf dem Tresen lag.

»Aber wie stellen Sie sich das vor? Ich kann Lucy doch nicht so einfach ersetzen. Bekommen wir für sie eine Ersatzkraft?« Conny schaute Dr. Kuhl kopfschüttelnd an.

»Wie jetzt ... ersetzen?«, fragte Fiona.

Lucy schob sich an allen vorbei und nahm sich ein Glas Wasser.

»Ach, Lucy weiß schon davon?«, fragte Conny weiter.

»Wovon denn um Himmels willen?« In Fionas Stimme schwang Sorge mit.

»Das ist doch alles kein Problem, meine Damen. Ich bitte Sie! Das wird unsere Klinik aufwerten, vielleicht sogar in die Schlagzeilen bringen. Das wäre doch fantastisch. Und unter uns gesagt, auch für Ihre Arbeitsplätze von Vorteil«. Dr. Kuhl schien wieder ganz der Alte zu sein. Unnahbar, steif, altmodisch irgendwie.

Noch immer nippte Lucy an ihrem Glas. Am liebsten hätte sie es nie mehr abgesetzt und vor allem nicht in die fragenden Gesichter ihrer Kolleginnen schauen müssen. Hatte Dr. Kuhl Conny die Wahrheit gesagt? Aber sollte das nicht geheim bleiben?

»Was wertet unsere Klinik auf? Und was hat das mit Lucy zu tun?«, fasste sich Fiona als Erste.

Dr. Kuhl holte tief Luft und räusperte sich. Lucy spürte, dass er sie ansah. Sie jedoch klebte an ihrem Glas fest.

»Es gibt eine neue Studie über Heilungsmethoden bei Menschen mit depressiven Krankheitsbildern. Eine davon ist die, dass die Patienten persönlich betreut werden, dass sie mehr in Bewegung kommen und auch außerhalb der Klinik Kraft tanken können. Sozusagen.«

Fiona schnaubte. »Das ist ja mal bahnbrechend. Dann haben wir bisher ja schon ganz viel richtig gemacht.« Sie schob sich ebenfalls an Dr. Kuhl und Conny vorbei und trat neben Lucy.

Wieder spürte Lucy die Blicke auf sich ruhen. Leider war nun auch das Wasserglas alle. Vorsichtig setzte sie es ab. Ließ Dr. Kuhl sie jetzt hier hängen und erwartete eine Erklärung von ihr? Dieser Feigling!

»Deshalb war ich vorhin bei Dr. Kuhl. Er hat mir die Studie vorgestellt und erläutert, wie er sich das hier wünscht. Ethan van Holt soll quasi das Pilotprojekt sein und ich seine Begleiterin.« Lucy hatte das Gefühl, noch irgendetwas sagen zu müssen, aber ihr Kopf war leer.

»Genau!« Dr. Kuhl nickte.

Der war ja eine tolle Unterstützung! Dabei waren es doch seine Machenschaften.

»Warum hast du nichts davon erzählt?«, fragte Fiona.

Lucy spürte ihre Enttäuschung. »Du wolltest doch wissen, was mit Naima war. Wann hätte ich dir denn das erzählen sollen?«, flüsterte sie so, dass es nur Fiona hören konnte.

»Das hättest du früher als Erstes gemacht, sobald du das Schwesternzimmer wieder betreten hättest. Und zwar uns allen. Was ist denn los mit dir?«, zischte Fiona ebenso leise zurück.

Das hatte gesessen! Lucy spürte Ärger in sich aufsteigen. Ärger auf ihren Chef, auf diesen bescheuerten Patienten, auf Fiona, die sie so anging und auf sich selbst, weil sie sich auf das alles eingelassen hatte.

»So, Schwester Lucy, Sie müssen!« Dr. Kuhl tippte mit der Hand auf seine Uhr am Handgelenk.

Lucy fiel das Atmen schwer. Sollte sie Fiona doch einweihen? Aber sie hatte versprochen, darüber zu schweigen. Warum war dieser Dr. Kuhl aber auch immer so umständlich. Hätte er nicht alle mit einweihen können? Der brachte sie doch in Teufels Küche.

»Na dann, kümmere dich mal um deinen Lieblingspatienten«, sagte Fiona. Sie schaute Lucy mit traurigen Augen an. Die Enttäuschung war nicht zu überhören.

»Fiona«, begann Lucy leise. Sie spürte, wie sich alles in ihr sträubte, jetzt einfach zu gehen. Sie wollte es aufklären und am liebsten einfach wieder die fröhliche Schwester Lucy sein, die sich um alle kümmerte, nicht nur um Spezialpatienten.

Fiona wandte sich um und begann in ihrem Rucksack zu kramen. Auch Conny schaute Lucy mit tiefen Falten auf der Stirn an.

Seufzend nahm Lucy ihre Tasche und folgte Dr. Kuhl auf den Gang. Gerade als sie ihn zur Rede stellen wollte, bog er ins Treppenhaus ab. »Sie schaffen das schon!« Er hob lapidar die Hand und weg war er.

Was sollte sie schaffen? Sich mit diesem Patienten abzugeben? In einem zerstörten Arbeitsklima zu arbeiten? Sich mit Fiona zu versöhnen?

Ein Knurren entfuhr ihrer Kehle. Lucy ballte die Fäuste. Ja genau, sie würde es schaffen! Wie immer! Aber was blieb danach übrig? Und war es das wirklich wert?

14

Als Lucy das Klinikgebäude verließ, wäre sie beinahe mit Martina vom Empfang zusammengestoßen, die von ihrer Mittagspause zurückkam.

»Was ist denn in dich gefahren?«, fragte Martina und ausnahmsweise schaute sie mal nicht auf die Uhr.

»Nichts!«, knurrte Lucy zurück. Dann besann sie sich. Martina konnte ja nun wirklich nichts dafür. »Ich muss nur ...«, begann sie, unterbrach sich aber, als sie Ethan van Holt in einiger Entfernung stehen sah. Er schaute sie mit einem Lächeln an, das sie nicht deuten konnte. Wollte sie auch nicht. »Ich muss ...«, sagte sie noch einmal, deutete auf den Patienten und ließ Martina stehen.

»Immerhin sind Sie pünktlich«, konnte sich Lucy nicht verkneifen zu sagen, als sie Ethan van Holt erreichte.

»Ich würde mir nie erlauben, Sie warten zu lassen«, konterte Ethan van Holt weiterhin mit diesem Lächeln.

Lucy schaute ihn von der Seite an. Meinte er das ernst oder nahm er sie auf den Arm? Aber das Lächeln sah irgendwie echt aus. Egal! »Okay, dann also Richtung Strand.« Ohne ein Wort abzuwarten, lief sie durch den Park der Klinik.

Schnell nahm Ethan van Holt ihr Tempo auf. »Haben wir es eilig?«, fragte er. »Dann hätte ich meine Sportkleidung übergezogen.«

Als sie das Grinsen in seiner Stimme hörte, entschied sich Lucy, seine Frage zu ignorieren. Das Ganze war schon unangenehm genug, da musste sie nicht auch noch Smalltalk mit ihm betreiben. Andererseits sollte sie ihn bei Laune halten, sonst beschwerte er sich wieder bei Dr. Kuhl.

»Sie sind also das erste Mal auf Rügen?«, fragte Lucy, als sie den Strand betraten.

»Ich bin überhaupt das erste Mal im Osten«, war die schnelle Antwort.

Im Osten? Wer sagte denn sowas heutzutage noch? Vielleicht die älteren Leute, aber doch kein Typ um die 30. »Aha, immer nur die teuren Urlaube auf den Inseln mit weißem Sandstrand und türkisblauem Wasser, was?«

Mittlerweile waren sie im festen Sand an der Wasserkante angekommen. Lucy wandte sich nach links, um der Bucht zu folgen. Warum sagte er nichts? Sie hatte mit einem zustimmenden Spruch gerechnet.

Aber Ethan van Holt war stehengeblieben, hatte eine Hand über die Augen gelegt und schaute rüber zum Kap Arkona. »Wie kommt man denn dahin?«, fragte er.

Widerwillig ging Lucy die paar Meter zurück und stellte sich neben ihn. »Wie es gefällt: Mit dem Boot, mit dem Auto, mit dem Bus, zu Fuß oder mit dem Fahrrad. So weit ist es ja nicht, vielleicht 20 Kilometer.«

Ethan van Holt nickte. »Dann machen wir das bei einem unserer nächsten Ausflüge.« Damit ging er um Lucy herum und lief am Meeressaum entlang.

Jetzt ließ der sie einfach so stehen. Und gab auch noch Befehle, wonach sie sich zu richten hatte. Lucy schnaubte tief durch und folgte ihm.

Eine Zeit lang sprach keiner ein Wort. Warum sollte sie sich auch ein Bein ausreißen, schließlich war sie keine Reiseführerin.

»Ich bin eigentlich selten aus unserem Kaff rausgekommen. Wenn, dann höchstens mal zu meinen Großeltern nach London.«

Lucy hatte große Mühe, Ethan van Holt zu verstehen, so leise sprach er. Großeltern in London, soso. Aber dass er noch nie teuren Urlaub gemacht hatte, konnte sie fast nicht glauben. Er sah so ... kultiviert aus. Und wenn sie sich nicht täuschte, kam er aus der Nähe von München. Musste man nicht viel Geld haben, um dort leben zu können? Vielleicht hätte sie sich näher mit seiner Krankenakte beschäftigen sollen, dann hätte sie jetzt irgendetwas sagen können. Aber so?

Schweigend liefen sie weiter und fast schon begann Lucy, den Spaziergang zu genießen. Wann war sie während ihrer Arbeitszeit schon mal so entspannt an der frischen Luft gewesen?

Als sie das Ende der Bucht erreicht hatten, blieb sie stehen. Ethan van Holt nicht.

»Herr van Holt, wir müssen zurück«, rief sie.

Ein Ruck ging durch seinen Körper. Wie aus einem Traum erwachend, rieb er sich die Augen und schaute Lucy unvermittelt an. »Könnten Sie einfach Ethan zu mir sagen? Herr van Holt ist mein Vater.«

»Ach so, ja, klar.« Irgendetwas wirkte anders an ihrem Spezialpatienten. Eigentlich hatte sie ja gedacht, dass er mit seinen schicken Klamotten hier am Strand völlig fehl am Platze wirkte, aber jetzt musste sie sich eingestehen, dass er mit seiner gebräunten Haut, dem vom Wind zerzausten Haar und dem lässigen Stil ganz gut ans Meer passte.

»Trauen Sie sich jetzt nicht mehr, mich anzusprechen?«, fragte Ethan und holte sie aus ihren Gedanken zurück.

Da war er ja wieder, der überhebliche Ton. Lucy reckte ihr Kinn und drehte sich um. Warum sollte sie sich nicht trauen? Schließlich war sie hier die Krankenschwester und er der Patient. Also, wer hatte hier die Hoheit?

Der Rückweg begann wieder mit Schweigen. Gerade hatte sich Lucy darin vertieft, wie sie gleich Fiona und Conny gegenübertreten konnte, als sie Ethans Stimme dicht an ihrem Ohr vernahm.

»Träumen Sie von Ihrem Liebsten?«

Lucy zuckte so heftig zusammen, dass sie mit ihrer Schulter gegen Ethans Kinn stieß. »Geht's noch?«, schnauzte sie ihn an, besann sich aber gleich darauf auf ihre Mission und schob eine Entschuldigung nach. Aber natürlich hatte die Frage gesessen. Besonders, weil sie heute so wenig wie selten an Aaron gedacht hatte. Sofort überfiel sie das schlechte Gewissen. Wer weiß, wo er jetzt lebte und sich nicht an seine Familie erinnern konnte, und sie begann bereits, ihn zu vergessen.

Mit der einen Hand sein Kinn massierend, schaute Ethan Lucy mit durchdringendem Blick an. »Sorry, ich wusste nicht, dass Sie so schreckhaft sind.« Dabei hatte er beide Hände gehoben. »Tut mir wirklich leid. Ist alles in Ordnung bei Ihnen, Lucy?«

Ein warmer Schauer lief über Lucys Rücken. Zum ersten Mal hatte Ethan das förmliche Schwester weggelassen. Und seine Stimme klang ehrlich besorgt. Aus diesem Menschen konnte man nicht schlau werden. Wollte sie auch gar nicht. Im Moment hatte sie nur noch den Drang, diese Schicht hinter sich zu bringen und endlich nach Hause zu fahren. Dann wollte sie sich mit Naima versöhnen und sich alles anhören, was sie zu irgendwelchen Träumen oder sonstigen spukigen Sachen zu sagen hatte. Denn gerade hatte sie tiefe Sehnsucht nach ihr und ihrem großen Herzen. Niemals durfte sie die Freundschaft zu Naima aufs Spiel setzen. Wenn das Wetter hielt, könnten sie zusammen an den Strand gehen und dort gemeinsam picknicken. Darüber würde sich Stella sicher auch sehr freuen.

»Lassen Sie uns einfach zurück zur Klinik gehen. Für den nächsten Ausflug lasse ich mir was einfallen, was Sie vielleicht nicht so langweilt. Ist natürlich nichts im Vergleich zu München. Aber ich werde mich bemühen.«

Wie von Zauberhand schien sich eine Maske über Ethans Gesicht zu schieben. »Klar«, sagte er schlicht. Dabei klang seine Stimme förmlich wie eh und je.

15

Auf dem Weg von der Bushaltestelle bis zu Naimas Haus hatte Lucy das Gefühl, ihre zentnerschweren Beine kaum noch anheben zu können. Jeder Schritt schien ein Meilenstein zu sein. Dabei fand sie es trotz allem faszinierend, wie Körper und Geist zusammenarbeiteten. Denn mit ihren Beinen war definitiv alles in Ordnung, nur nicht mit ihrem Gefühlsleben. Hoffentlich bekam sie das alles bald wieder in den Griff, vor allem ihr Leben. Sie hasste es, von anderen abhängig zu sein. Und gerade fühlte sie sich von ihrem Chef und Ethan so gegängelt, dass das alles Schöne überschattete. Und dann noch die Träume ... Oder besser, Naimas Geschichten dazu.

Mit einem Rums stieß sie gegen die verschlossene Tür von Naimas Haus. Wie immer hatte sie kurz geklingelt und dann, ohne auf eine Reaktion zu warten, die Klinke heruntergedrückt, um in den Hausflur zu treten. Nur diesmal öffnete sich die Tür nicht. Irritiert strich sie sich mit der Hand über die schmerzende Stelle an ihrer Stirn. Vorsichtig probierte sie noch einmal, die Tür zu öffnen. Vielleicht hatte sie die Klinke nur nicht richtig nach unten gedrückt. Aber auch diesmal tat sich nichts.

Sie trat einen Schritt zurück und sah sich im Garten um. Vor dem Haus konnte sie niemanden entdecken. Und sie ahnte, dass Naima und Stella auch nicht im hinteren Bereich waren. Naima schloss die Tür nie ab, wenn sie nur im Garten arbeitete.

Zögerlich lief sie wieder zur Straße. Konnte es sein, dass die beiden zuhause auf sie warteten? Das wäre neu. Naima hatte zwar einen Schlüssel für Lucys Wohnung, wollte den aber nur in Notfällen nutzen. Außerdem war sie viel lieber in ihrem Häuschen als in Lucys kleiner Wohnung. Hatte sie jedenfalls immer behauptet.

Nachdem sie, wie sie schon angenommen hatte, die Wohnung leer vorfand, zog sie sich eine halblange Hose und ein bequemes T-Shirt an, schlüpfte in ihre Flipflops, holte das Rad aus dem Abstellraum und fuhr Richtung Meer. Vielleicht hatte Stella es geschafft, Naima zu überzeugen, an den Strand zu gehen. Aus irgendeinem Grund hielt sich Naima selten dort auf, schien sich auch nicht wirklich wohl zu fühlen.

Schon nach den ersten Metern spürte Lucy, wie die Anspannung nachließ. Auch wenn der Weg zum Strand in den letzten Jahren unter keinem guten Stern stand, war die Freiheit in ihr immer lebendig geblieben, die die Weite des Meeres entfesselte. Eine aufkommende Brise trug salzige Luft heran, Möwenschreie mischten sich schärfer ins Rauschen der Wellen. Sogar die Menschen, denen sie begegnete, schienen vom gleichen unbeschwerten Lebensgefühl beseelt, das sie selbst nur hier an der Küste empfand.

Die Pflasterstraße vor dem Campingplatz rüttelte sie noch einmal ordentlich durch. Sie winkte der Besitzerin des Platzes zu, die gerade aus der Tür der Rezeption trat. Dann sprang sie vom Rad und schob es die letzten Meter vorbei an Wohnmobilen oder Wohnwagen bis zum Strand. Sie lehnte es an die Holzbalken, die als Abtrennung zu dem kleinen Wäldchen zwischen Campingplatz und Strand dienten, kickte die Flipflops von den Füßen und begann, durch den Sand zu stapfen.

Da sie direkt hier im Bereich des Campingplatzes weder Naima noch Stella entdeckte, bog sie automatisch nach rechts ab und folgte dem Meeressaum.

Je weiter sie lief, umso mehr lichteten sich die Urlauberreihen. Lucy atmete die salzige Luft tief ein. Beim Ausatmen traute sie sich endlich, den Kopf zu heben und aufs Meer hinauszuschauen. Der kleine Funken Hoffnung, dass sie Aaron entdecken würde, der mit seinem Boot auf sie zukam und ihr zuwinkte, würde wohl nie ganz verschwinden. Sie schluckte. In der Ferne tuckerten zwei Fischerboote, wovon keines wie Aarons aussah. Waren sie schon auf dem Weg zum nächtlichen Fang? Und wie immer folgten ihre Gedanken dem gleichen Muster: Lag Aaron in einem Krankenhaus in Dänemark und konnte sich nicht daran erinnern, wer er war? Oder hatte ihn eine andere Frau aufgenommen, die ihn jetzt pflegte? So wie es in Filmen immer passierte. Hatte er sich vielleicht in die Frau verliebt und lebte jetzt ein glückliches Leben mit ihr? Bis ihn irgendwann jemand erkannte und von seiner Familie in Deutschland erzählte, die auf ihn wartete. Wie würde er sich dann entscheiden? Wo er sich doch neu verliebt hatte. Aber kam das nicht doch nur in Filmen vor? Und wenn es nicht so war, welche Alternative blieb dann? Die, die alle anderen dachten, dass er ertrunken war? In seinem geliebten Meer? Nein! Das durfte einfach nicht sein. Er kehrte ganz sicher zu ihr zurück. Zu ihr und zu seiner Tochter. Zu seiner Familie!

»Mama!«, holte sie Stellas Stimme an den Strand zurück.

Lucy zuckte zusammen. Sie spürte, wie sich ihr ganzer Körper verspannt hatte. Mit geballten Händen stand sie leicht vornübergebeugt da. Selbst ihr Kiefer schmerzte, so sehr hatte sie mit ihren Zähnen gemahlen. Tief atmend schaute sie noch einmal über die Wellen. Wut kroch in ihr auf. Wie konnte Aaron sie nur so im Stich lassen?

»Mama?«

Stellas sanfte Berührung an ihrer Hand holte sie endgültig zurück. Die Wut verflüchtigte sich über dem Meer. Noch einmal holte Lucy tief Luft, dann beugte sie sich zu ihrer Tochter. »Hallo, mein Sternchen! Das ist ja schön, dass ihr heute mal am Strand seid, was?«

»Oh ja«, antwortete Stella und fiel Lucy um den Hals. »Das war sogar Naimas Idee. Komm, wir haben eine Murmelbahn gebaut.« Damit zog Stella Lucy auf die Beine und mit sich fort.

Schon nach einigen Metern hatten sie Naima erreicht. Sie saß auf einer kunterbunten Decke, hatte sich einen ebenso bunten Seidenschal um die Schultern gelegt und die krausen Rastalocken zu einem hohen Dutt gebunden. Ihre dunkle Haut glänzte in der Sonne, ihre Augen strahlten.

»Du siehst aus, als wärst du geradewegs dem Buch Tausendundeine Nacht entsprungen«, begrüßte Lucy Naima lachend. Von ihren miesen Gedanken den ganzen Tag über war nicht mehr viel übrig geblieben. Nur noch der Wunsch, Naima die Sache mit Ethan zu erzählen.

»Das hast du als Kind schon immer gedacht. Du warst dir ganz sicher, dass ich eine der Prinzessinnen aus den Geschichten bin.« Naima stand auf und schloss Lucy in ihre Arme.

»Ist ja auch kein Wunder, wenn du wie ein Paradiesvogel aussiehst und so orientalisch riechst«, murmelte Lucy an Naimas Schulter. In solchen Momenten fühlte sie sich wieder wie die kleine Lucy, deren Welt voller Abenteuer war.

»Mama, jetzt guck doch mal«, rief Stella. Sie stand breitbeinig mit den Händen in die Hüften gestemmt vor der Murmelbahn und strahlte, als würde sie Lucy ein riesiges Geschenk machen. Dabei erinnerte sie ein bisschen an Pippi Langstrumpf.

»Boah, die sieht ja klasse aus! So eine schöne Murmelbahn hab ich ja noch nie gesehen.« Lucy war neben Stella in die Hocke gegangen. »Darf ich auch mal eine Murmel kullern lassen?«

»Hier«, nickte Stella und drückte Lucy eine kleine

bunte Kugel in die Hand. »Die musst du ganz vorsichtig da oben rein legen und aufpassen, dass du die Bahn hier unten nicht mit den Füßen kaputttrampelst.« Mit wichtiger Miene erklärte Stella ihr die Vorgehensweise.

»Okay, ich werde aufpassen.« Lucy zwinkerte Naima zu, die sich wieder auf der Decke niedergelassen hatte. »Also dann, liebe Murmel, hab eine gute Reise!« Sie gab der Kugel einen kleinen Schubs und schon sauste die mehrmals rund um den Sandberg, bis sie unten in einer Vertiefung landete. »Das ist ja der Wahnsinn! Die kullert so schnell, dass ich gar nicht hinterherschauen konnte. Jetzt du, oder?«

Das strahlende Gesicht ihrer Tochter machte Lucy unendlich glücklich. So groß ihre Sorgen waren und so nervig die Lage in der Klinik in letzter Zeit, diese Momente entschädigten für alles.

Mit großer Sorgfalt legte Stella die Murmel in die Bahn und klatschte vor Freude in die Hände, als sie durch die vielen Windungen nach unten sauste.

»Vielleicht können auch mal zwei gleichzeitig kullern«, sagte Stella und angelte schon nach einer andersfarbigen Murmel, die mit vielen anderen in einem Netz neben der Bahn lag.

An Stellas Tonfall hörte Lucy heraus, dass sie wieder in ihre eigene Abenteuerwelt abgetaucht war. Also setzte sie sich neben Naima.

»Hast du Hunger? Wir haben auf Wunsch einer einzelnen kleinen Dame ein Picknick dabei.« Naima zeigte auf den Korb neben ihr.

»Gerade nicht«, antwortete Lucy. »Ich wollte dir erst noch was erzählen.« Sie spürte selbst, dass es irgendwie ungeduldig klang. Aber sie konnte einfach nicht mehr länger warten.

Naima nickte und schaute Lucy aufmunternd an.

»Es geht aber nicht um meine Träume«, begann Lucy. »Ich hab da nur so eine Sache in der Klinik, die ich eigentlich niemandem erzählen darf. Aber bei dir ist sowas ja gut aufgehoben.« Die letzten Worte hatte sie wie eine Frage ausgesprochen.

»Das ist es, meine Liebe!«, antwortete Naima mit warmer Stimme.

Lucy holte noch einmal tief Luft, dann erzählte sie von Dr. Kuhls Arrangement, Fionas Enttäuschung und dem heutigen Ausflug mit Ethan.

Jetzt war es Naima, die durchschnaufte. Nachdenklich schaute sie aufs Meer hinaus. »Das ist wirklich nicht nett von deinem Chef«, begann sie schließlich. »Andererseits hat er dich dafür ausgewählt, was ja auch zeigt, dass er dir vertraut.«

»Ehrlich gesagt, hätte ich darauf lieber verzichtet und ganz normal meinen Job weitergemacht. Der hat mir bisher echt immer Spaß gemacht. Und es nervt, dass ich jetzt jedes Mal mit Bauchschmerzen dorthin fahre.«

»Das kann ich verstehen«, murmelte Naima.

Dann blieb es eine Weile still. Nur der Wind und die Wellen drangen an Lucys Ohren. Zwischendurch Stellas entzücktes Lachen und im Hintergrund die Gespräche anderer Leute.

»Wenn du wieder mit Fiona versöhnt wärst, was würde dich dann noch stören an den Treffen mit Ethan?«, fragte Naima unvermittelt.

»Ähm, na ja, ich weiß nicht. Mich stört, dass dieser Mister Kuhl mich einfach benutzt, um an Kohle für die Klinik zu kommen. Der hat mich ja quasi erpresst.« Lucy spürte, wie die bisher noch zusammengekringelte Schlange in ihrem Magen wach wurde. Sie legte eine Hand auf ihren Bauch.

»Das kann man ihm in der heutigen Zeit nicht verübeln. Es werden mehr Kliniken geschlossen oder teilgeschlossen, als dass neue Zentren entstehen. Aber sag mal ...« Naima wandte sich jetzt direkt Lucy zu und setzte sich im Schneidersitz vor sie hin. Sorgfältig breitete sie den Rock über ihre Beine. »Was wäre denn passiert, wenn du Dr. Kuhl eine Abfuhr erteilt hättest? Hast du mal probiert, nein zu sagen?«

Nun war es passiert. Die Schlange reckte sich und machte sich direkt auf den Weg in Richtung Hals. »Dann hätte er mich vielleicht entlassen, oder so«, antwortete sie und merkte selbst, wie halbherzig das klang.

»Bei dem Personalmangel? Das kann ich mir nicht vorstellen. Was wäre denn, wenn du morgen zu ihm gehst und ihm sagst, dass du dich ausgenutzt fühlst und dass diese Art der Arbeit nicht in deinem Vertrag steht?«

Lucy schluckte. Die Schlange ließ sich noch für einen Moment zurückhalten. »Das ist ein bisschen spät, meinst du nicht?«

»Für sich einzustehen ist nie zu spät!«

Lucy hörte Naimas Lächeln in der Stimme. »Hm«, machte sie nur. »Aber weißt du, was mir schon die ganze Zeit durch den Kopf gegangen ist?« Jetzt schaute auch Lucy Naima direkt an. »Eigentlich finde ich die persönliche Begleitung der Patienten richtig klasse. Wenn wir mehr Personal hätten, könnten wir uns viel intensiver auf die Patienten einlassen, als ihnen immer nur morgens die Medikamente auszuteilen und sie bei diagnostischen Maßnahmen zu begleiten. Da bleibt kaum Zeit für persönlichen Kontakt. Unsere Patienten wollen fast alle viel reden. Das können die Therapeutinnen gar nicht abdecken. Aber wir könnten ihnen zuhören und für sie da sein. Vielleicht auch mal außerhalb des Klinikgeländes. Das wäre klasse!« Sie spürte, wie sie sich in Rage geredet hatte. Ihr Herz klopfte wie wild, sogar die Schlange hatte aufgegeben und sich zurückgezogen.

»So gefällst du mir schon viel besser! Dann überlege dir doch mal ein Konzept, wie so etwas möglich wäre. Vielleicht gibt es ja doch Gelder für mehr Personal. Wer weiß das schon. Du kennst das Gesetz der Anziehung, meine Liebe! Du musst nur lernen, es richtig anzuwenden. Das, was du sendest, empfängst du auch. Und du musst es hier spüren.« Naima legte eine Hand auf ihre Herzgegend. »Der Impuls für den Wunsch muss aus dem Herzen kommen. Und deine Gedanken dürfen ihm keine Glaubenssätze überstülpen. Von wegen: Der wird doch niemals auf mich kleine Krankenschwester hören. Oder: Die Klinik hat jetzt schon kein Geld. Woher soll dann die Kohle für noch mehr Personal kommen? Das heißt, wenn du demnächst mit deinem Chef sprichst, atmest du vorher kräftig ein und aus und erklärst ihm dann mit der tiefsten Überzeugung aus deinem Herzen heraus deine Vorstellungen. Vielleicht wird er dir nicht gleich begeistert um den Hals fallen, aber du hast mit Sicherheit ein Samenkorn gesetzt, das wachsen darf. Und woher das Geld für so ein Unterfangen kommt, darüber musst du dir keine Gedanken machen. Dein Dr. Kuhl auch nicht. Das klärt das Universum. Wie oft habe ich die Erfahrung machen dürfen, dass Hilfe von ganz anderer Stelle kam, als ich mir das habe träumen lassen.«

Während Naima gesprochen hatte, war Stella immer näher gekommen. Sie setzte sich auf Lucys Schoß und schaute Naima mit großen Augen an. Naima zwinkerte ihr verschwörerisch zu.

»Also, ich weiß nicht. Das klingt alles so einfach.« Lucy hob die Schultern und suchte nach den richtigen Worten.

»Das Leben darf einfach sein, nicht wahr, Stella?«

Stella nickte heftig, sagte aber nichts.

»Ach, ihr wieder. Manchmal glaube ich, ihr malt euch eure geheime Welt, wie sie euch gefällt.« Ärger stieg in Lucy auf. Oder war es Eifersucht?

»Das kannst du doch auch machen, Mama?«, sagte jetzt Stella. Sie kuschelte sich in Lucys Arme.

»Ist dir kalt, mein Schatz?«

Stella nickte. »Ein bisschen aber nur.«

»Dann lasst uns mal zusammenpacken«, rief Naima und sprang auf. »Aber versprich mir, dass du wenigstens darüber nachdenkst, deinem Chef zu erklären, dass du dich bei der Babysittersache nicht wohl und vor allem übergangen fühlst. Oder ist es gar nicht so schlecht mit diesem Ethan?«

Lucy spürte genau, dass Naima es so aussehen lassen wollte, als hätte sie die Frage ganz nebenbei gestellt. Und natürlich hatte sie mal wieder das richtige Gespür. Der Strandausflug mit Ethan hallte tatsächlich noch in ihr nach. Vor allem die verschiedenen Persönlichkeiten, die in ihm zu schlummern schienen. Sie hatte immer von sich gedacht, dass sie Menschen gut einschätzen könnte. Bei ihm funktionierte das irgendwie nicht. Und das forderte sie heraus. Ob sie wollte oder nicht. Wenn sie allerdings an seine Frage nach ihrem Liebsten dachte, drehte es ihr direkt den Magen um. »Der ist und bleibt ein komischer Typ«, antwortete sie schließlich und hoffte, dass es ebenfalls beiläufig klang.

Als sie alles zusammengepackt hatten, schlenderten sie am Strand zurück zu Lucys Fahrrad. Später verabschiedeten sie Naima und begannen ihr Abendritual.

Schon die ganze Zeit über spürte Lucy eine Unruhe, die sich auch nicht verdrängen ließ, während sie mit Stella Spaß hatte. Als ihre Kleine endlich im Bett lag, ließ sie sich erschöpft auf ihr Sofa sinken. Was war denn nur los mit ihr? Natürlich wusste sie, dass es mit Naimas Fragen zu tun hatte. Wie schaffte sie es nur immer wieder, solch ein Chaos in Lucys Innenleben auszulösen?

Noch einmal ließ sie Naimas Worte vorüberziehen. Wie stellte sie sich das denn vor? Sollte sie einfach zu Dr. Kuhl gehen und ihm sagen: Ich hab da eine Idee, wie wir unsere Patienten besser betreuen können? Sie hörte schon seine Antwort. Schließlich waren sie eine psychosomatische Klinik und keine Luxusreha. Aber was sprach denn dagegen, sich auch mal neuen Therapieformen zuzuwenden? Die Welt wurde doch sowieso schon immer anstrengender und häufig sogar menschenunfreundlicher. Da konnten sie mit einem humanen Konzept herausstechen und vielleicht sogar darüber ihr finanzielles Problem lösen.

Lucy spürte förmlich, wie die Energie wieder von ihrem Körper Besitz ergriff. Die Gedanken hüpften wild durcheinander. Wenn sie jetzt nicht zum Stift griff, war sie selbst schuld.

In den nächsten Stunden schrieb sie eine Idee nach der anderen auf, sortierte sie, strich wieder raus und begann von Neuem. Als sie das erste Mal auf ihr Handy schaute, ging es auf zwei Uhr zu. Erschöpft lehnte sie sich zurück. Ihre Schultern schmerzten und der Nacken verlangte Entspannung.

Mit einem Seufzer schaute sie über den Blätterwald auf ihrem Wohnzimmertisch. Das war doch alles nichts Halbes und nichts Ganzes. Wenn sie wenigstens mit jemandem drüber reden könnte!

Allmählich beruhigte sich ihr aufgewühltes Nervenkostüm. Der Gedanke, der in diesem Moment auftauchte, ließ sie schmunzeln. Erleichtert nickte sie. Auch wenn sie noch nicht genau wusste, ob es sich so leicht umsetzen lassen würde. Sie würde alles daran setzen, es zu probieren. Aber jetzt musste sie erstmal schlafen.

Bevor sie sich in ihr Bett kuschelte, sammelte sie die beschriebenen Seiten zusammen und schrieb Naima eine Nachricht. Heute war es ihr sogar egal, ob sie träumen würde. Sie hatte einen Plan und der fühlte sich endlich mal wieder richtig an.

16

Sie saß im Schneidersitz auf einer Wiese. Fröhliche Menschen hatten sich zusammengefunden und bildeten ebenfalls sitzend einen großen Kreis. Überall hörte sie ausgelassenes Lachen, Plaudern und sogar Singen. Es schien so, als würden alle mit allen kommunizieren. Und sie hätte an jeder Unterhaltung teilhaben können. Rechts von ihr saßen drei junge Männer, die sich über ein Fahrzeug unterhielten. Aber da war noch eine vierte Stimme, von der Lucy nicht wusste, woher sie kam. Auf der anderen Seite sah sie eine Frau mit einem Kind auf dem Schoß sitzen. Die Frau hatte die Augen geschlossen und summte leise vor sich hin. Das Mädchen auf ihrem Schoß spielte mit einer Puppe und auch sie schien sich mit einem anderen Kind zu unterhalten, das nicht direkt neben ihr saß, denn ständig fielen sie in gemeinsames Lachen ein.

Blinzelnd versuchte Lucy, die Menschen auf der gegenüberliegenden Seite des Kreises zu erkennen. Hin und wieder gelang ihr das sogar. Aber noch erstaunlicher war es, dass sie tatsächlich ihre Stimmen hörte. Ein Ehepaar beratschlagte, was sie am Wochenende kochen wollten, wenn die ganze Familie zusammenkam. Zwei ältere Frauen unterhielten sich über das Wetter und ob es früher auch immer so wenig Niederschlag gegeben hatte.

So konnte sie dem Kreis folgen und lauschen, erstaunt darüber, wie gut ihre Ohren funktionierten. Allmählich machte sich Lucy einen Spaß daraus, die Gespräche zu belauschen, auch wenn sie wusste, dass sich das nicht gehörte.

Plötzlich zuckte sie zusammen. Dem Kreis folgend war sie bei einem Mann angekommen, der ganz ruhig dasaß. Es fühlte sich für sie an, als wäre sie in seinen Sog geraten. Während sie den anderen Menschen einfach zuhören konnte, ohne sich ihnen zu nahe zu fühlen, spürte sie jetzt, wie ihr Herz klopfte. Es war, als würde sie in die Energie des Mannes eintauchen. Was hatte Jinpa letztens gesagt? Er konnte ihre Gedanken in ihrer Energie hören?

Jinpa? Wo war er heute eigentlich?

»Ich bin hier«, antwortete er direkt neben ihr.

»Bleib ganz ruhig.«

Erschrocken schaute sie ihn an. Hatte er schon die ganze Zeit neben ihr gesessen? Sie hörte ihren lauten Atem.

Jinpa schüttelte leicht den Kopf. »Du weißt doch, dass die Ereignisse deinen Gedanken folgen. Bisher hast du noch nicht an mich gedacht, aber nun bin ich da.« Er lachte wie ein kleines Kind, das sich diebisch über etwas freute. Dabei zeigten sich unzählige Falten auf seinem braungebrannten Gesicht und seine Augen blitzten sie fröhlich an.

Jetzt merkte Lucy, dass sie die Verbindung zu dem Mann auf der anderen Seite verloren hatte. Sie atmete hörbar aus. Dann erst drangen Jinpas Worte in ihre Gedanken. »Aber wie bin ich dann hier gelandet? Ich hab mir bestimmt keinen Sitzkreis auf der Wiese mit wildfremden Menschen gewünscht.« Gespannt wartete sie auf seine Reaktion.

»Doch, das hast du«, antwortete Jinpa ruhig. Er lächelte sie an, als wollte er sagen, dass sie sich nur entsinnen müsste.

»Das hab ich nicht. Daran würde ich mich doch erinnern.« Lucy fühlte Ärger aufsteigen. Erst landete sie hier in dieser eigenartigen Gemeinschaft und dann sollte sie sich das auch noch selbst erschaffen haben?

»Versuch mal, dir deine letzten Gedanken ins Gedächtnis zu rufen, bevor du eingeschlafen bist«, ermunterte sie Jinpa.

Obwohl sich alles in ihr sträubte, huschte doch eine Erinnerung herein. Nachdem sie ihre Notizen sortiert und sich ins Bett geschleppt hatte, war es ihr schwergefallen, sich direkt in den Schlaf sinken zu lassen. Zu viele Gedanken schwirrten noch durch ihren Kopf. Irgendwann hatte sie sich selbst befohlen, an etwas Schönes zu denken. Und dann hatte sie sich vorgestellt, wie sie mit ihren Patientinnen und Patienten auf einer Wiese neben der Klinik den sonnigen Morgen begrüßte. Sie wusste noch genau, dass sie über sich selbst lachen musste, denn eigentlich war sie für solche Rituale nicht gemacht. Aber trotzdem hatte sie es gut gefunden und sich vorgenommen, den Punkt in ihre Liste aufzunehmen. Mit der Hoffnung, dass sie am Morgen noch daran denken würde, war sie eingeschlafen. Und hier gelandet.

Noch bevor Lucy etwas sagen konnte, nickte Jinpa. Ach, stimmte ja, er war wieder in ihrem Energiefeld. Erstaunlich, dass sie es mittlerweile als selbstverständlich hinnahm. Normalerweise hinterfragte sie solche Sachen ganz genau. Naima kam ihr auch manchmal mit so spirituellen Anwandlungen. Aber daran glaubte Lucy nicht.

Jinpas Lächeln wurde breiter.

»Sag mal, wenn du in meinem Energiefeld lesen kannst, dann kann ich das doch auch in deinem, oder?« Jetzt war Lucy gespannt.

»Natürlich«, antwortete Jinpa. »Du hast doch eben schon in den Feldern der anderen hier gelesen. Und dich daran erfreut, wie ich mitbekommen habe.« Er deutete auf den weiten Kreis der Menschen.

»Na ja, aber ich höre nicht, was du denkst.«

»Weil ich gerade nichts denke«, lautete Jinpas schlichte Antwort.

»Wie, du denkst nichts? Das geht doch gar nicht«, platzte Lucy heraus.

»Doch, das geht. Du musst nur ein bisschen üben.«

Jinpas helle Augen ruhten auf ihr. Lucy spürte ein Kribbeln in der Brust, so als würde sie etwas Bahnbrechendes erfahren. Oder machte Jinpa etwas mit ihr?

Grinsend schüttelte er den Kopf.

Ach, das war aber auch nicht einfach. Sie wollte nicht, dass er ihr die ganze Zeit zuhörte. Es fühlte sich einfach unangenehm an, wenn sie daran dachte, dass er in ihren Kopf schauen konnte.

Kaum hatte sie das gedacht, sah Jinpa weg und unterhielt sich mit wem auch immer aus dieser Runde. Erstaunt hob Lucy ihre Augenbrauen. Das hatte sie jetzt gerade gemacht? Das hieße, sie konnte sich wünschen, mit Jinpa zu sprechen, dann tat er das auch?

Wie auf Kommando wandte sich Jinpa ihr zu und schenkte ihr sein warmherziges Lächeln.

Diesmal lächelte Lucy zurück. Dann schaute sie nach oben, einfach, weil es ihr dann leichter erschien, und dachte nichts. Na ja, sie versuchte, nichts zu denken, was ihr nicht gelang.

Jinpa schaute ihr interessiert zu.

Okay, nichts zu denken schien die Königsdisziplin zu sein, deshalb bat sie ihn einfach, aus ihrem Energiefeld zu verschwinden.

Und schon drehte sich Jinpa wieder weg.

Das war schon eigenartig. Seufzend ließ sie ihren Blick über die Menschen schweifen. Die schienen sich alle wohlzufühlen und mit den anderen telepathisch zu kommunizieren. Halt! Nicht alle! Wieder war sie an dem Mann auf der anderen Seite hängengeblieben. Und wieder klopfte ihr Herz bis zum Hals. Was hatte er an sich, das sie so aus der Bahn brachte? War es der gleiche Mann, den sie sonst nur von hinten am Strand gesehen hatte? Aaron? Aber warum konnte sie ihn auch jetzt nicht wirklich erkennen, die anderen Menschen waren doch auch viel deutlicher zu sehen. Es war, als ob ihn ein geheimnisvoller Nebel umgab. Ein Seufzer entfuhr Lucys Kehle. Ob Jinpa ihr die Fragen beantworten konnte?

Als sie sich ihm zuwandte, merkte sie, dass sie ihr Energiefeld mit der Frage für ihn geöffnet hatte. Sie schaute ihn mit großen Augen an, denn sprechen musste sie bei ihm ja nicht.

»Es ist eure Angst, die euch lähmt«, antwortete Jinpa nach einer Weile. »Er fühlt sich hier nicht wohl. Besser gesagt, er fühlt sich in sich nicht wohl. Und er spürt dein Misstrauen, deshalb könnt ihr euch nicht austauschen. Ihr könnt euch nicht füreinander öffnen. Das verbindet euch natürlich wieder irgendwie. Als gäbe es eine gemeinsame Aufgabe ...« Jinpa schaute nachdenklich in die Richtung des Mannes.

»Warum fühlt er sich nicht wohl?«, war das Erste, das Lucy dazu einfiel.

Jetzt lachte Jinpa laut auf, wurde aber gleich wieder ernster. »Es ist schön zu sehen, dass du den richtigen Beruf ergriffen hast. Du hättest viele andere Fragen stellen können, aber du hast dich zuallererst für das Wohlbefinden des Mannes interessiert. Du bist ein großer Gewinn für uns alle, Lucy! Steh dazu und versuche, über deine Möglichkeiten hinauszudenken. Dafür bist du hier.«

Die letzten Worte hatte Lucy nur noch vage mitbekommen, denn der Nebel senkte sich wieder über alles. Und sie erwachte.

17

Müde schaute sich Lucy um. Sie zog die Nase kraus und wischte sich über die Augen. Was war das denn wieder für ein Traum gewesen? Sie spürte, dass sie an irgendetwas Wichtiges denken sollte, konnte sich aber nicht mehr erinnern. Nur das dumpfe Gefühl blieb. Und der Duft von blühender Wiese in ihrer Nase. Die Bilder jedoch, die kurz nach dem Aufwachen noch schemenhaft vorhanden waren, hatten sich in Luft aufgelöst. Na prima!

Plötzlich fiel ihr der gestrige Abend ein. Sie warf die Bettdecke zurück und sprang auf. Dann hielt sie kurz inne. Warum war sie denn so fit, wo sie doch die halbe Nacht über ihren Aufzeichnungen gebrütet hatte? Normalerweise brauchte sie mindestens acht Stunden Schlaf, um sich am nächsten Tag einigermaßen wohlzufühlen. Aber gerade schien ihr Körper sich auch mit viel weniger zufriedenzugeben.

Nach der Morgenroutine mit Frühstück und Kuscheln brachte sie Stella in den Kindergarten. Da ein anderer Busfahrer Dienst hatte, fiel der Plausch mit Rico aus, was Lucy ganz recht war. So konnte sie über ihren Plan nachdenken.

Noch gestern Nacht hatte sie das Gefühl, die Welt einreißen zu können. Aber heute Morgen war ihr bei dem Gedanken, Dr. Kuhl ihre Ideen zu präsentieren, gar nicht mehr wohl. Sie zog die Hülle mit den losen Seiten aus dem Rucksack und blätterte sie gedankenverloren durch. Das las sich alles nicht schlecht, aber schien irgendwie unrealistisch.

Kaum hatte sie den Gedanken zu Ende gedacht, huschte eine Erinnerung herein. Was hatte Naima gesagt? Irgendwas von dem Gesetz der Anziehung, und dass sie das zurückbekam, was sie aussendete. Oder so ähnlich. Und noch etwas tauchte in ihren Gedanken auf. »Du bist ein großer Gewinn für uns alle, Lucy! Steh dazu und versuche, über deine Möglichkeiten hinaus zu denken. Dafür bist du hier.« Lucy schnappte nach Luft. Sie spürte, dass es mit ihrem Traum zu tun hatte, konnte sich aber keinen Reim darauf machen. Hatte das wieder der alte Mann gesagt, dem sie schon einige Male im Traum begegnet war? Und wenn ja, warum konnte sie sich dann jetzt nicht an ihn erinnern?

Sie schaute aus dem Fenster. Gerade passierten sie ihre Lieblingsstrecke, den sonnendurchfluteten Wald kurz vor Glowe. Sie spürte, wie sich angenehme Wärme in ihr ausbreitete. Sie fühlte sich geborgen und irgendwie beschützt. So, als würde sie jemand umarmen und ihr gut zureden. Plötzlich tauchte eine Erinnerung auf. Mit einem Mal wusste sie, dass sie dieses Gefühl immer hatte, wenn sie mit dem alten Mann zusammen war. Aber er war ihr doch nur in ihren Träumen erschienen. Wie konnte sie ihn dann auch jetzt noch spüren?

Und dann war da noch etwas anderes. Ein Gefühl, das sie schon lange nicht mehr wahrgenommen hatte. Mehr noch, das sie bewusst verdrängt hatte. Nein, das ertrug sie nicht. Noch nicht. Und vielleicht nie wieder.

Eilig schob sie die Papiere in ihren Rucksack und hastete zur Tür. Beinahe hätte sie ihre Haltestelle verpasst.

Sie sah kaum, wohin sie ging. Den Weg kannte sie auswendig, darüber musste sie nicht nachdenken. Auch den heute recht freundlichen Gruß von Martina am Empfang erwiderte sie nur mit einem Nicken. Wenn sie sich nicht bald zusammenriss, ging der ganze Tag heute schief. Und für den brauchte sie viel Kraft, schließlich hatte sie einiges geplant. Das Wichtigste stand ihr direkt bevor.

Die Klinke zum Schwesternzimmer in der Hand atmete sie noch einmal tief durch, dann trat sie ein. Lucy stockte. Hier war niemand. Wie konnte das sein? Sofort ging sie in Gedanken ihren Dienstplan durch, war sich aber absolut sicher, dass ihr gewohntes Team heute dran war. Mit gerunzelter Stirn legte sie ihren Rucksack ab.

Weiter kam sie nicht mit Grübeln, denn die Tür wurde aufgerissen und Nils stürmte herein. »Hallo Lucy, gut, dass du wenigstens da bist. Conny und Fiona haben sich krankgemeldet. Wir bekommen gleich noch Verstärkung von einer anderen Station. Kannst du die Medis ausgeben? Ich brauch erstmal einen Kaffee.« Wie üblich holte er sich eine Tasse Kaffee und lehnte sich an das Fensterbrett.

»Conny und Fiona sind beide krank?«, fragte Lucy irritiert. Warum hatte Fiona ihr denn nicht Bescheid gegeben? Normalerweise riefen sie sich immer gegenseitig an, wenn sie nicht zum Dienst kommen konnten.

»Na ja, vielleicht hast du es ja nicht mitbekommen, aber Conny hat seit Tagen von nichts anderem mehr gesprochen als von ihrer Zahn-OP. Frag mich nicht, was genau gemacht wird. Mir wird schon schlecht, wenn jemand nur das Wort Zahnarzt ausspricht.« Nils schüttelte sich.

Das schlechte Gewissen meldete sich direkt. Lucy hatte es tatsächlich nicht mitbekommen. Warum? War sie so mit ihren eigenen Sachen beschäftigt? Oder hatte Conny ihr das absichtlich nicht gesagt? Aber wieso sollte sie? Und Fiona? »Was ist mit Fiona? War das auch geplant?«, entfuhr es ihr.

»Na, du bist ja eine schöne Freundin. Ich hab immer gedacht, ihr seid so.« Nils hielt die gekreuzten Finger hoch und schüttelte theatralisch den Kopf. »Nee, die hat heute Migräne und will morgen wiederkommen.« Jetzt stockte er. »Ach so, stimmt ja, sie ist ja gerade nicht so gut auf dich zu sprechen. Hoffentlich renkt sich das bald wieder ein. Unser gesundes Arbeitsklima ist mir heilig.«

Nils schien nicht mitzubekommen, dass er Lucy mit seinen Worten einen heftigen Stich versetzte. Sie hatte ihn immer als einfühlsamen Kollegen gesehen, aber heute benahm er sich eigenartig. Vorsichtig beobachtete sie ihn. Jetzt fiel ihr auf, dass er sie bei seiner ganzen Rede nicht ein einziges Mal angesehen hatte. Also schien auch er es ihr übel zu nehmen, dass sie nichts von ihrer neuen Aufgabe erzählt hatte. Immerhin sprach er noch mit ihr.

Das Türklopfen riss Lucy aus ihren Gedanken. Was war nur mit ihrem Leben passiert? Sie hatte immer alles im Griff und war bei jedem beliebt. Davon schien sie gerade weit entfernt zu sein. Sie schluckte. »Ich mach schon«, sagte sie zu Nils. Das Kratzen in ihrer Stimme versuchte sie mit einem Räuspern zu unterdrücken.

In den nächsten zwei Stunden hatte Lucy kaum Zeit, sich über irgendetwas Gedanken zu machen. Die Patienten gingen ein und aus, holten sich ihre Medikamente ab, meldeten sich für weitere Therapiestunden an, verschoben Termine mit Ärzten oder wollten einfach nur einen guten Morgen wünschen.

Als sich einmal eine Lücke bot, griff Lucy nach ihrer Wasserflasche und stellte sich an das geöffnete Fenster. Wie immer beruhigte sie der Blick auf die Bucht von Glowe, auf die glitzernde See und das Kap Arkona, das heute nur schemenhaft zu erkennen war. Lucy nahm einen großen Schluck und genoss die Erfrischung, die sich in ihr ausbreitete. So wie dieses diffuse Licht über dem Meer, so schien auch ihr Leben gerade zu sein. Alles war an seinem Platz und doch lag ein Schleier darüber, so dass sie nicht klar sehen konnte und ihr das Denken schwerfiel. Wo war denn der Enthusiasmus von letzter Nacht geblieben? Wenn sie an ihre Ideen dachte, kam ihr das alles so absurd vor, so dass sie kurz davor stand, die Zettel zu zerreißen und in den Papierkorb zu werfen. Aber dann tauchte wieder diese Stimme auf, die sie eindringlich bat, sich nicht unterkriegen zu lassen. Lucy holte tief Luft. In welchem Teufelskreis steckte sie fest? Tausend Sachen schwirrten durch ihren Kopf, und keine davon konnte sie festhalten. Sie hatte doch voller Tatendrang zu ihrem Chef gehen wollen, um ihm ihre Ideen zu präsentieren, nachdem sie ihm gesagt hatte, dass sie sich benutzt fühlte. So war der Plan, den sie sich immer und immer wieder ausgemalt hatte. Und was war davon übrig?

Passenderweise klopfte es jetzt lautstark an der Tür. Ja genau, dachte sie, das war übrig geblieben. Heute würde sie nicht aus ihrem Hamsterrad herauskommen. Aber war es nicht gerade das, worüber sie gestern noch mit Naima gesprochen hatte? Eigentlich hatte sie doch ihren alten Job zurückhaben wollen, einfach für die Menschen da sein, helfen und zuhören. Dieser Wunsch war ihr direkt erfüllt worden.

Langsam schob sie ihre Wasserflasche wieder in den Rucksack. Und warum fühlte es sich dann heute alles andere als erfüllend an? Wo war ihre Freude an der Arbeit geblieben? Wo ihr Talent, mit den Patientinnen zu lachen, die Patienten aufzumuntern?

Erneut klopfte es, diesmal drängender. Schnell drückte sie den Türöffner und versuchte, ein freundliches Lächeln aufzusetzen.

Schon in der Art, wie die Tür aufgerissen wurde, ahnte sie, wer gleich hereinstürmen würde.

»Ah, da hab ich ja die Richtige direkt vor mir stehen. Schwester Lucy, ich muss diese Klinik dringend verlassen. Die letzte Nacht war wieder furchtbar, ich habe kaum ein Auge zumachen können. Außerdem werde ich in der Firma gebraucht. Von meiner Mutter habe ich schon seit zwei Tagen nichts gehört, das ist kein gutes Zeichen.« Während Ethan van Holt redete, vermied er direkten Augenkontakt mit Lucy. Stattdessen sortierte er die Faltblätter, die auf dem Tresen zwischen ihnen lagen, und stapelte sie in akkurate Haufen. Danach richtete er sie noch an der Kante des Tresens aus.

»Ethan, ich wünsche Ihnen auch einen guten Morgen«, begann Lucy, nachdem sie sich von ihrem ersten Schreck erholt hatte. Irgendetwas war mit dem Mann passiert, da er sich so ganz anders als gestern benahm.

Ethan hielt inne, zog seine Hand zurück und schaute sie nun doch an. »Ja, natürlich. Das wünsche ich Ihnen auch.«

Sein plötzliches Lächeln wirkte wie eine Einladung.

»Na sehen Sie, fangen wir also noch einmal von vorne an. Was kann ich für Sie tun?« Lucy lächelte mit der Wärme, die ihr im Moment möglich war, zurück.

Der Seufzer, den Ethan von sich gab, schien aus tiefster Seele zu kommen. »Ich muss immer wieder an unseren Strandspaziergang gestern denken. Das hat sehr gut getan, würde ich gerne bald wiederholen.«

Lucy spürte, dass ihr Lächeln verrutschte. Sie musste sich zusammenreißen, aber gerade heute fiel alles so schwer. »Ja, das war ja unsere Vereinbarung. Ich hatte Ihnen versprochen, dass ich mir etwas einfallen lasse. Nur heute sind zwei meiner Kolleginnen krank, da kann ich hier nicht weg.«

Ethan zog die Luft tief ein. Er schien sich seine Worte gut überlegen zu wollen. Seine Augen suchten Halt an der Wand hinter Lucy. Gerade wollte sie ihn ermutigen, sich doch selbst in den Flyern, die er eben sortiert hatte, ein Ausflugsziel rauszusuchen, als sich Ethans Gesichtsausdruck veränderte. Sie konnte zusehen, wie sich eine Maske darüber schob. Jetzt wirkte er hart und unnahbar.

»Natürlich! Da haben Sie keine Zeit für mich! Um noch einmal auf mein Anliegen zurückzukommen: Ich brauche einen dringenden Termin bei Dr. Kuhl. Richten Sie sich darauf ein, dass ich diese Klinik so schnell wie möglich verlassen werde. Habe die Ehre!« Damit drehte sich Ethan um und verließ das Schwesternzimmer.

Oh nein, was hatte sie denn jetzt wieder angerichtet? Was hatte sie Falsches gesagt? Lucys Herz raste wie wild. Sie hielt sich am Tresen fest. Sie hätte ihn aufhalten sollen. Aber irgendwie kam sie nicht aus ihrer Starre. So etwas hatte sie noch nie erlebt. Diese Wandlung von einem normalen, netten, vielleicht sogar liebevollen Menschen zu diesem harten Mann, der seine Dominanz ausspielte.

Und jetzt wollte er die Klinik verlassen. Sie hatte also auf ganzer Linie versagt. Aber was hätte sie denn tun können? Die Zeit war doch viel zu kurz und dann heute noch der Ausfall ihrer Kolleginnen. Die Gedanken wirbelten in Lucys Kopf herum, sie hatte keine Chance, sie aufzuhalten. Erschöpft ließ sie sich auf den Stuhl am Schreibtisch sinken. Was hatte dieser Dr. Kuhl nur angerichtet! Geld hin oder her. Seitdem er mit seinem Arrangement gekommen war und ihr vor allem das Versprechen abgerungen hatte, mit niemandem darüber zu sprechen, hatte sich alles verändert. Der Beruf, den sie so geliebt hatte, machte überhaupt keinen Spaß mehr. Auch weil sie dadurch Fiona verletzt hatte. Und die war ihre beste Freundin.

Wieder spürte sie ihr Herz bis zum Hals schlagen. Sie atmete ein paar Mal tief ein und aus. Plötzlich fühlte sie eine kämpferische Stärke in sich aufsteigen. Nein, sie würde sich diesen Beruf nicht von Dr. Kuhl kaputtmachen lassen. Und vor allem würde sie die Freundschaft zu Fiona nicht aufs Spiel setzen. Sollte doch dieser besondere Patient die Klinik verlassen. Und wenn ihr Chef sie entlassen wollte, bitteschön. Sie würde schon woanders einen Job finden.

Bei den letzten Sätzen wurde zwar Lucys Instinkt für Sicherheit plötzlich hellhörig, trotzdem war jetzt erstmal die Wut dran. Natürlich saß tief in ihr der Wunsch, hier in der Klinik weiterzuarbeiten – aber nicht um jeden Preis.

Sie nahm den Telefonhörer von der Station und räusperte sich noch einmal. Dann wählte sie Dr. Kuhls Nummer.

18

Den Arbeitstag hatte sie überstanden. Wie in Trance war sie ihren Aufgaben nachgegangen, hatte sich bemüht, freundlich mit den Patientinnen und Patienten zu plaudern und die Arbeit am Schreibtisch zu erledigen, die sonst Conny übernahm. Nils hatte sie nicht oft gesehen und die Kollegin, die eingesprungen war, kannte sie kaum. Also hatte sie auch nicht viel reden müssen.

Nun stand Lucy im Schatten eines Baumes und drückte auf dem Smartphone Naimas Nummer.

»Hallo Lucy, schön, dass du mich anrufst«, meldete sich Naima.

Sofort wurde es Lucy warm ums Herz. Naima war ein echter Goldschatz. Sie hatte erwartet, dass sie sofort nachfragen würde, ob irgendwas passiert sei, denn Lucy meldete sich höchst selten per Telefon bei ihr. Aber so war Naima, nahm den Wind schon aus den Segeln, noch bevor Sturm gemeldet war.

»Hallo Naima, wie geht's euch?«, fragte Lucy. Sie lehnte sich an den Stamm des Baumes.

»Ach, uns geht's doch immer gut, was, Stella?«

»Ja, wir haben einen Kuchen gebacken und schon gegessen«, plapperte Stella direkt los. »Aber wir haben dir auch was aufgehoben, Mama.«

»Das ist toll, mein Sternchen.« Lucy hielt kurz inne. »Meinst du, ich kann den auch morgen zum Frühstück essen? Ich wollte euch nämlich etwas fragen. Fiona ist krank und ich würde jetzt gerne zu ihr fahren. Aber dann komme ich heute erst später nach Hause. Kann Stella noch ein bisschen bei dir bleiben, Naima? Und Stella, mein Schatz, ist das auch für dich in Ordnung?«

Die kurze Stille auf ihre Fragen konnte Lucy nicht deuten. War das zu kurzfristig? Hatte Naima heute etwas vor? Aber eigentlich hatte sie nie einen Termin. Sie ging ja weder zum Arzt noch zum Friseur.

»Na, klar doch! Au ja, Mama«, platzten jetzt beide am anderen Ende der Leitung lachend heraus. »Wenn du willst, kann Stella heute auch hier übernachten. Dann hast du keinen Stress und wir unsere Ruhe.«

Lucy seufzte erleichtert. »Das klingt gut. Dankeschön, ihr beiden. Ich schau mal, wie es Fiona geht.

Vielleicht setzt sie mich ja auch bald wieder vor die Tür, weil auch sie ihre Ruhe haben möchte.« Insgeheim hoffte sie, dass Fiona sie überhaupt reinlassen würde.

»Du weißt, wie ich das mit der Ruhe meine«, fragte jetzt Naima nach. »Wenn du doch schon bald nach Hause kommst, bist du natürlich herzlich willkommen bei mir. Und du kannst auch hier schlafen, falls dir nach Reden ist.«

Ach Naima! Natürlich wusste sie, welche Gedanken durch Lucys Kopf kreisten. Dabei fiel ihr wieder der alte Mann aus ihrem Traum ein. »Du bist ein großer Gewinn für uns alle, Lucy. Steh dazu ...«, hörte sie ihn sagen.

»Danke, Naima! Und habt einen schönen Abend, ja? Ich schicke dir einen Kuss, meine Kleine.«

»Ich dir auch, Mama«, rief Stella durch das Telefon, dann war es still.

Lucy versuchte, ihren Atem zu beruhigen. Gerade fühlte sie sich eher wie eine Niete und nicht wie ein Gewinn. Ihre Beine waren wie Pudding, also blieb sie noch eine Weile an den Baum gelehnt stehen. Auch die nervigen Gedanken an das bevorstehende Treffen mit Fiona schob sie beiseite. Einfach mal nicht denken, sondern nur die Wärme und den leichten Luftzug, der von der See her kam, genießen. Sie schloss kurz die Augen und fühlte die allmählich einsetzende Entspannung.

Als sie wieder aufsah, entdeckte sie in einiger Entfernung einen Mann. Sofort wurden Erinnerungen an die Bilder aus ihren Träumen wach. Sie holte tief Luft und zwang sich, die Gedanken beiseitezuschieben, denn sie kannte diesen Mann – zumindest ein wenig. Ethan stand regungslos da, beide Hände tief in den Hosentaschen, den Blick unverwandt aufs Meer gerichtet. In diesem Moment wirkte er auf Lucy ungewohnt verletzlich, ganz anders als der selbstbewusste Mann, den er am Vormittag gezeigt hatte. Seine Schultern waren nach vorne gesunken, das Haar vom Wind zerzaust. In Lucy regte sich der Wunsch, ihn zu trösten, ihn in den Arm zu nehmen und ihm Mut zuzusprechen. Doch natürlich konnte sie das nicht einfach tun. Sie wusste schließlich kaum etwas über ihn, nicht einmal Genaueres über seine Diagnose hatte sie erfragt. Aber tief in sich spürte sie, dass das auch gar nicht entscheidend war. Ihr kam wieder ihr eigenes Konzept in den Sinn – und plötzlich schien das fehlende Puzzleteil an seinen Platz zu rutschen. Sie musste die Diagnosen nicht kennen, sondern wollte den Menschen sehen, nicht die Krankheit. Wenn sie das Gefühl hatte, dass jemand eine Umarmung brauchte, würde sie es versuchen – und sofort aufhören, wenn derjenige ihr eine Grenze zeigte. Viel zu oft hatte sie erlebt, dass Menschen auf ihre Krankheit reduziert wurden und ihre eigentlichen Bedürfnisse kaum Beachtung fanden, besonders wenn Nebenwirkungen auftraten oder schwierige Themen in der Therapie zur Sprache kamen. Sie wollte mehr als nur nach Schema F vorgehen. Vielleicht war das genau die Idee, die sie in der vergangenen Nacht ausführlich notiert hatte.

Etwas riss sie aus ihren kreisenden Gedanken. Ethan hatte sich nach links gewandt und schlenderte jetzt oberhalb des Strandes entlang. Während sie ihm zusah, fiel ihr auf, wie innerlich zerrissen er wirkte. Seine Körpersprache änderte sich ständig, als wäre er im Widerstreit mit sich selbst. Jetzt bemerkte sie sogar, wie sich seine Lippen bewegten. Ob er Selbstgespräche führte?

Plötzlich blieb Ethan stehen und verharrte. Offenbar hatte er sie bemerkt. Obwohl die Entfernung zu groß war, um wirklich Blickkontakt herzustellen, spürte sie dennoch seine Aufmerksamkeit. Es schien, als verbinde sie ein unsichtbares Band. Ihr Atem stockte. Fast wie in meinem Traum, schoss es Lucy wieder durch den Kopf. Jetzt wünschte sie sich die Fähigkeit herbei, so weit in die Ferne schauen zu können. Andererseits bereitete es ihr Unbehagen. Schließlich glaubte sie fest daran, Aaron in ihren Träumen zu treffen, den sie über alles liebte. Das hatte also nichts mit der Situation hier zu tun.

Als Ethan die Hand zum Gruß hob, schien sich die Magie des Augenblicks zu verflüchtigen. Langsam ließ Lucy die Luft, die sie unbewusst angehalten hatte, durch die Nase entweichen. Sie winkte ihm zu und stieß sich vom Baum ab. Nachdem sie sich ihren Rucksack geschnappt hatte, ging sie in entgegengesetzte Richtung davon.

Was war da eben passiert? Irgendetwas hatte ihr Herz stolpern lassen. Lucy schüttelte den Kopf. Diese Träumerei brachte sie ganz durcheinander. Sie hatte immer gedacht, dass die Erlebnisse des Tages in Träumen verarbeitet wurden und nicht andersherum.

Noch einmal versuchte sie, mit einem Seufzer die verworrenen Gedanken abzuschütteln. Schließlich stand ihr jetzt eine neue Herausforderung bevor, die ihre ganze Aufmerksamkeit brauchte. Zuerst wollte sie einige Kleinigkeiten für ein Abendessen einkaufen, danach noch ein paar Blumen. Und dann hoffte sie sehr, dass Fiona ihr die Tür nicht vor der Nase zuschlug.

Das passierte kurz darauf schon deshalb nicht, weil Fionas Mutter die Tür öffnete. »Das ist schön, dass du unsere Tochter besuchen kommst. Sie ist schon den ganzen Tag nicht ansprechbar.«

»Hat sie so schlimme Migräne?«, fragte Lucy erschrocken. Fiona hatte bisher nie damit zu tun gehabt.

»Migräne? Ach was, das hat eher mit der Laus zu tun, die ihr über die Leber gelaufen ist. Hast du eine Idee, was mit ihr los sein könnte?« Fionas Mutter öffnete die Haustür weiter und ließ Lucy eintreten.

»Ich fürchte schon«, antwortete Lucy und zog sich ihre Schuhe aus. »Und ich hoffe sehr, dass ich das wieder geradebiegen kann.«

»Das hoffe ich auch! Geh ruhig hoch, sie ist in ihrem Zimmer.« Damit wandte sich Fionas Mutter um und verschwand in der Küche.

»Na, dann wollen wir mal«, murmelte Lucy, sich selbst Mut zusprechend. Dann erklomm sie, immer zwei Stufen auf einmal nehmend, die Treppe. Oben angekommen klopfte sie vorsichtig an Fionas Tür.

»Herein, wenn es keine Lucy ist«, rief Fiona von innen.

»Ähm, Zimmerservice«, trällerte Lucy. »Sie hatten frischen Fisch, warmes Brot und eine Flasche Wein bestellt?«

Bei der anschließenden Stille fürchtete Lucy schon, dass Fiona sie wieder wegschicken würde. Aber dann öffnete sich die Tür einen Spalt.

»Das ist für den Anfang nicht schlecht«, grummelte Fiona, die schon wieder auf dem Weg zu ihrem Bett war.

»Hast du wirklich Migräne?«, fragte Lucy und schlüpfte durch die Tür. Sie legte die Einkäufe auf den Tisch und stellte das Rosengesteck mit den kleinen, rosafarbenen Blüten neben Fiona auf den Nachtschrank.

»Hätte ich lieber als diese blöden Gedanken«, motzte Fiona. Sie hatte die Beine angewinkelt und hielt das Kissen vor ihrem Bauch umschlungen. Dabei schaute sie demonstrativ zur Wand.

Lucy kannte ihre Freundin zu gut, um ihr diese Abwehrhaltung abzunehmen. Sie wollte nur noch ein bisschen umgarnt werden. Obwohl Lucy natürlich gut verstehen konnte, dass Fiona sauer auf sie war. Aber nun war sie ja da und wollte sich aussprechen.

»Hey Freundin«, begann sie vorsichtig und nahm Fionas Hand. »Es tut mir wirklich leid, dass ich dir nichts erzählt habe. Aber irgendwie hat mich das auch alles überfordert. Ich ...« Sie suchte nach den richtigen Worten.

»Dann hättest du dich doch erst recht mir anvertrauen müssen. Wofür sind denn Freundinnen schließlich da? Nur zum Wein trinken, oder was?« Jetzt schaute Fiona Lucy an. Ein Lächeln huschte über ihr Gesicht. »Apropos Wein, soll der warm werden? Du weißt ja, wo die Gläser stehen.«

»Natürlich, eure Königliche Hoheit, der Wein kommt sofort.« Erleichtert sprang Lucy auf und lief in das angrenzende Zimmer. Fiona bewohnte die komplette obere Etage. In dem einen Zimmer, das früher ihr Kinderzimmer war, befand sich immer noch das Schlafzimmer, in dem anderen eine kleine Küchenzeile mit Tisch und zwei Stühlen und an der gegenüberliegenden Wand stand ein gemütliches Sofa. In ihr eigenes Bad musste sie nur über den Flur gehen.

»Wollen wir uns nicht aufs Sofa kuscheln?«, rief Lucy aus dem Küchenbereich.

»Bin schon da«, antwortete Fiona lachend. Sie hielt Lucys Einkäufe in der Hand und schaute neugierig in die Tüte. »Hm, riecht lecker. Ich mach uns ein Tablett fertig, du kannst dich ja schon mal mit den Weingläsern setzen.«

Kurz darauf ließen sie sich den Fisch und das Brot schmecken und prosteten sich mit dem Weißwein zu.

»Das war dein Glück, dass du heute vorbeigekommen bist. Ich hätte dir sonst die Freundschaft endgültig gekündigt«, nuschelte Fiona mit vollem Mund.

»Hättest du nicht«, antwortete Lucy lachend. »Aber meinst du, ich schaffe es auch nur einen Tag ohne meine beste Freundin? Das war der Horror heute auf Arbeit. Conny ist ja wegen ihrer Zahnsache auch nicht da und Nils wieder furchtbar gestresst. Du weißt ja, wie er übertreiben kann, wenn es zu hektisch wird. Bloß gut, dass uns eine Kollegin von einer anderen Station ausgeholfen hat. Ich hätte das nicht alleine geschafft.«

»Oh stimmt, da habe ich ja gar nicht mehr dran gedacht, dass Conny jetzt ausfällt. Tut mir leid!« Fiona verzog entschuldigend das Gesicht und hielt Lucy das Weinglas zum Anstoßen hin.

Die Gläser klirrten leicht. »Der Stress war eigentlich das, was zu bewältigen war. Deine angebliche Migräne hat mir mehr zu schaffen gemacht. Und dann noch ...« Lucy angelte nach ihrem Rucksack, den sie neben das Sofa gestellt hatte. »Also, auch wenn ich es niemandem sagen sollte, erzähle ich dir jetzt die Sache mit Dr. Kuhl und unserem Spezialpatienten. Du musst mir nur versprechen, die Klappe zu halten. Und danach brauche ich noch deinen Rat.«

»Ich bin ganz Ohr.« Fiona lehnte sich zurück und schaute Lucy aufmunternd an.

Nachdem Lucy mit dem ersten Teil geendet hatte, stöhnte Fiona auf. »Meinst du, es steht so schlecht um die Klinik, dass die bald zumachen, wenn das mit dieser Spende nicht klappen sollte?«

»Ich hab keine Ahnung, aber ich hoffe natürlich nicht.« Lucy hob die Schultern und versuchte, das Thema Entlassung zu umgehen. »Das kann ich mir auch nicht vorstellen. Wir sind doch gut ausgebucht. Und außerdem ... die Menschen brauchen uns. Es wurden schon so viele Kliniken in Deutschland geschlossen oder zusammengelegt. Das kann doch so nicht weitergehen.«

Eine Weile sagte keine von ihnen ein Wort.

»Und was wolltest du mir noch erzählen?«, fragte Fiona schließlich in die Stille hinein.

Lucy räusperte sich und schob Fiona ihre ausgearbeiteten Ideen hin. »Eigentlich hat mich Naima drauf gebracht. Sie hat mich gefragt, was mir denn an der Begleitung von Ethan nicht zusagt. Darauf konnte ich gar nichts so richtig antworten. Klar, so wie das Ganze entstanden ist und dass Dr. Kuhl mich quasi erpresst hat, das ist voll daneben. Aber stell dir mal vor, alle unsere Patienten bekämen so viel Aufmerksamkeit! Jemand würde mit ihnen spazieren gehen, ihnen zuhören und Raum für Heilung geben. Wäre das nicht toll?«

»Hm, wäre es, aber wer soll das alles leisten? Doch nicht etwa wir?«, murmelte Fiona. Dabei blätterte sie in Lucys Notizen.

»Nicht nur, aber auch«, begann Lucy, nachdem sie Fiona ein bisschen hatte lesen lassen. »Also, wenn wir es irgendwie hinbekommen könnten, mehr Bewusstsein beim Personal zu schaffen, besonders bei den behandelnden Ärzten und Therapeutinnen, dann wäre schon viel erreicht. Und das sage ich jetzt nur dir. Ich kann schließlich schlecht zu Dr. Kuhl gehen und ihm unterbreiten, dass er umdenken soll.« Lucy setzte sich aufrechter hin und schaute Fiona intensiv an. »Wenn wir die Patientinnen und Patienten von Anfang an ganzheitlicher begleiten, ihnen ein Programm anbieten, das auf jeden von ihnen individuell abgestimmt ist, dann könnte es doch sein, dass sie auch schneller und allumfassender heilen. Und mal ganz nebenbei, diese ganzen Punkte, die ich aufgeschrieben habe, kosten wahrscheinlich wesentlich weniger als die teuren Medikamente, die Benutzung der Geräte und was weiß ich noch alles.«

»Die Pharmaindustrie wird hurra schreien«, schob Fiona ein. Ihr Blick ging aber an Lucy vorbei zum Fenster hinaus.

»Sind wir für die Menschen da oder wollen wir die

Pharmariesen beglücken?«, fragte Lucy. Sie wusste aber, dass sie Fiona in dem Punkt nicht überzeugen musste.

Fiona holte tief Luft. »Ich meine, ansatzweise arbeiten wir ja schon so, oder?« Sie schaute Lucy an. Doch bevor Lucy etwas erwidern konnte, sprach sie weiter. »Aber das wäre schon klasse, wenn so etwas funktionieren würde. Weißt du noch, die Frau Meissner? Die musste zweimal in der Woche zur Wassergymnastik, weil es ihr behandelnder Arzt verschrieben hatte. Das sollte zum sanften Muskelaufbau dienen und ihr Immunsystem stärken. Eigentlich prima. Aber die gute Frau hat das Wasser gehasst. Da war doch schon das nächste Trauma vorprogrammiert. Sie hat mir so leidgetan, wenn ich sie dafür abholen musste. Manchmal habe ich wirklich überlegt, ob ich stattdessen mit ihr walken gehen soll. Das hätte ihrer Psyche sicher besser getan.«

»Ehrlich? Das wusste ich ja gar nicht. Und hast du nicht mit ihrem Arzt darüber gesprochen?«

»Doch, klar. Du kennst die Antwort. Das gehört zum Programm bei dieser Erkrankung dazu. Wenn Frau Meissner Probleme hat, soll sie selber zu ihm kommen. Ich hab sie auch motiviert, aber das hat sie sich nicht getraut. Grrr, bei sowas könnte ich aus der Haut fahren.« Fiona war aufgesprungen, zum Kühlschrank gelaufen und holte eine Flasche Wasser heraus. Sie setzte die Flasche an und trank gierig. Dann wischte sie sich mit dem Handrücken über den Mund. »So, und deshalb finde ich deine Ideen großartig!«

Sie ging wieder zum Sofa und holte Lucys Notizen. »Massagen, Körpertherapie, Umarmungen ... so schön! Klangschalentherapie ... ja, da gibt's doch auch solche Liegen, in denen die Patienten bespielt werden können. Kreative Therapien, aber wesentlich variantenreicher, als das, was bisher vorgegeben wird und genau ...« Sie schaute auf und nickte heftig. »Gesundes und nahrhaftes Essen. Oh ja, das auf jeden Fall. Vielleicht sogar mit einer Art Kochschule. Wenn ich überlege, wie mir gutes Essen hilft. Ist doch klar, oder? Wenn ich irgendwas Zerkochtes oder schon lang Gelagertes in mich reinschiebe, was soll sich mein Körper da noch rausnehmen? Apropos ...« Sie setzte sich wieder und steckte sich ein Stück frischen Fisch in den Mund. Genüsslich lächelte sie, dann legte sich eine Falte über Fionas Stirn. »Ich hab nur nicht verstanden, was du mit Frau Weiland vorhast.«

Lucy hatte die ganze Zeit ein Kribbeln im Bauch gespürt. Es tat so gut, sich Fiona anvertraut zu haben.

Sie waren nicht umsonst schon so lange befreundet. Wäre doch gelacht, wenn sie nicht irgendetwas zusammen auf die Beine stellen könnten. »Im Grunde hat mich Frau Weiland selber darauf gebracht.«

»Wie das?«, fragte Fiona mit vollem Mund.

»Na ja, sie hat mir erzählt, dass sie tatsächlich überlegt, ans Meer zu ziehen. Und dass sie sich wünschen würde, irgendwo noch ehrenamtlich zu arbeiten. Sie ist schließlich Altenpflegerin im Vorruhestand. Und daran habe ich mich gestern erinnert. Außerdem habe ich schon mal von solchen Ehrenamts-Organisationen gehört, die in Einrichtungen gehen und mit den Menschen singen, vorlesen, Spaziergänge machen und was weiß ich alles. Du kennst Frau Weiland! Jetzt nach ihrer Heilung wäre so eine Aufgabe wie gemacht für sie. Natürlich nicht alleine, aber so als Anstifterin.« Lucy lachte auf. »Wenn ich sie gemeinsam mit den anderen Patientinnen erlebt habe, war sie meist diejenige, die neue Ideen für Freizeitaktivitäten eingebracht und die Gruppe motiviert hat, mitzumachen.«

Nun griff auch Lucy endlich zum Fisch, nahm vorher aber einen großen Schluck Wein. Eine Weile aßen sie in trauter Gemeinschaft und jede hing ihren Gedanken nach.

»Fragt sich jetzt bloß, wie wir so was angehen

können. Das scheint mir ein riesiges Unterfangen zu sein«, sagte Fiona schließlich.

»Hm, ich weiß. Mir ist auch noch nichts Passendes eingefallen. Um ehrlich zu sein, möchte ich nicht einfach so mit einem Notizblock zu Dr. Kuhl oder einem der anderen Ärzte gehen. Oder vielleicht noch zur Klinikleitung. Was ja am sinnvollsten wäre. Besonders, wenn ich daran denke, dass die Gelder knapp sind. Da haben die doch für sowas überhaupt kein Ohr. Auch wenn es langfristig gesehen nachhaltiger wäre. Wahrscheinlich würden sie viel lieber mit der geplanten Entlassungswelle starten, als sich neuen Strukturen zuzuwenden.«

»Wie, Entlassungswelle?«, fragte Fiona entsetzt.

Mist! Jetzt hatte sie sich verplappert, denn diesen Teil hatte sie bei ihrer Schilderung vorhin ausgelassen. Aber gerade hatte sie doch auch gespürt, wie gut es tat, sich Fiona anzuvertrauen. Und nur weil der Chef sie zum Schweigen gemahnt hatte, wollte sie nicht schon wieder was vor Fiona verheimlichen. »Na, deshalb soll ich mich doch um Ethan van Holt kümmern. Weil seine Mutter eine beträchtliche Summe spenden will, wenn Ethan hier geheilt wird. Und in dem Zuge hat Dr. Kuhl erwähnt, dass die Chefetage die nächste Entlassungswelle plant.«

Fiona schnappte nach Luft. »Und das erzählst du mir erst jetzt?«

»Oh bitte, sei nicht wieder sauer. Das gehörte doch alles zu diesem bescheuerten Arrangement. Deswegen hatten wir schon seit gestern Funkstille. Jetzt will ich mit dir drüber reden.«

Fiona verknautschte ihr Gesicht. »Hast ja recht. Aber was machen wir, wenn sie uns entlassen? Oder nur mich? Du hast ja wenigstens ein Kind und bist alleinerziehend. In diesem Sozialplan wäre ich sicher eine der Ersten, die gehen muss.«

»Jetzt mal nicht gleich den Teufel an die Wand. Noch hat keiner was davon gesagt.« Lucy hielt inne. Ein Gedanke war plötzlich aufgetaucht. »Was, wenn wir hier die Lösung in der Hand halten? Ich weiß schon, dass wir die kleinsten Rädchen in dem großen Getriebe sind, aber warum sollen wir uns nicht auch Gedanken um unsere schöne Klinik machen dürfen? Und das dann auch vorstellen.«

»Echt jetzt? Uns hört doch keiner zu«, knurrte Fiona. Wieder schaute sie zum Fenster hinter Lucy raus. Plötzlich hellte sich ihr Gesicht auf. »Außer ...« Sie strahlte Lucy an. »Außer, meine Liebe, unser Spezialpatient hilft uns dabei. Im Grunde bist du doch die Vorreiterin deiner Ausarbeitung hier.« Sie deutete auf die Notizen. »Probier doch mal aus, wie er auf solche Alternativen reagiert. Bestenfalls passiert das, was wir uns wünschen, nämlich, dass es ihm schneller besser geht. Oder musst du alles mit Dr. Kuhl absprechen?«

Lucy strich sich mit der Hand über die Stirn. Sie war sich nicht so sicher, ob sie es täglich mit Ethan aushalten würde. Andererseits hatte Fiona recht. Sie nickte, dann schüttelte sie den Kopf. »Nein, unser Chef will, glaube ich, davon nichts wissen. Ich soll ihm nur Quittungen einreichen, falls ich Ausgaben habe. Also würde wohl einem Experiment nichts entgegenstehen.«

Fiona schenkte beiden nach. »Darauf stoßen wir an«, rief sie lachend. »Sag mal, wie kommst du eigentlich nach Hause? Ich kann dich jetzt gar nicht mehr fahren. Und der letzte Bus ...« Sie las die Uhrzeit auf ihrem Handy ab. »Der ist weg.«

»Dann schlaf ich hier auf deinem Sofa. Wie früher.« Lucy klopfte zur Bestätigung auf das Polster.

»Und deine Kleine?«

»Die übernachtet heute sowieso bei Naima.« Lucy musste lächeln. Als hätte Naima schon wieder geahnt, dass es mit Fiona länger gehen würde.

»Na, perfekt. Eine Zahnbürste finden wir sicher noch und zum Schlafen kannst du ein T-Shirt von mir haben.« Jetzt kuschelte sich Fiona tiefer in die Kissen. »So, und jetzt erzählst du mir mal von diesem Ethan. Seid ihr schon beim Du, oder was?«

19

Nachdem sie am nächsten Morgen gemeinsam die Medikamentenausgabe übernommen und den Bürokram erledigt hatten, gönnten sich Lucy und Fiona ihren ersten Kaffee.

»Ich bin froh, wenn Conny wieder da ist. Dieses Computerzeugs ist nichts für mich.« Fiona schüttelte genervt den Kopf und pustete in ihre Kaffeetasse.

Noch bevor Lucy ihr zustimmen konnte, flog die Tür auf und Nils erschien. Abrupt hielt er in der Bewegung inne und schaute von einer zur anderen.

»Was ist los?«, fragte Lucy.

»Ihr redet doch wieder miteinander, oder?« Noch immer rührte Nils sich nicht.

»Wenn du so weitermachst, reden wir gleich mit dir nicht mehr«, fauchte Fiona und verschanzte sich grinsend hinter der Tasse.

Entspannt setzte Nils sich wieder in Bewegung.

»Bloß gut, nichts ist schlimmer als zerstrittene Wei... ich meine, Damen. Kolleginnen eben.«

»Vorsicht, du Kollege«, warnte jetzt auch Lucy ihn. »Du bist in der Unterzahl. Die Weiber haben hier das Sagen.«

Nils hob die Hände. »Ich bin ja schon ruhig. Gebt mir einen Kaffee und ich tue alles, was ihr sagt.« Grinsend goss er sich eine große Tasse ein und stellte sich ans Fenster.

»Wirklich alles?«, fragte Fiona nach. Dabei schaute sie Lucy mit einem Augenzwinkern an.

»Das war mehr so rhetorisch gesprochen«, ruderte Nils zurück.

»Nein, nein, so schnell kommst du uns da nicht mehr raus. Wir haben nämlich was mit dir zu besprechen.« Fiona zog sich einen Stuhl heran und setzte sich.

Lucy atmete einmal tief durch. Während der Fahrt von Putgarten nach Glowe am Morgen hatten sie beschlossen, Nils und später auch Conny mit ins Boot zu holen. Sie waren sich einig, nicht alle Details preiszugeben, damit Dr. Kuhl keinen Grund hatte, verärgert zu sein. Doch bei ihrem »Versuchskaninchen« Ethan van Holt brauchten sie Unterstützung. Deshalb weihten die beiden Freundinnen Nils in ihren

Plan ein und erwähnten auch, dass die Anweisung vom Chef kam.

Nils nippte eine Weile still an seinem Kaffee. »Das hatten wir ja noch nie, dass jemand eine Sonderbehandlung bekommt. Ist Ethan van Holt berühmt, oder was?«

Lucy und Fiona tauschten einen kurzen Blick. »Was auch immer, das kann uns ja egal sein. Wichtig ist doch nur, dass wir Lucy Deckung geben, falls es jemandem auffällt, dass sie so viel unterwegs ist.«

»Von mir aus. Solange du nicht gleich morgens vor der Mediausgabe weg bist.« Nils zuckte mit einer Schulter. »Ich glaube zwar trotzdem, dass euch kein Mensch anhören wird. Aber schaden kann es sicher nicht. Ich hätte nichts gegen ein etwas aufgelockertes Tagesprogramm auch für uns.«

Jetzt fiel Lucy etwas ein. »Sagt mal, wisst ihr, mit welcher Diagnose Ethan hier ist? Ich meine, muss ich auf irgendwas achten?«

»Depression, so weit ich weiß«, antwortete Nils.

»Hm, da muss noch mehr sein. Er wirkt doch nicht wie ein Patient, der unter Depressionen leidet.«

Nils hob die Hände und schüttelte den Kopf. Dann brachte er die Tasse in die Spüle im Nachbarzimmer.

»Tja, dann mach ich mich mal auf den Weg, was?

Ethan scheint uns ja heute nicht akut verlassen zu wollen, sonst hätten wir ihn schon zu Gesicht bekommen.« Das Lächeln bereitete Lucy Mühe. Sie wusste noch nicht einmal, was genau sie mit ihm anstellen sollte. Und vor allem, ob er heute in der Verfassung war, einen Ausflug mit ihr zu starten.

»Warte mal«, rief Fiona, als Lucy schon an der Tür war. »Wenn du willst, könnt ihr mein Auto nehmen. Vielleicht fahrt ihr ja mal nach Sassnitz, oder?«

»Danke«, antwortete Lucy. »Keine schlechte Idee.«

Kurz darauf stand sie vor Ethans Tür und zauderte. Auf dem Weg hierher war sie die verschiedenen Szenarien durchgegangen, je nach Gemütslage.

»Trauen Sie sich nicht rein?«, hörte sie plötzlich eine Stimme hinter sich. »Keine Angst, ich beiße nicht.«

Lucy fuhr erschrocken herum und stand direkt vor Ethan. »Was für ein blöder Spruch«, entfuhr es ihr. Sie zuckte zusammen. Dieses Szenario hatte sie nicht eingeplant. Hoffentlich zog er sich nicht gleich wieder zurück.

Ethan lachte laut auf. Dabei warf er den Kopf in den Nacken. »Da haben Sie recht. Ich hab noch nie jemanden gesehen, der gebissen hat, trotz bissiger Bemerkungen.«

Lucy atmete innerlich auf. Heute schien die Laune gut zu sein. Sie fiel in sein Lachen ein. »Ethan, wie wäre es mit einem Ausflug nach Sassnitz?«

Ethan schaute sie von oben bis unten an. »Aber ohne Schwesterntracht, sonst komme ich mir vor wie ein Tattergreis, der Begleitung braucht, weil er sonst nicht mehr nach Hause findet.«

»Na, warten wir's mal ab. Schließlich waren Sie noch nie auf Rügen«, antwortete Lucy lachend. »Aber klar, ich chauffiere Sie ganz in Zivil.«

»Sie chauffieren mich? Kommt nicht in Frage! Wenn, dann fahren wir mit meinem Wagen.« Ethan schob sich an ihr vorbei und begann im Zimmer seine Sachen zusammenzusuchen.

Lucy dachte kurz nach, ob und wenn ja, welche Medikamente Ethan einnahm. Vielleicht durfte er gar kein Auto fahren. Allerdings konnte sie sich nicht erinnern, ihm jemals Medizin ausgehändigt zu haben. Sie zog die Luft scharf ein. Vielleicht sollte sie besser nochmal nachschauen. »Wir treffen uns draußen vor dem Eingang, ja? Ich muss noch meine Tasche holen.«

Als Fiona im Computer nachgeschaut hatte, gab sie Entwarnung. »Keine Medikamente, die hat er verweigert. Nur Therapie, wenn er denn daran teilnimmt.«

»Okay, dann drück mir die Daumen, dass alles gut geht.«

»Was auch immer gut gehen soll, du machst das schon«, lachte Fiona zum Abschied und drückte ihre Freundin an ihre Brust. »Ich bin ganz neidisch, würde jetzt auch viel lieber durch die Gegend fahren.«

»Mein Auto steht in der Tiefgarage«, rief Ethan, als sie die Klinik verlassen hatten.

»Ach, echt? Ich dachte, da dürfen nur die Chefetage und die Ärzte stehen«, entfuhr es Lucy.

Ethan lachte. »Und die besonderen Patienten.«

»Scheint so«, murmelte Lucy. Sie folgte Ethan in die Tiefgarage. Als er so entspannt vor ihr lief, fragte sie sich, weswegen genau er hier war. So benahm sich doch kein Patient mit Depressionen, der nicht mal Medikamente einnahm, die ihm das Leben erleichtern sollten. Da stimmte doch irgendwas nicht.

»So, bitte sehr, die Dame!« An einem sportlichen Mercedes war Ethan stehen geblieben und hielt Lucy die Tür auf.

»Wow«, war alles, was sie antworten konnte. Mit so einem Schlitten war sie noch nie gefahren.

Während Ethan einstieg, wirkte er wie verwandelt. Er pfiff fröhlich vor sich hin, startete den Wagen und lenkte ihn gekonnt aus der Tiefgarage. »Wohin?«, fragte er, als sie vorn an der Hauptstraße angekommen waren. »Oder soll ich das Navi aktivieren?«

Lucy schrak aus ihren Gedanken und schüttelte den Kopf. »Das finden wir auch so. Nach links geht's.«

Sie fuhren aus dem Städtchen heraus und folgten der Straße der Küste entlang. Das fühlte sich alles so unwirklich an, dachte Lucy. Und vor allem hatte es nichts mit ihrem Konzept zu tun. Denn ganz sicher kam darin nicht vor, dass die Patienten mit ihren teuren Schlitten Ausflüge mit dem Pflegepersonal machten. Ihr war es doch eher um eine ganzheitliche Begleitung und Behandlung gegangen. Aber doch nicht so was hier! Waren sie denn jetzt überhaupt versichert? Und hatte Dr. Kuhl so etwas vorgesehen oder ging sie zu weit?

»Wo sind Sie denn mit ihren Gedanken?«, holte Ethan sie wieder in die Wirklichkeit.

Lucy seufzte leise. »Ach ...« Sie winkte ab. Was sollte sie auch sagen?

»Nun erzählen Sie schon! Irgendwas beschäftigt Sie doch. Ich bin ein echt guter Zuhörer.«

Mit einem kurzen Seitenblick vergewisserte sich Lucy, dass Ethan sie nicht auf den Arm nahm. Aber er schaute konzentriert auf die Straße. Dabei wirkte er entspannt, wie sie ihn selten gesehen hatte. Ein leichtes Lächeln umspielte seine vollen Lippen. Auch der Dreitagebart stand ihm sehr gut. Bisher dachte sie immer, dass der Wind seine Haare zerzauste, aber auch jetzt standen sie ihm wild vom Kopf ab, was ihn verwegen aussehen ließ.

»Und? Wie fällt ihr Urteil aus? Können Sie mir ihr Geheimnis anvertrauen?« Mit einem entwaffnenden Lächeln blickte er Lucy für einen Moment an. Dann widmete er sich wieder der Straße.

Lucy verzog das Gesicht. Wie hatte sie ihn nur so lange anstarren können. Peinlich berührt schaute sie aus dem Seitenfenster. Wie kam sie denn aus der Situation wieder raus? Vielleicht konnte sie ihm tatsächlich ein paar ihrer Ideen preisgeben. »Geht es Ihnen gut in unserer Klinik?«, platzte sie heraus.

Auch ohne Ethan anzuschauen, sah sie, wie er die Schultern fallen ließ. Sie spürte seine Enttäuschung. Was hatte er denn gedacht? Dass sie über ihr Leben plauderte?

»Soll ich ehrlich sein?«, fragte er nach einer ganzen Weile.

»Ja, unbedingt«, antwortete Lucy schlicht.

Ethan holte tief Luft. »Solche Aufenthalte bestimmen schon mein ganzes Leben. Egal welche Diagnose die Ärzte gestellt haben, immer gab es eine passende Klinik dafür. Ich würde mal sagen, Ihr Haus hier unterscheidet sich nicht wirklich von anderen. Außer in zwei Punkten.« Er hielt inne. »Wollen Sie die hören?«

Etwas irritierte Lucy an Ethans Tonfall. Er hatte wieder mit dieser warmen Stimme gesprochen. Trotzdem nickte sie.

»Na ja, die Klinik liegt einfach ausgesprochen schön. Der Blick aufs Meer ist einzigartig.« Er bewegte den linken Arm ausladend Richtung Küste, auch wenn sie im Moment nur Wald umgab.

Erleichtert stimmte Lucy ihm zu.

Ethan bremste plötzlich, denn vor ihnen hatte sich eine Autoschlange gebildet, die nur langsam voran kroch.

»Hier links geht's zum Kreidefelsen«, versuchte Lucy das Gespräch auf ein anderes Thema zu lenken. Irgendetwas sagte ihr, dass sie den zweiten Punkt nicht wissen wollte. »Davon haben Sie doch sicher schon gehört, oder?«

»Ja, den kennen wir sogar in Bayern.« Es sollte sicher lustig klingen, kam aber eher angestrengt rüber.

Okay, jetzt musste sie das Gespräch wieder in die Hand nehmen. »Warum waren Sie ständig in irgendwelchen Kliniken?«

Sein Gesichtsausdruck verfinsterte sich. Mit einem Räuspern schüttelte er den Kopf. »Das ist eine lange Geschichte und ich möchte nicht darüber reden. Warum fragen Sie?«

Hier konnte Lucy anknüpfen. »Weil es vielleicht damit zu tun hat, worüber ich vorhin nachgedacht habe.« Sie wandte sich Ethan zu.

Die Falte auf seiner Stirn zeigte an, dass er das nicht glauben konnte.

»Wenn ich Ihnen jetzt davon erzähle, müssen Sie mir versprechen, nicht sofort zu Dr. Kuhl zu rennen. Ich meine, niemandem davon ...« Sie verhaspelte sich.

»Sie haben ja eine hohe Meinung von mir«, knurrte Ethan.

»Okay, lassen wir das. Sie reden einfach mit niemandem darüber.« Daraufhin erzählte Lucy von ihren Ideen und fand in Ethan einen interessierten Zuhörer. Immer wieder fragte er nach, gab selbst Impulse aus seiner Sicht als Patient und ermunterte sie am Ende, unbedingt ihren Plan zu verfolgen.

»Wie sind Sie eigentlich darauf gekommen? Weil ich so ein schwieriger Patient bin?«, fragte Ethan nach einer Weile mit einem Lachen, das Lucy unsicher vorkam.

Was sollte sie darauf antworten? Den Anstoß hatte ja tatsächlich Naima mit ihrer Frage gegeben. Aber davon wollte sie ihm nicht erzählen.

»Vielleicht«, hielt sie sich bedeckt und hoffte, dass es ihm genügte.

»Und jetzt soll ich sowas wie Ihr Versuchskaninchen sein?«

Erschrocken zuckte Lucy zusammen. Verzweifelt suchte sie nach einer passenden Antwort.

»Also, ja«, lachte Ethan diesmal schallend. »Hab ich Sie doch durchschaut.« Dabei tippte er mit seiner Hand auf ihr Knie. »Oh, Entschuldigung!«, schob er direkt nach und umklammerte wieder fest das Lenkrad.

»Schon gut«, murmelte Lucy. Da, wo eben noch Ethans Hand ihr Knie berührt hatte, schien ihre Haut zu glühen. Sie schluckte.

Die Stille im Auto wurde mit jeder Minute unerträglicher. Einerseits wünschte sich Lucy Sassnitz endlich herbei, andererseits hatte sie schon lange kein solch intensives Gefühl mehr erlebt. Ihr ganzer Körper schien mittlerweile zu kribbeln und ihr Herz klopfte, als wollte es aus ihrer Brust springen. Krampfhaft suchte sie nach einem unverfänglichen Thema, aber ihr Kopf ließ sie mit Leere im Stich.

»Erzählen Sie mir von Ihrer Familie«, durchschnitt Ethans Stimme die Stille.

Abrupt wandelte sich Lucys Gefühlslage. In ihr Herz, das eben noch heftig pochte, fuhr ein heftiger Stich. Sie krümmte sich vor Schmerz. Dabei legte sie reflexartig eine Hand auf ihren Bauch.

»Hab ich was Falsches gesagt?« Ethan fuhr langsamer. »Ich kann auch anhalten, wenn Sie wollen.«

»Haben Sie Angst um Ihr Auto?«, fragte Lucy, um die Situation zu überspielen.

»Das auch, aber im Moment sehen Sie eher so aus, als bräuchten Sie eine Pause.«

Lucy schüttelte den Kopf. Sie hatte die Augen kurz geschlossen. »Es geht schon. Fahren Sie weiter«, presste sie hervor. Dann atmete sie tief ein und aus, um sich wieder in den Griff zu bekommen.

»Ich wollte Ihnen mit meiner Frage nicht zu nahe treten. Und wegen vorhin ... das tut mir leid. Ich tatsche normalerweise keine Frauen einfach so an. Ich weiß auch nicht ...«

Wieder kehrte Stille ein.

»Ich habe im Moment keine komplette Familie«, begann Lucy, ohne weiter darüber nachzudenken. Einer Eingebung folgend hatte sie das Gefühl, es Ethan anvertrauen zu können.

»Was heißt das?«, fragte er vorsichtig nach.

»Mein Mann hatte vor vier Jahren einen Bootsunfall und seitdem ist er nicht zu uns zurückgekommen.« Diesen Satz hatte sie mittlerweile so oft gesagt, dass er ganz leicht über ihre Lippen kam. Auch wenn die Herzschmerzen dabei wie Vertraute mitschwangen.

»Oh, er ist ertrunken?« Ethan drosselte die Geschwindigkeit.

Lucy schaute in den Rückspiegel. Hinter ihnen reihte sich Auto an Auto, aber das schien ihn nicht zu stören. »Nein, er ist nicht ertrunken. Also, jedenfalls wurde er bisher nicht gefunden. Im Gegensatz zu seinem Kollegen. Deshalb glaube ich, dass er irgendwo lebt und sich nur nicht an uns erinnern kann. Er wird eines Tages zurückkehren.«

Sie sah aus den Augenwinkeln, wie Ethan ihr einen kurzen Blick zuwarf. »Hm«, machte er und blieb dann still.

Jetzt schien er die Autoschlange im Rückspiegel entdeckt zu haben. Er beschleunigte so rasch, dass es Lucy in den Sitz presste. Allerdings ging er bald wieder vom Gas, um der kurvigen Strecke zu folgen.

»Und wer ist uns?«, fragte er schließlich.

Darauf hatte Lucy natürlich gewartet. »Meine Tochter Stella, die ein Jahr vor Aarons Verschwinden zur Welt gekommen war.«

»Dann sind Sie alleinerziehend?«

»Bin ich nicht. Das heißt, im Moment vielleicht, aber wenn Aaron zurückkommt, sind wir wieder eine Familie.«

Ethan nickte bedächtig. »Ich finde es bewundernswert, dass Sie ihre Tochter allein großziehen. Also, im Moment natürlich nur«, lenkte er direkt ein, bevor Lucy wieder aufbrausen konnte. »Ob das meine Mutter geschafft hätte, wage ich mal zu bezweifeln. Ich weiß nicht mal, ob sie es gewollt hätte.«

Die darauffolgende Stille fühlte sich diesmal nicht unangenehm an. Es war eher so, als ob sie ihren Gedanken nachhingen, aber keine weiteren Fragen stellen oder zulassen wollten.

Nachdem sie den Jasmund Nationalpark durchquert hatten, erreichten sie endlich Sassnitz.

»Am besten parken wir unten am Hafen. Ich glaube, das könnte Ihnen gefallen.« Lucy spürte, wie belegt ihre Stimme klang. Hoffentlich wirkte sie nicht zu reserviert. Warum hatte sie ihm auch die Wahrheit sagen müssen? Sie hätte ihn in dem Glauben lassen können, dass sie in einer glücklichen Beziehung lebte.

Als sie einen Parkplatz ergattert hatten, schlenderten sie am Hafen entlang. Ethan hatte die Hände in den Hosentaschen vergraben und schaute starr aufs Meer hinaus.

»Dort hinten steht ein U-Boot, das Sie besichtigen können, wenn Sie wollen. Ich würde dann draußen warten. Ist mir zu eng und zu dunkel.« Lucy zeigte in die entsprechende Richtung.

Ethan nickte, sagte aber nichts dazu.

Ob das jetzt mit seiner Krankheit zu tun hatte? Seine Stimmungsschwankungen kannte sie ja nur zu gut. Lucy schaute ihn vorsichtig von der Seite her an. Er wirkte tatsächlich angespannt. »Wir können uns auch einfach hier ein Eis auf die Hand holen und weiter aufs Meer schauen«, machte sie den nächsten Vorschlag.

»Warum nicht«, antwortete er.

Als sie die Eiskugeln ausgewählt hatten, zahlte Ethan wie selbstverständlich, obwohl Lucy sich dagegen wehrte. Aber Ethan tat ihren Einwand mit einer Handbewegung ab.

Warum verhielt er sich auf einmal so schweigsam? Nur weil sie ihm von ihrem Leben erzählt hatte? Schließlich hatte er doch selbst danach gefragt. Er konnte doch nicht ernsthaft angenommen haben, dass bei ihr alles perfekt lief. Allmählich machte sich in ihr Enttäuschung breit. So hatte sie sich dieses Treffen wirklich nicht vorgestellt.

»Woher stammt denn der Name Ethan? Kommt

Ihre Familie nicht aus Bayern?«, versuchte sie wieder ein Gespräch in Gang zu bringen. Ihrer Erfahrung nach erzählten die Patienten gerne aus ihrem Leben. In Ethans Fall allerdings hatte sie sich gründlich getäuscht.

Ein Ruck ging durch seinen Körper. Gerade hatte er am Eis lecken wollen, doch nun warf er die Waffel in den Mülleimer, der nicht weit entfernt stand. Da er nicht gut getroffen hatte, tropfte die Hälfte des Eises am Rand herunter.

Er atmete schwer. »Meine Mutter kommt aus Holland. Mehr müssen Sie dazu nicht wissen«, antwortete er gepresst. »Wir sollten wieder zurückfahren.« Damit drehte er sich um und lief Richtung Parkplatz.

Lucy beförderte ihr Eis ebenfalls in den Eimer und folgte ihm. »Es tut mir leid, wenn ich Ihnen zu nahe getreten bin. Ich dachte nur, weil Sie ja jetzt auch etwas von mir wissen.« Sie ärgerte sich maßlos. Wie konnte sie nur so unprofessionell sein! Und warum hatte sie diesem bescheuerten Ausflug zugestimmt? Dr. Kuhl musste doch gewusst haben, dass Ethan so reagieren konnte. Oder etwa nicht? Entsprach das genau dem Thema, das sie mit ihrer Überlegung aufgreifen wollte? Gehörte Ethan zu den Patienten, bei denen Schema F nicht wirkte?

Auf der Rückfahrt hatte Lucy viel Zeit, darüber nachzudenken, denn Ethan saß mit verkniffenem Gesicht neben ihr und sagte kein Wort mehr.

»Das ist mal gründlich schief gegangen«, erzählte sie Fiona später auf der Rückfahrt. Und dann brach sie in Tränen aus. Weil der Tag verpatzt war, aber mehr noch, weil ihr wieder bewusst wurde, wie sehr sie Aaron vermisste. Immer noch! In den letzten Tagen hatte sie das Gefühl, sich von ihm entfernt zu haben. Deshalb fasste sie während der Busfahrt einen Entschluss. Noch blieb ihr eine Stunde Zeit, bevor sie Stella aus dem Kindergarten abholen musste. Und obwohl sie große Sehnsucht nach ihrer Tochter hatte, wollte sie erst ein bisschen am Strand allein sein, Aarons Nähe spüren.

»Hallo, meine Liebe«, meldete sich Naima, als Lucy ihre Nummer gewählt hatte.

»Hallo Naima, wie geht's dir? Hast du schon Feierabend?« Lucy hatte eine Hand über ihren Mund gelegt, damit die neben ihr sitzenden Fahrgäste ihr Gespräch nicht mithören mussten.

»Ah, du bist noch im Bus«, lachte Naima. »Lass mich raten, du hast noch was vor und ich soll Stella aus dem Kindergarten abholen.«

Ertappt verzog Lucy das Gesicht. »Na ja, so

ungefähr. Ich brauche heute noch ein paar Minuten Zeit für mich und dachte, wir könnten uns zu einem frühen Abendpicknick am Strand treffen. Ich besorge auch alles dafür. Wenn du vielleicht Stella abholen könntest? Aber nur, wenn du Zeit hast.«

Der Busfahrer bremste scharf und schimpfte mit einem Radfahrer, der ihm angeblich die Vorfahrt genommen hatte. Mutiger Radfahrer, dachte Lucy.

»Das passt prima«, antwortete Naima. »Eine Dame hat sich noch für eine Handlesung angemeldet, aber danach schließe ich sofort meine Pforten und hole deine Süße ab. Wann sollen wir dich denn treffen?«

Lucy seufzte. Natürlich überfiel sie das schlechte Gewissen, dass sie Naima so für sich ausnutzte. Aber heute konnte sie gar nichts dagegen tun. Sie musste ans Meer und versuchen, mit Aaron Kontakt aufzunehmen. »Ihr könnt gerne direkt nach dem Kindergarten loslaufen. Ich freu mich doch, euch zu sehen.«

Als Lucy aus dem Bus stieg, holte sie beim Bäcker ein frisches Brot, lief nach Hause und packte ein paar Sachen fürs Abendessen ein. Danach schwang sie sich auf ihr Rad und fuhr zum Strandabschnitt beim Campingplatz. Wie immer folgte sie rechter Hand dem Meeressaum, so lange, bis kaum noch Urlauber in der Nähe waren.

Erschöpft ließ sie sich in den Sand sinken. Mehrmals atmete sie tief durch. Was stimmte denn nicht mir ihr? Warum konnte sie nicht loslassen? Es war doch viel wahrscheinlicher, dass auch Aaron ertrunken war, als dass er irgendwo lebte und sich nicht mehr an sie erinnerte. Sie hatte zwar schon von solchen Fällen gehört, aber dabei waren die Menschen meist im Dschungel verschollen – nicht hier, mitten in Europa. Wo sollte er denn leben, ohne dass irgendjemand seine Identität überprüft hätte? Und da sie direkt am Meer wohnten, wäre man vermutlich schnell auf das Bootsunglück gestoßen. Schließlich hatte das Ereignis damals in allen Zeitungen gestanden und war im Internet breit diskutiert worden.

Lucy legte sich auf den Rücken und beobachtete die vorbeiziehenden Wolken. Dabei kam ihr Stellas Bild wieder in den Sinn. Ein stechender Schmerz durchfuhr ihre Brust. Selbst ihre Tochter schien nicht mehr daran zu glauben, dass ihr Vater zurückkehren würde. Wie sonst sollte Lucy es deuten, dass Stella ihn in den Wolken gemalt hatte? Eine Träne rollte über Lucys Wange. War dies nun der Moment, in dem sie sich eingestehen musste, Aaron nie wiederzusehen?

Mit den Augen verfolgte sie eine kleine, weiße Wolke am Himmel. War er wirklich da oben, so wie

Stella es auf ihrem Bild gemalt hatte? Das konnte doch nicht sein. Und wenn doch, hätte er ihr bestimmt längst irgendein Zeichen geschickt. Hat er aber nicht! Was war denn so schlimm daran, sich lieber vorzustellen, dass er irgendwo noch lebte und eines Tages zu ihr zurückkehren würde?

In dem Moment verwandelte sich die Wolke und schwebte als fast durchsichtiges Herz am Himmel weiter. Erschrocken hielt Lucy die Luft an. War das Aarons Antwort auf ihre verzweifelten Fragen?

Noch mehr Tränen flossen über ihre Wangen. »Aaron, wo bist du nur? Wie soll ich ohne dich weitermachen?«, flüsterte sie leise.

Aus dem Herz war inzwischen eine Schlange geworden. Oder war es doch eher ein Fragezeichen? Das schien jedenfalls viel passender zu sein. Ein lautes Schluchzen entrang sich ihrer Kehle. Tief in ihrem Inneren spürte sie, dass es so nicht weitergehen konnte. Sie musste einen Schlussstrich ziehen. Und sofort schlich sich der Gedanke ein, dass Aaron vielleicht gerade dann wieder auftauchen würde. Naima hatte doch immer gesagt, man müsse loslassen, damit etwas zu einem zurückkehren könne. Oder damit etwas Neues entstehen könne?

Lucy schloss die Augen und ließ die Tränen einfach laufen. Sie wünschte sich so sehr, jetzt in Aarons Armen zu liegen. Dieses Gefühl der Geborgenheit hatte sie nie wieder irgendwo empfunden.

Plötzlich durchzuckte sie eine Erinnerung. Doch, das hatte sie! Immer wenn der alte Mann in ihren Träumen aufgetaucht war, hatte sie sich geborgen gefühlt. Verwirrt zwar, aber auch geborgen. Hatte es mit dem Mann in der Ferne zu tun? Das konnte doch dann nur Aaron sein. Lebte er noch irgendwo und sandte ihr über die Träume ein Zeichen?

Abrupt richtete sich Lucy auf. Ihr Herz pochte heftig. Die Träume versuchten doch, ihr etwas mitzuteilen, da war sie sich mit einem Mal sicher. Sie musste nur aufmerksam genug sein, um es zu erkennen. Ein aufregendes Kribbeln breitete sich in ihrem Bauch aus. Wenn sie sich heute Abend wünschte, erneut in ihr Traumland zu reisen, würde sie dann vielleicht eine Antwort finden? War das möglich, wenn sie es sich ganz fest vornahm?

In der Ferne entdeckte Lucy Naima und Stella. Ihre Tochter hüpfte durch den Sand, blieb stehen, hob etwas auf und plapperte vergnügt mit Naima. Lucy sehnte sich nach ihrer eigenen Leichtigkeit zurück. Sie spürte diesen Wunsch ganz tief in ihrem Herzen. Sie wollte endlich wieder lachen und fröhlich sein, sich über jeden Moment mit Stella freuen und einen liebevollen Mann an ihrer Seite haben. Nicht mehr alles allein entscheiden müssen, sondern wie eine richtige Familie leben. Das vermisste sie so sehr, dass es schmerzte.

20

Der Wind zerrte an ihren Haaren. Immer wieder versuchte Lucy, sie hinter die Ohren zu schieben, doch der Versuch war vergeblich, der Sturm ließ ihr keine Ruhe. Weshalb war es heute so windig? Normalerweise spielte das Wetter kaum eine Rolle. Um überhaupt etwas erkennen zu können, hielt sie ihre Haare mit einer Hand provisorisch zusammen. Sie ließ den Blick schweifen. Erst jetzt entdeckte sie, dass sie am Rande einer Klippe stand. Ein paar Meter vor ihr fiel die Küste steil ab. Das Meer tobte, der Strand war menschenleer.

Enttäuscht wandte sie sich um. Sie hatte sich auf die liebliche Umgebung gefreut, die sie sonst immer empfangen hatte. Mit zusammengekniffenen Augen schaute sie über die Ebene, die sich hinter ihr erstreckte. In der Ferne sah sie ein Dorf, dahinter wieder diesen riesigen Palast, den sie Naima beschrieben hatte. Ob es da stiller war als hier am Meer? Jedenfalls schien dort alles zu strahlen.

Doch etwas hielt sie zurück, als ob sie lieber hier im Sturm ausharren wollte. Oder als würde sie auf jemanden warten. Aaron? War er hier? Lucy blickte wieder aufs Meer. Dunkle Wolken schoben sich darüber, vermischten sich mit dem Grau des Wassers. Noch immer konnte sie niemanden entdecken. Wer fuhr auch schon bei diesem Wetter raus?

Obwohl sie nicht fröstelte, legte sie die Arme um ihren Körper. Aaron war bei Wind und Wetter rausgefahren. Er hatte vor nichts Angst gehabt. So manches Mal hatte sie ihn angefleht, doch lieber zuhause zu bleiben. Aber er hatte immer auf seinen Schutzengel gesetzt. Sie hatte ihn für seinen Mut bewundert. Und dann war er nicht zurückgekommen.

Ein lange unterdrücktes Gefühl nahm ihr die Luft. Wie konnte er nur so leichtfertig sein? Schließlich hatte er Verantwortung! Wenn er nur sie allein sitzengelassen hätte, aber da gab es noch ihre gemeinsame Tochter, die jetzt ohne ihren Vater aufwachsen musste. Wie hatte er ihr das antun können?

Mit voller Wucht bahnte sich die Wut ihren Weg. Ihr ganzer Körper zitterte. »Wie konntest du nur?«, schrie sie in den Sturm. »Dein Leben war an unserer Seite. Wir waren eine Familie. Und jetzt bist du nicht mehr da!« Lucys Stimme versagte ihr. Sie fiel auf die Knie und weinte bitterlich. Die ganze aufgestaute Traurigkeit brach aus ihr heraus. Sie spürte die Schmerzen in ihrem Magen, im Herzen, überall. Das sollte aufhören! Es tat einfach zu weh. Etwas in ihr bäumte sich auf. Sie hob den Kopf und schaute wütend aufs Meer hinaus. »Ich will wieder leben, endlich wieder frei leben, hörst du?« Sie schrie so laut, bis ihr die Stimme versagte. Jammernd hockte sie am Klippenrand. »Ich will wieder leben«, flüsterte sie und schloss die Augen.

In dem Moment passierte etwas Seltsames. Ihr war, als würde jemand eine Decke über sie legen. Wärme durchflutete ihren Körper und gelangte bis in ihr Herz. Stille machte sich breit, unendlich beruhigende Stille. Lucy atmete tief ein. Am liebsten hätte sie die Augen nie wieder geöffnet, wäre in diesem wundervollen Gefühl der Geborgenheit geblieben.

»Du kannst dich immer wieder daran erinnern und in dieses Gefühl zurückkehren, wenn du dem Leben vertraust«, hörte sie plötzlich eine Stimme sagen.

Nun öffnete sie doch die Augen. Verwundert blinzelte sie ins Sonnenlicht. Vor ihr lag die ruhige See, am Horizont schaukelte ein Segelboot. Die Sonne strahlte vom Himmel, als wäre nichts gewesen. Vorsichtig schaute sie zur Seite. Jinpa saß im Schneidersitz neben ihr und lächelte sie aus seinem faltigen Gesicht an. Daher kam also das plötzliche Gefühl der Geborgenheit. So wie sie es schon immer in seiner Gegenwart gespürt hatte.

»Jinpa«, flüsterte Lucy und sog die warme Luft tief ein. »Was war das?«

»Das warst du«, antwortete Jinpa. »Manche Dinge fühlen sich im wachen Zustand zu grausam an. Aber sie sind nun mal da, und sie wollen gefühlt werden. Wir können nicht immer nur den schönen Gefühlen folgen. Alles hat zwei Seiten, so auch unsere Empfindungen. Könntest du nicht die Wut spüren, würdest du auch keine Gelassenheit empfinden können. Ohne Hass gäbe es keine Liebe, ohne Ärger keine Freude, ohne Traurigkeit kein Glücksgefühl. Du hast deine Wut eine lange Zeit ausgesperrt, hast dir nicht erlaubt, dem wütenden Tier in dir freien Lauf zu lassen. Aber du bist wütend, denn du hast deinen Mann geliebt, der dich mit allem allein gelassen hat. Und diese Wut musst du fühlen, damit sie sich auflösen kann. Damit sie einem Gefühl von Traurigkeit weichen kann. Und hast du die Trauer gespürt, kann die Dankbarkeit folgen. Du könntest dankbar dafür sein, dass du diesen wundervollen Menschen kennengelernt hast. Dass aus eurer Vereinigung ein neuer Mensch entstanden ist, eure Tochter.« Jinpa nickte Lucy aufmunternd zu. »Beginne wieder zu fühlen, dann kannst du auch wieder leben.«

Ein Wirbelsturm der Emotionen tobte in Lucys Innerem. Sie hatte tausend Fragen und gleichzeitig war ihr Kopf leer. Lucy öffnete den Mund, schloss ihn aber wieder.

Verwirrt schaute sie aufs Meer hinaus. In dem Moment entdeckte sie den Mann am Strand. Ihr Kopf schnellte zu Jinpa herum. »Wer ist das?«, fragte sie atemlos. Sofort hatte ihr Herz zu stolpern begonnen.

Jinpa hielt ihrem Blick stand. »Du weißt doch, wie du deine Sinne ausdehnen kannst. Erinnere dich an die Menschen in dem großen Kreis auf der Wiese, als du das letzte Mal hier warst. Mach es wie sie und fühle, wer das ist.«

Skeptisch schaute sie zu dem Mann am Strand. Er stand mit dem Rücken zu ihr und hatte beide Hände in die Seiten gestemmt. Lucy schluckte. Sie holte tief Luft und versuchte, mit dem Ausatmen zu ihm zu gelangen.

»Schließe die Augen dabei. Du kannst auch mit dem Herzen sehen«, sagte Jinpa leise.

Lucy tat, wie er empfohlen hatte, und folgte in Gedanken ihrem Atem. Wie von Zauberhand kam sie dem Mann näher und näher. Schon bald nahm sie seine Energie wahr, die ihn umgab. Etwas hielt sie zurück, so als sollte sie nicht in sein Energiefeld eintreten. Es wirkte so zerbrechlich und irgendwie traurig. So sehr, dass es ihr fast die Luft zum Atmen nahm.

Erschrocken zuckte Lucy zusammen. Plötzlich befand sie sich mit ihrer Wahrnehmung wieder neben Jinpa. Ihre Augenlider flatterten. Der Mann am Strand schaute sich um, so als hätte er etwas gespürt. Dann schüttelte er leicht den Kopf und entfernte sich.

»Das war nicht Aaron«, platzte es aus Lucy heraus. »So hat er sich nie angefühlt.« Ihr Herz pochte noch immer, als wollte es aus ihrer Brust springen. Enttäuschung machte sich in ihr breit, gleichzeitig spürte sie eine große Sehnsucht. Vielleicht war es der Aaron, der nicht wusste, wo er hingehörte? Sie hatte das dringende Gefühl, ihm helfen zu wollen. Diese Traurigkeit hatte sie tief in ihrem Herzen berührt.

»Nimm das Gefühl mit in die Wirklichkeit. Du wirst dich daran erinnern.« Jinpa stand auf und half Lucy auf die Beine. »Vertraue deiner Intuition. Alles wird sich fügen. Und denke daran, deine Gefühle bewusst zuzulassen. Es gibt kein richtig oder falsch.

Löse dich von alten Glaubenssätzen und lass neue Möglichkeiten wachsen. Und vergiss bitte eines nie: Das Leben hält immer Gutes für dich bereit! Du musst dich nur bewusst dafür entscheiden.«

Mit den letzten Worten hatte Jinpa Lucys Hände mit seinen umschlossen. Liebevolle Energie floss durch sie hindurch und erreichte Lucys Herz. Alles fühlte sich leicht und friedlich an. Voller Genuss schloss sie die Augen. Sie wollte Jinpa danken, ihm irgendetwas sagen. Gleichzeitig wusste sie, dass er ihre Dankbarkeit wahrnahm. Es schien ihr, als würde sie sich nicht nur mit Jinpa verbinden, sondern mit allem, was sie umgab. Als könnte sich ihr Bewusstsein immer weiter ausdehnen, sie durch alle Zeiten reisen und mit der Ewigkeit eins werden.

Als sich diesmal der Nebel über sie senkte, erschrak sie nicht. Sie vertraute darauf, dass sie all das nie mehr vergessen würde. Weder das Erlebte noch die tiefen Empfindungen. Mit einem Lächeln ließ sie los. Und erwachte mit den ersten Sonnenstrahlen, die ins Schlafzimmer schienen.

21

Es dauerte eine ganze Weile, bis sich Lucy in der Wirklichkeit wiederfand. Ihr war, als könnte sie zwischen Traum und Realität verharren und nachspüren.

Erschöpft, aber auch glücklich lag sie in ihrem Bett und folgte dem Atem. Sie hatte das Gefühl, wenn sie sich jetzt bewegte, würde alles verschwinden. So real hatte sie noch niemals geträumt. Und doch war es nur ein Traum, oder? Was hatte das alles mit ihrem Leben hier zu tun? Und warum spürte sie Jinpa noch immer so intensiv? Auch die Energie des Mannes am Strand? Diese Verletzlichkeit saß in ihrem Brustkorb fest.

Langsam bewegte Lucy ihren Kopf und schaute Richtung Nachtschrank. Sie schob eine Hand unter der Decke hervor und griff nach Aarons Bild. Lange schaute sie ihren Mann an. Sie wartete auf die Tränen, die immer folgten, wenn sie sich ihm nahe fühlen wollte. Aber heute blieben sie aus. Ganz im Gegenteil, es war, als wäre Aaron zu einem Teil von ihrem Leben geworden. Als könnte der Gedanke an ihn keine tiefe Wunde mehr reißen, weil sich eine liebevolle Decke darüber gelegt hatte. Wie hatte Jinpa noch gesagt? Sie dürfe alles spüren, sich vor allem alle Gefühle erlauben. Auch die Trauer darüber, dass Aaron vielleicht nie mehr zu ihr zurückkommen würde. Die Wut, dass er sie allein gelassen hatte, aber auch die Dankbarkeit, ein Stück ihres Weges mit ihm geteilt zu haben. Verwundert nahm sie all diese Empfindungen wahr. Und plötzlich breitete sich ein noch viel schöneres Gefühl aus. Das tiefste, das sie je wahrgenommen hatte: Liebe. Eine Liebe, die nie vergehen würde, egal, ob Aaron bei ihr war oder nicht. Sie würde ihn immer lieben! Und sie wusste, dass auch er es immer getan hatte. Eine unendliche Ruhe machte sich in ihr breit. Und gleich darauf die Zuversicht, dass wirklich alles wieder gut werden konnte. So wie es ihr Jinpa mit auf den Weg gegeben hatte.

Die darauffolgenden Tage empfand Lucy wie durch einen Schleier, als wäre alles um sie herum gedämpft. Einerseits lief ihr Alltag scheinbar normal weiter: Sie verbrachte schöne Stunden mit Stella, fand Ruhe in Naimas Nähe, ging ihrer Arbeit in der Klinik mit Freude nach und genoss die fröhliche Plauderei mit Fiona. Andererseits hatte sie immer wieder das Gefühl, sich selbst von außen zu beobachten, als wäre sie nicht ganz bei sich. Dieses Empfinden war ihr fremd und irritierte sie, denn sie lebte ja nun mal nicht in zwei verschiedenen Welten – doch genau so kam es ihr vor.

Auch ihr Gefühlsleben hatte sich verändert. Manche Emotionen, die sie seit Jahren begleitet hatten, waren verschwunden. Dafür spürte sie andere Gefühle umso intensiver, zum Beispiel die Freude an der Arbeit mit den Patientinnen und Patienten in der Klinik. Es war, als könne sie ihnen plötzlich mehr Unterstützung geben, und einige sprachen sie sogar darauf an. Trotzdem fragte sie sich, wie das möglich war. Schließlich hatte sie ihren Beruf schon immer geliebt und war gerne mit Menschen zusammen.

Je mehr Zeit verging, umso mehr begann sie, an ihrer Wahrnehmung zu zweifeln. Der letzte Traum lag schon einige Nächte zurück und seitdem wurde ihr Leben immer unwirklicher. Wie lange sollte das so weitergehen? Und wohin würde das führen? Wo war der Ausgang aus dieser nebulösen Welt?

Abends, wenn sie allein im Bett lag, konnte sie

lange nicht einschlafen. Manchmal versuchte sie, mit Jinpa Kontakt aufzunehmen. Sie wünschte sich so sehr, ihn wieder in ihren Träumen zu treffen, wollte sich vergewissern, dass alles hier einen Sinn ergab. Aber morgens konnte sie sich an nichts erinnern. Das brachte sie allmählich an den Rand der Verzweiflung. Besonders dann, wenn eine leise Stimme ihr zuflüsterte, dass sie vertrauen sollte. Das wollte sie so gerne, aber die Angst, allmählich den Verstand zu verlieren, war größer. Sie hatte das Gefühl, dass irgendetwas von ihr erwartet wurde. Aber was und von wem?

Als Lucy an diesem Morgen zur Arbeit fuhr, senkte sich plötzlich eine tiefe Traurigkeit über sie. Gerade durchquerte der Bus ihr Lieblingswaldstück zwischen Juliusruh und Glowe. Schon wollte sie dieses unangenehme Gefühl beiseite schieben, da erinnerte sie sich an Jinpas Worte, alles zuzulassen und sich von alten Glaubenssätzen zu lösen. So sehr sie sich auch davor fürchtete, sie blieb in dem Gefühl. Ihr Herz begann heftiger zu schlagen, der Atem wurde schneller. Irgendetwas rollte da auf sie zu. Doch nun war es zu spät, es noch aufzuhalten. Die ersten Tränen liefen über ihre Wangen. Bilder schossen ihr durch den Kopf: Aaron und sie bei ihrem ersten Date, glücklich beim Einzug in ihre gemeinsame Wohnung, später mit Stella im Arm, die letzte Liebkosung, das zerschmetterte Boot, die Leere in ihrem Herzen. Ein tiefer Schluchzer schüttelte sie. Es war, als würde sich endlich etwas lösen, so als könnte sie eine viel zu schwere Last abwerfen.

So schnell, wie diese Gefühlswelle gekommen war, rollte sie wieder davon. Vorsichtig spürte Lucy nach. Tatsächlich hatte sich etwas in ihrem Innern verändert. Noch konnte sie es nicht begreifen, die Leere schmerzte weniger, war eher einer Stille gewichen. Als wäre endlich wieder ein bisschen mehr Platz für echtes Leben.

»Das tut manchmal gut, was?«, fragte die alte Frau plötzlich, die neben ihr saß.

Erschrocken fuhr Lucy herum und schaute in ein von Falten durchzogenes Gesicht mit den warmherzigsten Augen, die sie sich jetzt hätte wünschen können. Sie nickte lächelnd, dabei wischte sie sich mit dem Ärmel ihres Pullis über das tränennasse Gesicht. »Ja, das hat es diesmal wirklich. Ich hoffe, ich habe Sie nicht belästigt!«

»Ach was! Wissen Sie, wie viele Tränen ich schon in meinem Leben vergossen habe?« Die alte Dame lachte. »Aber das Beste ist, nach Regen kommt Sonne, nicht wahr? Das wünsche ich Ihnen jedenfalls sehr.

Sie haben noch so viel Leben vor sich. Genießen Sie jeden Augenblick!«

In dem Moment hielt der Bus und Lucy sah, dass das ihre Haltestelle war. »Ich danke Ihnen!« Kurz drückte sie die Hand der alten Dame und schob sich an ihr vorbei in den Gang. »Alles Gute für Sie!«, rief sie beim Aussteigen.

Auf dem Weg zur Klinik spürte Lucy eine zarte Leichtigkeit im Herzen. Auch der Schleier, der sie in den letzten Tagen begleitet hatte, schien sich allmählich zu lüften. Nur die Traurigkeit hallte noch immer nach. Allerdings hatte sie das Gefühl, besser damit umgehen zu können.

»Oh, hast du ausnahmsweise mal gut geschlafen? Du siehst irgendwie entspannter aus«, fragte Fiona, nachdem sie sich begrüßt hatten.

»Ich weiß auch nicht«, murmelte Lucy, die sich erst an ihre ambivalenten Gefühle gewöhnen musste. Bisher hatte sie Fiona nichts von ihren Träumen erzählt. Natürlich hatte sich ihre Freundin über ihr Verhalten in den letzten Tagen gewundert. Da hatte Lucy es eben auf Schlafmangel geschoben. Und irgendwie stimmte das ja auch.

»Sag mal, was ist eigentlich aus deinem Projekt zur Klinikrettung geworden? Ich weiß schon, dass wir in den letzten beiden Wochen wegen Connys Zahnproblemen kaum Zeit hatten, aber ursprünglich wollten wir das doch der Chefetage präsentieren.« Fiona strich ihre Schwesternkleidung glatt. »Und warum gehst du eigentlich unserem Spezialpatienten aus dem Weg? Euer letztes Treffen ist sicher doof gelaufen, aber um unser Projekt weiter voranzubringen, wäre es sicher sinnvoll, unser Versuchskaninchen wieder mit einzubeziehen.«

»Wie du das sagst, also echt«, monierte Lucy. Dann zuckte sie mit den Schultern. »Ich weiß doch auch nicht. Das war alles eine Schnapsidee. Lass es uns einfach vergessen, okay? Ethan geht mir doch sowieso aus dem Weg. Wundert mich, dass er sich noch nicht wieder selbst entlassen hat.«

In dem Moment klopfte es an die Tür. Zeit für die Medikamentenausgabe.

»Darüber reden wir noch«, sagte Fiona schnell, bevor Lucy schon mit dem Drücker die Tür öffnete.

Wie jeden Morgen waren sie nun damit beschäftigt, die Medikamente auszugeben, Fragen zu beantworten und Termine zu verlegen. Erst gegen Mittag gab es eine Gelegenheit, bei einem Kaffee zu verschnaufen.

»Bloß gut, dass Nils morgen wieder da ist. Und

Conny nächste Woche hoffentlich auch. Machen wir schnick-schnack-schnuck, wer den Bürokram übernimmt?«, schlug Fiona vor. Sie schloss die Augen und genoss den ersten Schluck Kaffee.

»Okay«, antwortete Lucy und hatte kurz darauf das Spiel gewonnen. »Dann mach ich mal meine Runde. Habt eine schöne Zeit, ihr beiden«, verabschiedete sie sich von Fiona und zeigte grinsend auf den Computer im Nachbarzimmer.

Weit kam sie allerdings nicht, denn schon wurde sie von einem Patienten angesprochen, der verschlafen hatte. Sie schickte ihn zum Schwesternzimmer und besprach sich kurz darauf mit einer Therapeutin, der sie in der Lobby über den Weg gelaufen war. So ging das weiter, bis sie im Gemeinschaftsraum nach dem Rechten sehen wollte.

Verwundert blieb sie am Eingang stehen. Um die Zeit war hier eigentlich immer reger Betrieb. Waren die Patienten heute alle draußen unterwegs? Das Wetter lockte mit Sonnenschein und Windstille.

Eben wollte Lucy ihre Runde weiter drehen, da entdeckte sie Ethan. Er hatte sich an die Wand gelehnt, den Blick durch die Glasfront hinaus aufs Meer gerichtet. Hoffentlich hatte er sie nicht wahrgenommen.

»Es tut mir leid«, begann Ethan, gerade als Lucy sich vorsichtig zurückziehen wollte.

Sie seufzte innerlich. »Was tut Ihnen leid?«

Jetzt wandte sich Ethan ihr zu, blieb aber in seiner Ecke stehen. »Na ja, wie ich mich bei unserer Ausfahrt verhalten habe. Das war kindisch.«

Lucy wusste nicht, was sie darauf erwidern sollte. »Dafür gab es ja sicher einen Grund«, sagte sie, noch bevor sie weiter darüber nachdenken konnte.

Ethan nickte. Dabei schaute er nachdenklich. »Ich hab in den letzten beiden Wochen viel über mich gelernt. Und unsere Unterhaltung in Sassnitz war der Auslöser dafür. Sie waren der Auslöser. Sie und Ihre Tochter.«

Verdutzt sah Lucy ihn an. Ob Ethan jetzt doch Medikamente nahm? So hatte sie ihn noch nie reden hören. Einerseits die ruhige Stimme mit angenehmer Tiefe, andererseits klang das, was er von sich gab, irgendwie verwirrend. »Inwiefern habe ich was ausgelöst?«, fragte sie nach, obwohl sie nicht genau wusste, ob sie die Antwort hören wollte.

Ethan schien abzuwägen, was er als Nächstes sagen sollte. Er starrte an ihr vorbei und atmete schwer. Dann schaute er Lucy unvermittelt an.

Beunruhigt wich sie einen Schritt zurück. Was war

mit seinen Augen los? Hatte er schon immer so einen durchdringenden Blick gehabt?

»Würden Sie einen Kaffee mit mir trinken gehen?«

Plötzlich lag da eine Kraft in Ethans Stimme, die sie noch mehr verwirrte. »Ähm, am Kaffeeautomaten unten in der Lobby?«, fragte Lucy und kam sich gleich darauf total blöd vor.

Jetzt huschte ein Lächeln über Ethans Gesicht. »Wenn das Ihr Standard ist, können wir uns auch dort treffen. Ich dachte eigentlich eher, dass ich Sie in ein Café entführen darf.«

Entführen? Hier wurde niemand entführt! Dieses Grinsen holte Lucy aus ihrer Starre. »Können Sie mir einen Grund nennen, warum ich mit Ihnen einen Kaffee trinken gehen sollte? Am Ende lassen Sie mich dort einfach sitzen, weil Ihnen gerade danach ist.« Erschrocken hielt sie die Luft an. Das hätte sie nicht sagen sollen. Was war denn heute nur los?

Aber das Lächeln wich nicht aus Ethans Gesicht. »Es wäre schön, wenn Sie mir einfach die Gelegenheit geben würden, mich bei Ihnen in aller Form zu entschuldigen.«

Ganz der Gentleman, dachte Lucy und war froh, es diesmal nicht laut ausgesprochen zu haben.

»Im Übrigen habe ich Dr. Kuhl darum gebeten,

Sie von Ihrem Auftrag zu entbinden. Ich konnte meine Mutter überzeugen, dass sie die Spende auch unabhängig von meinem Genesungszustand tätigen soll.«

Irgendetwas schien hier nicht zusammenzupassen. Wo war der anstrengende und arrogante Typ von vor zwei Wochen hin? Es konnte doch nur daran liegen, dass er wegen irgendwelcher Medikamente so entspannt auftrat. Erst jetzt drang seine Aussage zu ihr durch. »Wenn ich nicht mehr Ihre Anstandsdame spielen muss, warum sollte ich dann mit Ihnen einen Kaffee trinken gehen?«

»Weil ich mich, wie schon gesagt, bei Ihnen entschuldigen möchte.« Nun klang Ethans Stimme doch etwas genervter.

»Das können Sie gerne auch direkt hier tun. Müssen Sie aber auch nicht. Wir wissen doch beide, wie das alles zustande gekommen ist. Die Schnapsidee von Dr. Kuhl, dass ich Ihnen die Insel zeigen soll, dann die privaten Gespräche zwischen uns und zu guter Letzt habe ich mich auch noch nach Ihrer Herkunft erkundigt. Das war einfach zu viel Nähe. Patienten und Pflegepersonal sollten nicht so vertraut miteinander umgehen. Eigentlich war es absehbar, dass ...« Lucy schnappte nach Luft. Wenn die ihr jetzt nicht ausgegangen wäre, hätte sie weiter geplappert.

Inzwischen hatte sich Ethan langsam aus seiner Ecke auf Lucy zubewegt. Seine Atmung ging tief und gleichmäßig. Lucy konnte erkennen, dass ihn etwas beschäftigte. »Es gibt etwas, das ich Ihnen anvertrauen möchte. Etwas, das ich mit sonst niemandem teilen kann.« Während er sprach, wurde seine Stimme immer leiser, bis sie schließlich nur noch als Flüstern zu hören war.

»Wäre es nicht besser, Sie würden das mit einer Therapeutin oder Dr. Kuhl besprechen?« Schon während sie die Frage aussprach, beschlich sie das Gefühl, dass es sich bei dem Gespräch nicht um seine Krankheit handelte.

Ethan schüttelte den Kopf und kam noch ein Stück näher. »Nein, genau das geht eben nicht.«

Lucy spürte, wie ihr der Hals trocken wurde. Ihr Herz pochte so heftig, dass sie kaum noch ihre eigenen Gedanken ordnen konnte. Was spielte sich hier gerade ab? »In Ordnung«, brachte sie schließlich mit Mühe heraus. »Morgen nach Feierabend.« Ohne ein weiteres Wort wandte sie sich ab und verließ hastig den Raum. Auch auf der Treppe verlangsamte sie ihre Schritte nicht. Sie hatte das dringende Bedürfnis, an die frische Luft zu kommen. Deshalb eilte sie durch die Lobby hinaus ins Freie und lief weiter bis zum Strand. Fiona würde sicher ein paar Minuten allein zurechtkommen.

Erst als sie das Meer laut rauschen hörte und ihre Schuhe schon fast überspült wurden, blieb sie stehen. Ihr Atem ging viel zu schnell. Dabei tat der Brustkorb weh. Wenn sie sich nicht gleich beruhigte, würde sie noch hyperventilieren.

Aus Reflex legte sie eine Hand auf ihren Bauch und ließ ihren Blick über das funkelnde Meer in die Weite schweifen. Sie bemühte sich, das unaufhörliche Kreisen ihrer Gedanken zu unterbrechen. Nach und nach fand ihr Körper zur Ruhe, ihr Atem wurde gleichmäßiger, bis nur noch eine einzige Frage blieb: Was war da gerade geschehen? Eine Antwort darauf hatte sie nicht.

»Huhu, Schwester Lucy!«, holte sie eine hohe Frauenstimme ins Hier und Jetzt zurück. »Ist das nicht ein herrlicher Tag?«

Lucy blinzelte, dann wandte sie sich in die Richtung, aus der die Stimme kam. Frau Weiland stand mit ihrer Clique auf dem Steg, der zum Hafen führte und winkte ihr zu. Alle anderen taten es Frau Weiland gleich.

Automatisch hob Lucy die Hand und erwiderte den Gruß. Sie hatte sich schon immer gefragt, wie es manchen Menschen gelang, mit ihrer bloßen Präsenz andere mitzureißen. Frau Weiland gehörte eindeutig dazu.

Ein Gedanke tauchte auf. Hatte sie gerade so etwas erlebt? Ging von Ethan ebenfalls eine besondere Wirkung aus, der man sich kaum entziehen konnte? Allerdings hatte Lucy das Gefühl, dass diese Ausstrahlung nur auf sie selbst wirkte. Oder weshalb war Fiona ihm gegenüber so unbeeindruckt?

Diesmal blieb ihr Seufzer nicht stumm, sondern entfuhr ihr als lautes Stöhnen. Sie sehnte sich nach ihrem früheren Leben, nach der unbeschwerten Leichtigkeit vergangener Tage. Auch wenn der Gedanke an Aaron noch immer schmerzte, musste es doch möglich sein, wieder Glück zu empfinden.

Sie ließ ihren Blick ein letztes Mal über das Meer bis hin zum Kap Arkona schweifen, drehte sich dann um und hoffte, den Tag ruhig und ohne besondere Ereignisse zu überstehen.

Das Glück war auf ihrer Seite, der Nachmittag verging mit viel Arbeit und wenig Plauderei. Da Fiona nach der Arbeit noch einen Arzttermin hatte, konnte Lucy ohne große Erklärungen mit dem Bus nach Hause fahren. Sie hätte ohnehin nicht die Kraft gehabt, sich mit Fiona über Belangloses zu unterhalten, denn ihre Freundin hätte sicher sofort gemerkt, dass etwas nicht stimmte. So stieg Lucy, noch immer in Gedanken versunken, in Dranske aus dem Bus und wäre dabei fast über Stella gestolpert, die ihr fröhlich entgegensprang.

»Huch, mein Sternchen, wo kommst du denn auf einmal her?« Lucy japste nach Luft und drückte Stella an sich.

»Wir wollten dich einfach abholen und fragen, ob du Lust auf ein Eis hast. Ich hab nämlich Lust.« Stella lachte fröhlich und zog sie hinter sich her, bis sie bei Naima ankamen, die schon in der Eisschlange stand.

»Na, da hab ich ja gar keine Chance, was? Ich nehme aber nur eine Kugel. Und zwar ... Vanille«, antwortete Lucy und hoffte, dass sie nicht zu gequält klang. Sie drückte Naima einen Kuss auf die Wange.

»Nur eine Kugel und dann auch noch Vanille?« Stella verzog das Gesicht. »Ich will Schoko und das Schlumpfeis.« Sie reckte sich, um nach vorn zur Eisausgabe zu schauen. »Hoffentlich ist noch welches da, schon mal war das nämlich alle.«

Naima lächelte sanft und neigte dabei leicht den Kopf, während sie Lucy ansah. »Harter Tag gewesen?«

Lucy schnaufte. »So kann man das auch sagen.«

»Magst du davon erzählen?«

tete. Allerdings schien Naima in ihrer eigenen Welt zu sein, denn sie reagierte nicht darauf. Lucy kannte das schon bei ihr und wartete ab.

»Ich muss gestehen, ich bin fast ein bisschen neidisch. Solche intensiven Träume hätte ich auch gerne«, begann Naima schließlich.

»Na, das kriegst du doch bestimmt mit irgendeinem Kraut hin«, lachte Lucy tonlos.

»Das hat nicht die gleiche Wirkung. Das Kraut provoziert etwas von außen. Du bist von dir aus in das Land der Träume eingetreten.«

»Wie man's nimmt.« Lucy zuckte mit einer Schulter. »Ich habe nicht darum gebeten, nach Shab ... wie hieß das noch?«

»Shambhala«, antwortete Naima mit einem Lächeln.

»Genau! Also, ich wollte da bestimmt nicht freiwillig hin.«

»Aber du wolltest, dass dein Herz nicht mehr so schmerzt. Ja, ich weiß, am liebsten wäre es dir gewesen, wenn Aaron zurückgekommen wäre. Mir auch, meine Süße! Aber ich glaube, dein Wunsch nach einem fröhlichen Leben ohne Trauer ist in letzter Zeit immer stärker geworden. Und ich könnte mir vorstellen, dass du deshalb bewusst nach Shambhala geführt wurdest. Um etwas zu erfahren. Oder um etwas zu verarbeiten. Und es hat ja funktioniert, nicht wahr?«

»Ja, irgendwie schon. Ich frag mich nur, was die Träume mit meinem wirklichen Leben zu tun haben. Und wenn ich an Aaron denke, dann konnte ich heute vielleicht ein bisschen loslassen, aber es tut immer noch weh, ihn nicht bei mir zu haben. Oder sogar für immer verloren zu haben.« Die letzten Worte hatte Lucy nur noch flüsternd über die Lippen gebracht. »Es ist so schrecklich, nicht zu wissen, was mit ihm passiert ist, weißt du. Und ...« Sie holte tief Luft und schaute Naima mit tränenverhangenen Augen an. »Ich würde ihn so gerne noch einmal sehen. Und sei es nur, um mich von ihm zu verabschieden.«

»Das glaube ich dir gerne, mein Schatz!« Naima hatte ihre Hand über den Tisch geschoben und Lucys umschlossen. »Und ich bin froh, dass du jetzt die Möglichkeit in Betracht ziehst, dass Aaron nicht mehr zurückkommt.«

Trotz Naimas sanfter Stimme trafen sie die Worte. Lucy stöhnte auf.

»Ich bin sehr stolz auf dich, weißt du das? Du kämpfst dich seit Jahren durch deine Trauer und bist jetzt an einem Scheideweg angekommen. Mit deinem Wunsch nach mehr Leichtigkeit und Glück im Leben hast du einen großen Schritt genau dorthin gemacht. Bisher konntest du nichts zulassen, aber nun bist du bereit, etwas zu verändern. Und wer weiß, warum die kosmischen Mächte dir die Träume und ja, auch deinen Spezialpatienten, wie du ihn nennst, geschickt haben. Sie würden natürlich nie für dich entscheiden, aber sie bieten dir Möglichkeiten. Den Rest kannst du selber ausprobieren.«

»Und weil ich jetzt soweit bin, haben sie mir gleich mal Ethan vorbeigeschickt, damit ich Aaron ganz vergesse und mich wieder verliebe, oder was?« Erschrocken schlug Lucy eine Hand vor den Mund. Wo war das denn jetzt hergekommen?

»Das wäre eine Möglichkeit«, lachte Naima ihr rauchiges Lachen. »Siehst du, das Leben geht weiter.«

»Nein, das ist Quatsch. So ist mir das schon den ganzen Tag gegangen. Ich habe etwas gedacht und etwas ganz anderes gesagt. Oder ich hatte noch gar nicht darüber nachgedacht und es ist mir einfach so rausgerutscht.«

»Und was war es jetzt?«

»Das war völliger Blödsinn. Ethan ist überhaupt nicht mein Typ. Und sowieso ... ich will mich nicht verlieben. Siehst du, das meine ich. Ich schlittere in was rein und muss mich dann rechtfertigen, obwohl ich das doch gar nicht wollte. Haben da auch deine kosmischen Mächte ihre Hände im Spiel?« Schwer atmend stand Lucy auf. »Ich glaube, wir müssen jetzt los.«

»Hey, mein Herz. Lass Stella noch ein bisschen schlafen und wir sortieren mal deine Gefühle, ja?« Ohne Lucys Antwort abzuwarten, zog Naima sie hinter sich her in ihr Hexenzimmer. »So, jetzt setzt du dich ganz entspannt in einen Sessel deiner Wahl und tust nichts.«

Lucy setzte sich wie immer in ihren Lieblingssessel und versuchte, sich zu beruhigen.

»Ich will ja nichts sagen, aber wir haben heute Neumond. Deine Entscheidung, dich wieder deinem Leben zuzuwenden, wird also kosmisch unterstützt. Und dann läuft seit heute auch noch die Venus endlich, nach sechs Wochen, wieder vorwärts. Die Liebe kommt ins Spiel. Soviel in Kürze.«

»Ja danke, die ausführliche Version kannst du dir ja für deine echten Kundinnen aufheben.« Lucy spürte, dass sie Naima gegenüber gemein war. Aber irgendwie konnte sie gerade nicht anders.

Doch Naima lächelte nur wissend. »Okay, jetzt lass dich bitte auf diese kurze Klangreise ein. Du bekommst kein Kraut, keinen Räucherduft, einfach nur Klänge. Und die lässt du wirken. Es macht auch nichts, wenn du einschläfst, dein Körper schwingt schon alleine mit. Einverstanden?«

Seufzend nickte Lucy. »Einverstanden!«

Naima rückte verschieden große Klangschalen auf dem Boden zurecht, dann setzte sie sich in die Mitte und begann sie anzuschlagen.

Schon beim ersten Ton spürte Lucy, wie ihr Körper darauf reagierte. Ein Kribbeln erfasste sie, wirbelte von Kopf bis Fuß und wieder zurück, bis es schließlich in einer Art Entspannung mündete. Aber keine, die sie sonst empfunden hatte, sondern viel tiefer. Eine, von der sie wusste, dass sie mehr haben wollte. Es war, als würde sie augenblicklich in eine andere Welt abtauchen. Selbst die Gedanken schienen verzaubert zu sein, denn ihr Kopf ließ ausnahmsweise mal locker. Ruhig atmend lauschte Lucy den verschiedenen Klanghöhen. Fast kam es ihr vor, als hätte sie noch nie etwas Schöneres gehört. Sie versuchte, den Tönen zu folgen. Bis sie merkte, dass jeder Ton eine andere Körperregion ansprach. Mal vibrierte ihr Kopf, dann der Hals, mal die Bauchregion oder der Herzraum.

Spannend, dachte sie noch, bis plötzlich unerwartete Bilder vor ihrem inneren Auge erschienen. Fassungslos rang sie nach Luft.

22

Alles fühlte sich watteweich an. Endlich mal keine scharfen Kanten, an denen man sich stoßen konnte, die es gekonnt zu umschiffen galt. Keine dunklen Ecken, die einen verschlangen. Auch nirgends böse Blicke, die töten würden, wenn sie es wollten. Immer zu einem Zeitpunkt, wenn er nicht damit rechnete. Da konnte er sich noch so bemühen, ein Ausweichen war einfach nicht möglich.

Aber hier war alles so warm und leicht. Selbst seine Schritte über die Wiesen, die ihn über sanfte Hügel führten, fühlten sich federnd an. Wo er doch sonst immer wie ein Trampel daherkam. Jedenfalls glaubten das alle anderen. Alle anderen ... Die gab es hier nicht. Jedenfalls nicht die, die er erwartet hätte. Sehr selten begegnete er jemandem, den er nicht kannte. Und doch so sehr spürte. Auch das war ungewöhnlich. Gefühle waren nicht so sein Ding. Na ja, vielleicht schon, aber sie zu zeigen, hatte er sich abgewöhnt. Dass das besser so war, hatte er schon ganz früh gelernt. Sich anpassen war die einfachere Variante. Und mittlerweile war er einer von ihnen geworden. So war es nun mal.

Gerade erklomm er eine Anhöhe, als sich dahinter ein völlig neues Bild ergab. So, als wäre hinter ihm die eine Welt zu Ende und hier würde eine neue beginnen. Alles sah unglaublich lieblich aus. Die Gräser der Wiesen wiegten sich im leichten Wind, die Bäume spendeten Schatten, den er schon zu spüren schien. Die Sonne ließ ihre Strahlen durch die Blätter tanzen. Und auch über die Wellen des Sees, den er plötzlich im Hintergrund entdeckte.

Ganz vorsichtig blickte er weiter nach rechts. Bloß nicht zu ruckartig. Irgendetwas sagte ihm, dass dann alles wieder vorbei sein würde. Aber was sollte vorbei sein? Er stand hier mitten in einer Landschaft, die er nicht kannte, die ihm aber ein Gefühl von Geborgenheit gab. Oder war da noch mehr? Er ließ es zu, dass sich eine weitere kleine Tür in seinem Inneren öffnete. Wieder durchflutete ihn ein warmes Licht. Und das Geborgenheitsgefühl wurde fast übermächtig. Er krümmte sich leicht. Konnten Gefühle wirklich so schön sein? Wollte er das alles spüren? Etwas in ihm sehnte sich danach. Wonach genau, das wusste er nicht.

Und plötzlich gab es da dieses andere Gefühl, das ihn warnte, nicht weiterzugehen. Das ihm zuraunte, lieber bei dem zu bleiben, das er kannte. Da wohnte doch die Sicherheit, die er brauchte, die ihn beschützte. Wovor?

Sein Blick war an einem Waldrand angekommen und obwohl er wusste, dass er hier stand, war seine Aufmerksamkeit dort. So als könnte er sich von seinem Körper trennen. Oder als gäbe es ihn zweimal. Oder konnte er gleichzeitig hier sein und dort?

Er wusste nicht, was es war, spürte nur ganz deutlich, dass er dort sein wollte. Menschen tauchten auf. Sie liefen durch den Wald, kamen auf ihn zu und grüßten freundlich. Er hatte sie noch nie in seinem Leben gesehen, sie waren ihm aber vertraut, als würden sie sich schon immer kennen. Und wie konnten sie ihn überhaupt wahrnehmen, wo er doch so weit entfernt stand?

Mit einem Mal begann sein Herz wie wild zu pochen. Wieder näherte sich jemand. Diesmal eine Frau. Sie schien auf der Suche nach etwas zu sein. Immer wieder blieb sie stehen und schaute sich um. Dann lief sie ein paar Schritte weiter, bevor sie sich erneut im Kreis drehte und umblickte. Und dann blieben ihre Augen plötzlich an ihm hängen. Ihre Miene wurde weicher, irgendwie heller. Gleichzeitig begann sein Herz so sehr zu rasen, dass er glaubte, es festhalten zu müssen. Das waren zu viele Gefühle. Gefühle, die er nicht kannte. Warum schaute sie ihn so liebevoll an? Irgendwie auch erleichtert. So als hätte sie endlich gefunden, wonach sie gesucht hatte.

Noch während er die Panik in sich aufsteigen spürte, wusste er, dass er die Frau kannte. Und sie ihn! Er fühlte ihr gegenseitiges Erkennen und ahnte ihre tiefe Zuneigung.

Nein, sie konnte nicht ihn gemeint haben. Das musste ein Irrtum sein. Liebe und so ein Zeug gab es nicht in seinem Leben. Das hielt er nicht aus. Das machte ihn schwach. Mit aller Macht riss er den Kopf herum, um sich aus ihrem Sog zu lösen. Die Landschaft vor ihm begann sich aufzulösen, zu verschwimmen, bis sie zu einem einzigen Brei wurde. Oh nein, das fühlte sich noch schrecklicher an! Irgendwie wie sterben. Der plötzliche Schmerz in seiner Brust katapultierte ihn zurück in die Wirklichkeit.

Keuchend öffnete er die Augen.

23

»Was ist denn heute mit dir los? Hast du wieder Kopfschmerzen, die keine sind?« Fiona hatte die Wasserflasche abgesetzt und verschloss sie wieder.

Erschrocken zuckte Lucy zusammen. Schon den ganzen Vormittag hatte sie krampfhaft versucht, sich fröhlich zu geben. Das war ihr wohl nicht wirklich gut gelungen. Bis eben hatten sie noch genug mit der Medikamentenausgabe und der Abreise einiger Patienten zu tun, aber sobald sie auch nur einen kurzen Moment nicht abgelenkt war, schoben sich die wirren Gedanken herein. Sie holte ebenfalls ihre Wasserflasche aus dem Rucksack und nahm einen großen Schluck.

»Du gefällst mir gar nicht, weißt du das? Hast du überhaupt geschlafen heute Nacht? Deine Augenringe sind tellergroß.« Fiona war zu Lucy getreten und wollte sie umarmen.

Eilig steckte Lucy die Flasche wieder weg und entkam so Fionas Annäherung. Sie spürte den Kloß im Hals, dem verlässlich die Tränen folgten. Aber das ging jetzt nicht. Erst musste sie sich entscheiden. »Ach, ich habe ganz blöd geträumt«, murmelte sie und ließ sich nun doch von Fiona herzen.

Irgendwie stimmte das ja auch. Obwohl sie den Traum schon vor der Nacht gehabt hatte, während der Klangschalenmeditation in Naimas Sessel. Und so sehr sie sich gewünscht hatte, nachts wieder Jinpa zu begegnen, so wenig war es passiert. Stattdessen war sie wie ein Stein in einen Tiefschlaf gefallen und heute Morgen zerknirscht und ratlos aufgewacht.

»Und wegen einem Traum bist du so durch den Wind?«

Lucy hörte an Fionas Stimme, dass sie ihr das nicht abnahm. Sie löste sich aus der Umarmung und trat ans Fenster. Dann holte sie tief Luft. »Ethan will heute mit mir Kaffee trinken gehen. Warum, weiß ich nicht. Er sagt, er will sich bei mir entschuldigen, aber da ist noch was anderes. Und ... ich hab von ihm geträumt. Das bringt mich gerade durcheinander, weil der Traum so ...« Sie hob die Hände und schüttelte den Kopf. »Na, eben so echt war. Das kennst du doch bestimmt, wenn man genau weiß, dass es nur ein Traum war, den aber dann noch überall spürt.« Sie wandte sich wieder ihrer Freundin zu.

In Fionas Gesicht konnte sie nun lesen wie in einem Buch. Da war das Erstaunen über das Kaffeedate, dann das Entsetzen über den Traum und die Neugierde über die Gefühle danach.

»Warte mal«, antwortete sie prompt und blies die Wangen auf. »Du triffst dich heute mit Ethan? Ist der dir nicht in letzter Zeit aus dem Weg gegangen?«

»Wir uns, um es genau zu nehmen. Ich glaube, dass er sich deshalb entschuldigen möchte.« Lucy zuckte mit den Schultern.

»Und was war noch? Du hast gesagt, dass da noch was anderes dahinter steckt?«

Das Schulterzucken wurde stärker. »Weiß ich ja eben nicht! Er hat das nur nebenbei erwähnt. Und ich war so perplex über sein Verhalten, dass ich nicht nachgefragt habe.«

»Wie war denn sein Verhalten?«, fragte Fiona. Ein Lächeln umspielte ihre Lippen.

Aha, jetzt waren sie schon beim neugierigen Part angekommen, dachte Lucy. »Ach, irgendwie so nett. So war der doch nie gewesen bisher. Ich weiß auch nicht, was in den letzten beiden Wochen passiert ist. Meinst du, er bekommt jetzt doch Medikamente?«

»Das glaube ich fast nicht, da er morgens nie hier war. Aber wir können einfach mal nachschauen.«

Während Fiona im Nachbarzimmer den Computer startete, blieb Lucy wie angewurzelt stehen. Sie war froh, dass Nils ein paar Tage frei hatte und Conny heute einen letzten Zahnarzttermin wahrnahm. So konnte sie offen mit Fiona reden. Na ja, fast jedenfalls. Denn ihre wirklichen nächtlichen Träume hatte sie ja bisher nicht erwähnt.

»Nein«, rief Fiona durch die geöffnete Tür. »Hier steht nichts von irgendeiner Medikation.« Ein paarmal klickte noch die Tastatur, dann tauchte sie wieder neben Lucy auf.

»Komisch«, murmelte Lucy.

Nun war es Fiona, die ans Fenster trat und nach draußen schaute. »Mal angenommen ...«, begann sie, hielt aber noch einmal kurz inne. »Also, mal angenommen, Ethan hat sich in dich verknallt und ist deshalb so nett zu dir. Und du gehst heute mit ihm aus, dann frag ich mich einerseits, ob du das wirklich nicht bemerkt hast? Und andererseits würde ich gerne genau wissen wollen, was du von ihm geträumt hast. Liebe Freundin, du bist immer so feinfühlig, das nehme ich dir einfach nicht ab, dass du nicht mitbekommen hast, was das mit Ethan ist. Oder aber ...« Jetzt kam sie auf

Lucy zu. »Oder aber, du hast mir nicht alles erzählt. Denn irgendwie fehlt mir das Puzzleteil zwischen ein Patient ist nett zu mir, ich hab von ihm geträumt und deiner Verunsicherung darüber. Mit solchen Sachen gehst du normalerweise extrem souverän um. Also, hat's dich auch erwischt? Oder was ist hier los?«

Schon während Fiona gesprochen hatte, war der Kloß in Lucys Hals gewachsen. Jetzt noch die Tränen zurückzuhalten war quasi unmöglich. Außerdem spürte sie die Erleichterung drüber, Fiona einzuweihen. Aber doch nicht hier und jetzt!

Fiona schien Lucys Zerrissenheit zu spüren. Sie schaute auf ihr Handy, um die Uhrzeit abzulesen. »Hältst du noch eine halbe Stunde durch? Dann können wir hier mal raus. Ich organisiere uns eine Kollegin, die für uns die Stellung hält. Alles klar?«

Lucy nickte und atmete vorsichtig ein und aus. Jetzt bloß nicht zu emotional werden. »Ich mache in der Zwischenzeit Bürokram«, flüsterte sie.

»Gute Idee! Bin gleich wieder da.«

Als sie später auf einer Bank im Schatten eines Baumes saßen und aufs Meer schauten, erzählte Lucy alles von Anfang an. Wie sie in den ersten Träumen herumgeirrt war. Wie zauberhaft die ganze Umgebung gewirkt hatte. Dann die erste Begegnung mit

Jinpa, dem großen Kreis der entspannten Menschen, dem Ausdehnen der eigenen Energie und natürlich von dem Mann, den sie immer wieder gesehen hatte und von dem sie dachte, dass das nur Aaron sein konnte.

»Puh, das hört sich wie eine Fantasygeschichte an. So, als könntest du in zwei Welten wandeln. Aber das ist doch verrückt.« Fiona schüttelte ihren Kopf. »Schon krass! Meinst du wirklich, du bist Aaron in deinem Traum begegnet? Aber warum hat er sich dann nicht zu erkennen gegeben? Ich meine, wenn er noch irgendwo lebt, wie du immer glaubst, und er dir damit eine Botschaft schicken wollte, das wäre ja ... unglaublich.«

»Ich weiß«, antwortete Lucy leise. Eine Träne kullerte über ihre Wange.

Als Fiona das entdeckte, legte sie ihren Arm um Lucys Schulter. »Das war noch nicht alles, oder?«, fragte sie sanft.

Lucy seufzte. Es klang mehr wie ein Quietschen. Eigentlich hatte sie an der Stelle mit ihrer Erzählung aufhören wollen, weil der Rest einfach zu schmerzhaft war. Aber sie spürte, dass sie es mal aussprechen musste. »Ich war gestern bei Naima, die mir eine Klangschalenmeditation verordnet hat. Und erst war alles so schön! Ich konnte mich entspannen und genießen. Aber dann sind da plötzlich Bilder aufgetaucht.« Lucy räusperte sich. Jetzt konnte sie die Tränen nicht mehr aufhalten. Ihr ganzer Körper begann zu beben.

»Hey, was ist denn passiert? Was hast du gesehen?« Fiona drückte sie noch fester an sich.

Lucy holte tief Luft. »Der Mann ... der Mann, den ich immer im Traum gesehen habe, das war nicht Aaron.« Wieder schüttelte sie ein Weinkrampf. »Gestern bin ich ihm dann näher gekommen. Und alles hat sich so gut angefühlt, aber irgendwie eben nicht wie Aaron. Trotzdem hab ich meine Hand auf seine Schulter gelegt, einfach weil es das größte Glück schien. Und dann hat er sich umgedreht.« Jetzt hob sie ihren Blick und schaute Fiona an. Alles in ihr weigerte sich, den nächsten Satz auszusprechen und doch wollte er raus. »Das war Ethan.«

Eine ganze Weile saßen sie still beieinander. Allmählich kehrte wieder Ruhe in Lucy ein. Trotz des wilden Sturmes, der eben noch getobt hatte, fühlte sie nun eine wohltuende Leere.

»Darf ich dich mal was fragen?«, begann Fiona, sprach aber direkt weiter, ohne auf Antwort zu warten. »Wir reden hier doch von einem Traum, oder?

Warum nimmt dich das Ganze so mit? Ich meine, könntest du das nicht als Hirngespinst abtun und einfach weiterleben wie bisher?«

Lucy setzte sich aufrechter hin und löste sich so aus der Umarmung der Freundin. Sie nickte. »Ja, das hab ich heute schon den ganzen Tag probiert. Von außen sieht es bestimmt auch so aus, als wäre das alles nur ein wilder Traum gewesen und damit basta. Aber irgendwas hat sich in den letzten Wochen verändert, verstehst du? Das war kein normaler Traum. Warum bin ich denn sonst immer wieder Jinpa begegnet? Und eben diesem Mann, von dem ich dachte, er sei Aaron. Oh Gott, das hat sich so gut angefühlt, ihn noch einmal zu sehen. Und wenn es nur dafür da gewesen wäre, mich von ihm zu verabschieden. Was würde ich darum geben, ihn noch einmal in die Arme zu schließen, seinen Duft einzuatmen, ihm zu sagen, wie sehr ich ihn liebe.« Wieder schüttelte ein tiefer Schluchzer Lucys Körper. »Und jetzt muss ich erkennen, dass das gar nicht Aaron war. Dass meine Hoffnung ganz umsonst war. Das ist so grausam! Fiona, ich werde Aaron nie wieder sehen. Ihr hattet alle recht. Er ist einfach ertrunken und liegt jetzt irgendwo da draußen. Sein geliebtes Meer hat ihn verschlungen und ich muss mich endlich damit abfinden.«

Wieder schloss Fiona Lucy in die Arme. »Ja, meine Liebe, lass es raus, was da schon seit Jahren geschlummert hat. Es ist gut! Alles ist gut, du wirst sehen«, flüsterte sie.

Fionas Worte waren wie Balsam auf ihrer Seele. Und sie hatte so recht. Das alles war schon immer da gewesen, schon vom ersten Moment an, als sie von Aarons Unglück gehört hatte. Spätestens als sie Aarons Kollegen Mats gefunden hatten, hatte sie geahnt, dass er nicht mehr zurückkommen würde. Aber der Gedanke war einfach zu schmerzhaft gewesen, den konnte sie nicht zulassen. Also hatte sie ihn tief unten verschlossen und nie wieder nachgeschaut. Erst die Träume hatten alles wieder an die Oberfläche geholt. Doch selbst da hatte sie noch glauben wollen, dass Aaron sie suchte. Dass er ihr nahe sein wollte und sich deshalb in ihre Träume geschlichen hatte. Und nun? Was sollte sie jetzt tun?

»Sag mal, du hast gesagt, dass es sich wie das große Glück angefühlt hat, als du dem Mann am Strand näher gekommen bist. So sehr, dass du ihn sogar berühren wolltest. Was macht das jetzt mit dir, wo du weißt, dass es Ethan war?« Fiona hatte ganz sanft gesprochen und Lucy über den Kopf gestrichen.

Lucy schob sich aus der Umarmung und wischte

sich über das Gesicht. Sie spürte in sich hinein. Das Glücksgefühl konnte sie noch immer abrufen, so als wäre es echt gewesen. Eine warme Welle huschte durch ihren Körper. »Ich weiß nicht genau. Es fühlt sich immer noch richtig gut an. Aber das hat doch nichts mit der Wirklichkeit zu tun. Ethan ist unser Patient und du weißt, dass er sehr anstrengend sein kann. Außerdem wohnt er in Bayern und ist in ein paar Wochen wieder weg. Nein, da kann irgendwas nicht stimmen.«

Fiona lächelte, dabei neigte sie ihren Kopf und schaute Lucy an. »Aber du triffst dich doch trotzdem heute mit ihm, oder? Warte mal ab, was er dir zu sagen hat. Vielleicht löst sich dann auch das Rätsel, warum er in deinen Träumen aufgetaucht ist.«

»Hm«, machte Lucy und stand auf. »Mal sehen. Wir sollten wieder reingehen und unsere Kollegin erlösen.«

»Erst versprichst du mir, dass du dich mit Ethan triffst.« Fiona war aufgesprungen und hielt Lucy die Hand hin.

»Du bist eine Nervensäge«, knurrte Lucy, schlug aber ein.

»Ich weiß«, trällerte Fiona und schob ihre Freundin Richtung Klinikeingang.

24

Je näher der Feierabend rückte, umso nervöser wurde Lucy. Sie schob es darauf, dass sie noch nicht wusste, wie sie mit allem umgehen sollte. Und natürlich war sie doch irgendwie gespannt, was Ethan ihr erzählen wollte. Wie hing das mit ihr und Stella zusammen? Darauf konnte sie sich keinen Reim machen. Allerdings hasste sie es, etwas nicht kontrollieren zu können.

Als sie gerade von einer Patiententour zurückkam, reichte ihr Fiona einen Zettel. »Ein bisschen wie früher in der Schule, als man ankreuzen sollte, ob man mit demjenigen gehen will oder nicht. Hach, das waren noch Zeiten, was?« Sie zwinkerte Lucy zu.

Lucy faltete den Zettel auseinander und entdeckte eine tadellose, leicht schräggestellte Schrift. Das gefiel ihr schon mal. Sie mochte Männer, deren Botschaften sie entspannt lesen konnte. »Warum in dem Café mitten im Ort und nicht hier im Strandcafé?«, murmelte sie.

»Da sind ihm bestimmt zu viele Zuschauer. Du weißt, dass das das Lieblingscafé unserer Patientinnen ist.«

Lucy nickte. Das konnte schon sein, machte es aber nicht besser. Wieso hielt er das alles so geheimnisvoll? Andererseits fand sie den Einladungszettel irgendwie niedlich. Fiona hatte recht, wie früher in der Schule. Und genauso fühlte sie sich auch. Ihre Nervosität wuchs mit jedem Moment.

Kurz darauf stand sie mit Jacke und Rucksack neben Fiona, die noch Bürokram erledigen wollte. »Dann geh ich mal«, sagte sie. »Oder brauchst du noch Hilfe?«

Fiona kicherte. »Mach, dass du rauskommst! Oder soll ich dich bis zum Café begleiten?«

»Schon gut!«, wehrte Lucy ab. »Dann bis morgen!« Sie drückte Fiona zum Abschied einen Kuss auf die Wange. »Danke!«

Auf dem Weg zu ihrer Verabredung musste sie sich immer wieder ermahnen, nicht zu schnell zu laufen. Geduldig zu schlendern war nicht ihre Stärke, besonders wenn sie wusste, das etwas bevorstand. Und davon war sie mittlerweile überzeugt.

Als sie das Café betrat, raste ihr Puls und ihr Herz fuhr zur Höchstform auf. Da alle Tische belegt waren, brauchte sie eine Weile, um Ethan zu entdecken. Er hatte tatsächlich einen Tisch in einer Ecke ergattert und hob die Hand, um auf sich aufmerksam zu machen.

Lucy schlängelte sich durch die Menge, dann hängte sie ihre Jacke über die Stuhllehne. »Hi«, sagte sie und hörte, wie kieksig ihre Stimme klang.

»Hallo Lucy, schön, dass Sie gekommen sind«, begrüßte sie Ethan mit souveränem Tonfall. Dabei lächelte er.

War er denn überhaupt nicht nervös, fragte sich Lucy. Um ihre Anspannung zu überspielen, schaute sie sich im Café um.

»Ich hoffe, es sagt Ihnen zu?«, fragte Ethan. Er winkte die Bedienung heran.

Das war zum Beispiel etwas, das sie nie gekonnt hätte. Sie hätte immer gewartet, bis die Bedienung auf sie aufmerksam geworden wäre. Aber es imponierte ihr.

»Mögen Sie Kuchen?« Ethan schaute sie fragend an.

So wie ihr Magen rebellierte, würde sie wahrscheinlich keinen Bissen runter bekommen. Sie schüttelte den Kopf. »Ein Milchkaffee wäre prima.« Ihre Stimme hatte sich noch nicht wirklich gefangen.

Ethan bestellte zwei Milchkaffee und wandte sich wieder Lucy zu. Er holte tief Luft, räusperte sich und lächelte schief.

Aha, wenigstens fiel es ihm auch nicht ganz so leicht, hier mit ihr zu sitzen.

»Meinen Sie, wir könnten du sagen?«, platzte Ethan heraus. Dabei zog er die Stirn nach oben, was ihn unsicher wirken ließ.

»Aber ich bin Ihre Krankenschwester«, antwortete sie. Sie war sich wirklich nicht sicher, ob sie es gut fand.

»Wenigstens für dieses Gespräch, geht das?«

Lucy spürte, was auch immer jetzt kam, es würde persönlich werden. Ein mulmiges Gefühl breitete sich in ihr aus. Trotzdem nickte sie.

Als der Milchkaffee vor ihnen stand, räusperte sich Ethan noch einmal. »Du wirst dich sicher wundern, warum ich das hier so offiziell mache. Um ehrlich zu sein, wundere ich mich selber über mich. Und ich hoffe sehr, dass ich dir alles erklären kann.« Er hielt inne und wartete anscheinend auf ein Zeichen von ihr.

Als Lucy aufmunternd nickte, sprach er weiter.

»Also, es gibt drei Sachen, die ich dir sagen möchte. Fangen wir mit dem Dienstlichen an. Deine Brandrede während unseres Ausflugs nach Sassnitz hat mir mächtig imponiert. Ich finde deine Ideen kreativ, aber vor allem auch wirklich umsetzbar, wenn es denn gewünscht wird. Dass das dein großes Problem ist, habe ich auch verstanden. Wer hört schon einer Krankenschwester zu? Und bitte, versteh mich nicht falsch, ich höre dir sehr gerne zu. Du weißt, was ich meine.«

Wieder wartete er auf ein Zeichen von Lucy. Diesmal dauerte es etwas länger, bis sie nicken konnte. Sie spürte ein Ziehen in der Herzgegend. War sie jetzt enttäuscht, weil er über die Klinik anstatt über etwas Privates sprach?

»Jetzt muss ich doch Punkt zwei schon mit ins Spiel bringen, bevor ich dir weitere Erklärungen geben kann. Seitdem ich dich kenne und mehr über dich weiß, kann ich auch in meinem Leben etwas geraderücken. Du bist so eine unglaubliche Frau! Hast deinen Mann verloren, ziehst deine Tochter alleine groß, kämpfst dich mit wenig Geld durchs Leben. Das vermute ich jetzt mal. Und bist zu allen immer freundlich, hast für alle ein offenes Ohr. So jemandem bin ich noch nie begegnet.«

Lucy lag auf der Zunge, dass sie ja Hilfe von Naima

hatte. Andererseits tat es auch gut, das mal von einem Fremden zu hören. Irgendwie stimmte es ja auch. Aber war das etwas Besonderes? Es gab doch viele Menschen, die in ähnlicher Lage steckten.

»Durch deine liebevolle Art, trotz der ganzen Umstände, ist mir aufgefallen, was in meinem Leben bisher falsch gelaufen ist.« Ethans Stimme hatte sich verändert. Er sprach leiser und wirkte schwächer. »Als du mich auf meinen Namen angesprochen hast, ist bei mir eine Sicherung durchgebrannt. Weißt du, meine Mutter legt immer ganz viel Wert auf oberflächliche Dinge. Mein Name und der meiner Geschwister gehört dazu. Ethan, William und Hazel van Holt. Klingt nobel, was? Ist aber alles nur Schein. Sie hat es sogar geschafft, dass mein Vater seinen Namen geändert hat, obwohl er ja der Erbe der Brauerei Hintermüller ist. Wenigstens hatten da noch andere was zu sagen und die Brauerei heißt immer noch wie in langer Familientradition. Wir hatten als kleine Kinder eine Nanny, mussten schon mit fünf in eine Privatschule, durften keine Noten schlechter als zwei mit nach Hause bringen und so ging das weiter. Freunde waren nur gut genug, wenn deren Eltern Ärzte oder Anwälte waren. Ich durfte nicht mal zum Fußballtraining in unserer Nähe gehen, weil ihr der Verein zu popelig war. Es hätte Bayern München sein müssen, aber darauf hatte ich keine Lust. Ich wollte doch einfach nur kicken.«

Eine narzisstische Mutter steckt hinter seinen psychischen Problemen, schoss es Lucy durch den Kopf. Das hörte sich ja alles gruselig an. Doch bevor sie etwas sagen konnte, rasten ihre Gedanken weiter. Sie erinnerte sich daran, wie sie sich in ihren Träumen dem Mann am Strand genähert hatte und wie sehr sie seine Verletzlichkeit und die Trauer berührt hatten. Jetzt, wo sie wusste, dass es Ethan war und nun auch den Grund erfahren hatte, traf sie das Gefühl um so mehr.

»Tja, jetzt könntest du fragen, warum ich das alles so lange mitgemacht habe. Das weiß ich auch nicht. Manchmal war unsere Mutter liebevoll zu uns, überschüttete uns förmlich damit, nur um im nächsten Moment wieder auszuteilen. Du kennst doch bestimmt das Sprichwort von Zuckerbrot und Peitsche. Das passt perfekt. Schon von klein auf habe ich mich nach den liebevollen Gesten gesehnt. Auch wenn ich jetzt weiß, dass es die nur in Verbindung mit Bedingungen gab. Ich dachte eben, so funktioniert Liebe.« Er zuckte entschuldigend mit den Schultern. »Meine Geschwister haben irgendwann die Kurve gekriegt und sind ins Ausland verschwunden. Als Jüngster bin ich übrig geblieben und es war klar, dass ich die Brauerei irgendwann übernehmen sollte. Das hieß aber auch, dass ich täglich mit meinen Eltern zu tun haben würde.« Er nahm einen Schluck Kaffee und verzog das Gesicht. »Kalt«, murmelte er.

»Und dein Vater konnte euch nicht helfen?«, nutzte Lucy die Pause für eine Frage.

Ethan schüttelte den Kopf. »Mein Vater ist ein lieber Kerl. Der hätte alles für uns gemacht, wenn er gedurft hätte. Dafür hat er eben dann alles für meine Mutter gemacht. Neben ihr hat keiner eine Chance.«

Da Ethan nicht weitersprach, sondern aus dem Fenster schaute, versuchte Lucy ihre Gedanken zu ordnen. Sie hatte schon von einigen Fällen gehört, in denen es narzisstische Familienmitglieder gab. Das war oft sehr schwierig für den Rest der Familie. Aber so direkt hatte sie noch nie jemanden kennengelernt. Jetzt wurde ihr auch klar, warum er so widersprüchlich reagierte und man nie wusste, in welcher Gemütsverfassung er sich befand.

»Und das ist dir alles hier in der Klinik erst bewusst geworden?«, fragte sie vorsichtig nach.

Ethan blinzelte, als wäre er mit seinen Gedanken weit weg gewesen. »Meine Geschwister haben sich schon vor Jahren von unserer Mutter lösen können. Ich habe sie ewig nicht gesehen. Vor ein paar Wochen bin ich meiner Schwester unverhofft in München über den Weg gelaufen. Ich war total erstaunt und habe sie gefragt, wann sie denn mal zuhause vorbeikommt. Daraufhin hat sie alles stehen und liegen gelassen und ist mit mir in einem Park spazieren gegangen. Hier hat sie mir erzählt, wie es ihr damals mit unserer Mutter ging und wie sie jetzt endlich ihr Leben wieder im Griff hat. William scheint das ebenso durchgemacht zu haben und lebt nun glücklich in Südamerika. Schon während Hazel gesprochen hat, habe ich gemerkt, wie etwas in mir zusammenbrach, was ich lange ignoriert habe. Danach war nichts mehr wie vorher. Ich habe mit Hazel Kontakt gehalten und sie hat mir den Klinikplatz hier organisiert. Obwohl ich schon in einigen Kliniken zu Gast sein durfte, war das unserer Mutter natürlich gar nicht recht. Schließlich hatte sie es nicht angeordnet. Und eine offizielle psychische Erkrankung passt nicht in ihr perfektes Weltbild.«

Daher der Perfektionismus, dachte Lucy. »Dann hattest du doch die Erkenntnis schon einige Wochen vor dem Klinikaufenthalt. Inwiefern spiele ich da eine Rolle?«

»Es ist schön, dass du nachfragst«, begann Ethan nach einer Weile wieder. Er lächelte sie mit strahlenden Augen an.

Eine warme Welle durchflutete Lucys Körper. Sie räusperte sich und nickte ihm aufmunternd zu.

»Das mit dem Lösen ist gar nicht so einfach. Ich habe es versucht, doch sobald meine Mutter anrief, bin ich in alte Muster verfallen. Dann war ich wieder der kleine Junge, der alles brav nach Anweisung tat. Aber das wollte ich nicht mehr. Ich bin fast dreißig und möchte mein eigenes Leben leben. Und dann kamst du. Mit deiner fröhlichen Art, dem liebevollen Umgang und deinem entwaffnenden Lachen hast du mich einfach umgehauen. Ich wollte das nicht, ehrlich. Und als du mir dann noch erzählt hast, dass du eine kleine Tochter hast, hatte ich immer dich vor Augen, wenn meine Mutter wieder an mir ziehen wollte. Sie hat es seit zwei Wochen nicht mehr geschafft. Im Grunde nach unserem vermaledeiten Ausflug, auf den ich mich übrigens sehr gefreut hatte.«

Lucy schwirrte der Kopf. Wie hatte er sie bezeichnet? Das klang ja fast wie eine Heilige. Aber was der Arme auch alles durchgemacht haben musste! Wie konnte das ein Kind aushalten? Ihre ambivalenten Gefühle zerrissen sie fast. Sie musste hier raus und sich bewegen. »Wollen wir runter zum Strand gehen und ein Stück laufen?«

Nachdem Ethan zugestimmt und bezahlt hatte, schlenderten sie durch den Ort, um etwas weiter entfernt vom Klinikgelände am Strand spazieren zu gehen.

»Das tut mir wirklich leid«, brach Lucy schließlich das Schweigen. »Das war bestimmt nicht leicht für dich. Umso schöner, dass du jetzt anscheinend einen Weg in deine Freiheit gefunden hast.« Sie blieb stehen und wartete darauf, dass er sie ansah. »Was war jetzt mit deinem Punkt 1?« Nach Punkt 3 traute sie sich kaum zu fragen.

»Ja, das ist jetzt vielleicht nicht die schönste Geschichte«, wand sich Ethan. Doch dann straffte er seine Schultern und forderte sie mit einer Geste auf weiterzulaufen. »Die Kurzfassung ist: Du hast mich mit deinem Klinikkonzept total überzeugt. Und da ich wusste, dass die Klinik händeringend einen neuen Investor sucht, habe ich mir das Geld von meinen Eltern, sagen wir mal, erbeten.«

»Du hast sie erpresst?«, war Lucys erster Gedanke.

»Gut kombiniert, könnte man vielleicht auch so sehen. Aber eigentlich habe ich mir nur das erbeten, was mir zusteht. Meine Geschwister hatten bei ihrem

Auszug auch ihren Erbanteil bekommen, ich sollte ja die Brauerei übernehmen. Wie du dir jetzt vorstellen kannst, hatte ich dazu noch nie Lust. Nur war mir das bis vor kurzem nicht bewusst. Letzte Woche habe ich endlich mal wieder mit meinem Vater allein telefonieren können und ihm gesagt, was ich vorhabe und dass ich nicht in seine Fußstapfen treten möchte. Natürlich war er enttäuscht, aber so erstaunlich das auch war, er hat mich verstanden und mir versprochen, mich zu unterstützen. Dass das kein leichter Weg werden würde, war uns beiden klar, aber irgendwie hat er es hinbekommen und mir mein Erbe zugesagt. Seitdem habe ich das Gefühl, dass er etwas gutmachen möchte. Er fordert zum Beispiel jetzt immer ein, bei den Telefongesprächen dabei zu sein. Das letzte Mal, als ich allein mit meiner Mutter gesprochen habe, war das Telefonat, das du belauscht hast.«

»Hab ich nicht«, fuhr Lucy auf, beruhigte sich aber sofort wieder, als sie Ethans Grinsen sah. Sie lächelte zurück. Und zum ersten Mal hielten sie ihren Blicken stand. Bis Lucys Gedanken wieder dazwischenfuhren. »Warte mal, das heißt, du bist unser neuer Klinikchef?«

»Investor, nicht Chef. Ich habe BWL studiert und kann ein Unternehmen führen, von medizinischen

Belangen habe ich keine Ahnung. Und wie das Ganze werden wird, weiß ich auch noch nicht genau. Eigentlich möchte ich erstmal hierbleiben und stabil gesund werden. Wenn das überhaupt möglich ist.«

»Ach so, du wirst also weiter in München wohnen und spendierst uns hier quasi die Klinik.« Lucy hörte selber, wie enttäuscht sie klang. Aber so sehr sie sich auch bemühte, dagegen konnte sie nichts tun.

Wieder war Ethan stehengeblieben. »Das kommt auf einige Umstände an.«

Die Enttäuschung verwandelte sich in Herzklopfen. »Welchen Umständen?«, flüsterte Lucy.

»Hm, meinen Punkt 3 verstehe ich selber nicht so ganz.« Mit einem Mal wirkte Ethan unsicher. »So etwas habe ich noch nie erlebt, aber seitdem ich hier bin, passiert es immer wieder.«

»Was passiert?« Lucys Stimme war nur noch ein Hauch. Gleichzeitig schien ihr Herz aus der Brust springen zu wollen. Ihre Atmung raste.

»Ich träume von dir. Anfangs wusste ich nicht, dass du das bist. Ich habe immer eine Frau gesehen, die weit weg von mir war und die ich doch so sehr gespürt habe. Alles um mich herum war wunderschön und verwandelte sich, sobald ich auch nur einen neuen Gedanken hatte. Und dann habe ich dich gesehen.

Du sahst verwirrt aus, so als würdest du jemanden suchen. Das war wirklich skurril.« Er lachte kurz auf. »Das ist verrückt, oder? Vielleicht bin ich doch noch ein ganzes Stück von einer Heilung entfernt und gehöre eher in die Klapsmühle.«

Wie in Zeitlupe begann sich Lucys Welt zu drehen. Alles verzerrte sich, auch Ethans Gesicht entglitt ihr. Sie spürte starke Arme, die sie auffingen und in den Sand setzten. Dann wurde das Bild um sie herum wieder klarer.

»Lucy, was ist los? Ist dir schwindelig? Soll ich einen Arzt holen?« Ethan hockte neben ihr und schaute sie sorgenvoll an.

»Diese Energie«, murmelte sie. »Das war die gleiche Energie wie jetzt.« Diese Verletzlichkeit und Trauer, doch diesmal mischte sich noch Stärke darunter. »Du warst die ganze Zeit wirklich da?«

»Was war ich?«, fragte Ethan.

»In meinem Traum. Du warst auch in meinen Träumen. Ich hab nur die ganze Zeit gedacht, dass ich Aaron sehe. Weißt du, meinen Mann, der verschwunden ist. Ich hab mich so danach gesehnt, ihn noch einmal zu spüren. Deshalb habe ich ihn, also dich, die ganze Zeit verfolgt. Das tut mir leid! Ich wollte dich nicht erschrecken. Erst als du das eine Mal nach dem

Sturm am Strand standest, da habe ich deine Energie gespürt. Und die hat sich ganz anders angefühlt als die von meinem Mann. Das hat mich total verwirrt. Und jetzt sagst du ...« Sie wusste nicht weiter.

Ethan schaute sie verdutzt an. Er schüttelte den Kopf, während seine Augenlider flatterten, so als suchte er nach einer Antwort für eine Frage, die er nicht verstand. »In meinen Träumen hat es nicht gestürmt«, murmelte er schließlich. »Ich meine, willst du mir sagen, dass ich nicht nur von dir geträumt habe, sondern wir uns wirklich begegnet sind?«

Lucy fühlte sich, als würde sie jeden Moment wieder umkippen. Alles in ihr kribbelte voller Energie, andererseits machte sie das so schwach, dass sie sich kaum aufrecht halten konnte. Wenn das jetzt die Antwort auf all die vielen Fragen der letzten Wochen war, dann blieb nur noch eine große Frage übrig. »Warum haben wir uns im Traum getroffen?«

Als sie Ethan dabei in die Augen sah, spürte sie ein unglaublich warmes Ziehen in ihrem Herzraum. Sie entdeckte seine Ratlosigkeit über das Geschehene und gleichzeitig das verletzte Kind in ihm, das sich so sehr nach wahrer Liebe sehnte. Ohne ihren Blick von seinen Augen lösen zu können, nahm sie plötzlich wieder diese warme Decke wahr, die sich über ihre Schultern legte. Nur diesmal entstand daraus eine knisternde Energie, die sie beide zu verbinden schien. Es war, als könnte sie Ethan noch tiefer spüren, als wären seine Gefühle und Gedanken auch ihre. So, als würden sie verschmelzen.

Langsam hob Ethan einen Arm und legte seine Hand an ihre Wange. Lucy ließ ihren Kopf sanft hineinsinken. Dabei schloss sie die Augen.

∞

Augenblicklich befand sie sich wieder in ihrer Traumwelt. Herrlicher Sonnenschein ließ die Farben erstrahlen. Vom saftigen Grün der Wiesen über das bunte Treiben auf den Märkten, den schneebedeckten Bergen im Hintergrund bis hin zum türkisblauen Meer.

Sie selbst saß im Schneidersitz auf einer üppig blühenden Wiese, hörte die Insekten summen und schaute sich um. Wieder kam es ihr so vor, als könnte sie hier zwischen den Blumen, aber auch gleichzeitig am Meer oder inmitten der Menschen sein. Das hatte schon fast etwas Vertrautes. Nur zwei besondere Menschen fehlten. Sie konnte Ethan nicht entdecken und auch Jinpa war nicht da. Doch statt der Enttäuschung Raum zu geben, hielt sie an dem Wunsch fest,

Jinpa noch einmal zu sehen, um ihm die Frage nach dem Warum zu stellen.

Kaum hatte sie daran gedacht, kam er über die Wiese gelaufen. Dabei schien ihm das hohe Gras nichts auszumachen. Es sah aus, als würde er hindurchschweben. Sein ganzes Gesicht strahlte. Er lächelte sie liebevoll an.

»Hallo Lucy, schön, dass du da bist«, begann er, sobald er Lucy erreicht hatte und sich ihr gegenüber setzte.

»Hallo Jinpa, ich freu mich auch sehr, dich zu sehen«, antwortete sie leise. Irgendetwas war heute anders an ihm. Noch immer war sein Gesicht von unzähligen Falten durchzogen, sein Lächeln wie sonst auch freundlich und weise. Trotzdem wirkte er, als wäre eine große Last von ihm gefallen. Gleichzeitig schien er vor Spannung innerlich zu zittern.

»Wie geht es dir?«, fragte Jinpa.

Lucy holte tief Luft und schüttelte den Kopf. »Ich weiß es nicht. Es ist alles so durcheinander. Warum sollten Ethan und ich uns in unseren Träumen treffen? Und wieso bin ich jetzt hier? Ohne Ethan?« Sie schaute an Jinpa vorbei, als wolle sie ihre Aussage bekräftigen.

Vorsichtig nahm Jinpa ihre Hände in seine. Ein

leichter Anflug von Traurigkeit huschte über sein Gesicht. »Weil wir uns heute verabschieden müssen.«

Sofort spürte Lucy einen Stich im Herzen. Sie suchte nach Worten, um ihm zu sagen, dass sie sich weiter mit ihm in ihren Träumen treffen wollte. Dass er nicht auch noch verschwinden sollte. Aber sie fand keine. Eine unsichtbare Barriere ließ diese Worte nicht zu.

Jinpa drückte ihre Hände sanft und lächelte wie gewohnt herzlich. »Keine Angst, du kennst diesen Abschied schon. Und ich weiß, dass du jetzt gut damit umgehen kannst.«

»Was meinst du damit?«, flüsterte Lucy. Eine zarte Ahnung flammte auf.

»Kannst du dich noch daran erinnern, was ich in einem deiner Träume zu dir gesagt habe?« Bevor Lucy antworten konnte, sprach Jinpa weiter. »Ich hatte dir versprochen, dass sich manche Antworten erst zeigen, wenn du bereit dafür bist, auch wenn diese schon lange in dir geschlummert haben.«

Lucy nickte. Daran konnte sie sich entsinnen.

»Sehr schön! Dann erzähle mir, wen siehst du vor dir?«

Irritiert blinzelte Lucy. »Na dich«, platzte sie heraus und kam sich selber komisch mit der Antwort vor.

»Beschreibe mich, bitte.«

Sie streckte ihren Rücken und fühlte sich ein bisschen wie in einer Schule. Nur Jinpas strahlende Augen ermunterten sie, weiterzumachen.

»Okay, du bist wahrscheinlich schon ziemlich alt, hast viele Falten im Gesicht. Dein Lächeln ist immer freundlich und deine Augen strahlen. Ich bin gern mit dir zusammen.« Der letzte Satz war Lucy wichtig, auch wenn er Jinpa nicht beschrieb.

»Vielen Dank, das freut mich sehr!«, lachte Jinpa leise. »Das waren also deine Gedanken, die mein Äußeres beschrieben haben. Was sieht dein Körper?«

»Mein Körper?«, fragte Lucy verständnislos.

Jinpa nickte nur lächelnd.

Also bemühte sich Lucy, eine Antwort zu finden. Vielleicht hatte es etwas damit zu tun, wie ihr Körper auf seine Anwesenheit reagierte. Als Jinpa wieder nickte, forschte sie nach. »Ich sitze ganz entspannt neben dir, das fühlt sich gut an. Also ich meine, mein Körper hat keine Schmerzen und kann irgendwie loslassen. Meinst du das?«

Jinpas Nicken blieb.

»Ich habe das Gefühl, dass ich freier atmen kann. Und ich kann auch besser sehen, weiter in die Ferne sehen. Ja, ich würde sagen, mein Körper hat zwar keine Augen, aber er signalisiert mir, dass von dir keine Gefahr ausgeht und er sich deshalb in deiner Gegenwart geborgen fühlt.«

»Das ist sehr schön, liebe Lucy! Und was sehen deine Gefühle?« Als wäre Jinpa diese Frage besonders wichtig, wirkte sein Blick noch tiefer auf Lucy.

Lucy atmete tief ein und aus. Sie spürte plötzlich, dass diese Frage die entscheidende war. Oder als würde sie danach endlich verstehen. Also konzentrierte sie sich auf ihr Innerstes. »Deine Energie hat sich gerade verändert«, begann sie mit dem intensivsten Gefühl. »Und natürlich wollen meine Gedanken wissen, warum das so ist.«

Diesmal wiegte Jinpa den Kopf hin und her. »Gehe in das Gefühl, liebe Lucy. Dann siehst du viel mehr.«

Eigentlich hätte Lucy jetzt gerne die Augen geschlossen, aber eine tiefe Kraft hielt sie zurück. Sie nahm all ihren Mut zusammen und versuchte, Jinpas Blick standzuhalten. Worum ging es eigentlich? Sie sollte unter die Oberfläche schauen, weil es nicht so aussah, wie es schien. Jinpas blaue Augen hatten die Farbe des Meeres im Sonnenlicht. Lucy tauchte hinein in sein Universum, ließ sich tiefer fallen. Sie folgte ihren Gefühlen. Verwunderung, Neugierde, Angst, Zuversicht und ... Erschrocken schnappte sie nach

Luft. Was war das? Da Jinpa sich nicht rührte, sondern sie einfach weiter freundlich anschaute, nahm sie noch einmal allen Mut zusammen und folgte wieder dem Sog, der von seinen Augen ausging. Schnell war sie an der Stelle angekommen, die sie so erschreckt hatte. Diesmal blieb sie und nahm das Gefühl in sich wahr. Vertrautheit! So, als würde sie Jinpa ganz genau kennen. Kaum hatte sie das Gefühl verinnerlicht, tauchte ein noch viel mächtigeres auf. Kein Gefühl konnte stärker sein. Liebe! Sie empfand unendliche Liebe für diesen Mann, der vor ihr saß. Und nun wusste sie auch, warum sie sich in seiner Gegenwart immer so wohl gefühlt hatte.

»Aaron«, flüsterte sie. Tränen liefen über ihre Wangen.

»Ja, mein Schatz, ich bin hier«, antwortete Aarons Stimme.

»Aber wie geht das? Du bist doch tot? Oder bist du nicht?« Lucy brachte die Worte kaum heraus.

»Doch, das bin ich. Aber deine Sehnsucht hat mich noch einmal in deine Träume geholt. Hier in Shambhala konnten wir uns treffen.«

Lucy seufzte. Wie sehr hatte sie seine rauchige Stimme vermisst, die sich immer anhörte, als würde er lächeln. »Wieso durfte ich dich dann die ganze Zeit nicht sehen? Warum bist du mir als der alte Mann erschienen?«

»Weil ich mir gewünscht habe, dass du endlich den Gedanken loslassen kannst, dass ich noch am Leben sein könnte. Wäre ich mit Aarons Gestalt in deinen Träumen erschienen, hättest du noch viel mehr an ein Zeichen geglaubt und nie wieder in dein Leben gefunden. Aber das musst du, liebe Lucy, für dich und auch für unsere Tochter.«

Ein tiefer Schluchzer rüttelte an Lucys Körper. »Und warum Ethan? Was hat er damit zu tun?«

Jetzt begann Aaron zu glucksen. »Ich kenne dich doch, meine Liebe. Du brauchst einerseits die Herausforderung, andererseits möchte die Mutter Teresa in dir alle Menschen retten. Er passt einfach zu gut zu dir. Oder was meinst du?«

»Ach, Aaron, wir können doch jetzt nicht über einen neuen Mann für mich sprechen, wenn wir so nahe beieinander sind. Das fühlt sich so falsch an.«

»Mein Schatz, denke daran, dass ich nicht mehr auf der Erde bin. Wir können diesen Moment hier genießen, aber dann geht dein Leben weiter – ohne mich. Und ich wünsche mir nichts sehnlicher, als dass du wieder in einer glücklichen Beziehung bist und auch Stella nicht ohne Vater aufwachsen muss. Lucy, ich werde immer bei dir sein. Du wirst mich spüren können, aber ich möchte nicht als Keil zwischen dir und dem Leben stehen. Deshalb bitte ich dich, gib dein Herz wieder frei. Genieße die Liebe, die für dich bestimmt ist. Dich umstrahlt ein wunderschönes Licht. Lass es leuchten und beglücke damit auch die Menschen in deinem Umfeld.«

Plötzlich spürte Lucy seine Umarmung. Sie atmete Aarons Duft ein und fühlte seine warme Haut auf ihrer.

»Ich liebe dich, mein Lucy-Schmetterling! Flieg endlich wieder los und folge deinen wahren Träumen!«

»Ich liebe dich, Aaron! Ich werde dich nie vergessen! Danke für alles!«

∞

Eine leichte Brise kitzelte ihre Nase. Vorsichtig öffnete Lucy die Augen. Noch immer lag ihre Wange in Ethans Hand gebettet. Lächelnd schaute er sie an.

»Oh, entschuldige, war ich lange weg?«, fragte sie und blinzelte gegen die Sonne an.

»Lange weg? Nein, wieso?« Ethan zog seinen Arm zurück.

Sie saßen immer noch im Sand am Ende der Bucht. Es kam Lucy so vor, als könnte Ethan seinen Blick nicht von ihr wenden. Auch entdeckte sie viele Fragezeichen in seinen Augen.

»Wir könnten auch sagen, dass höhere Mächte im Spiel waren, weswegen wir uns in unseren Träumen getroffen haben. Vielleicht sollten wir uns einfach begegnen. Und da sich das im normalen Leben etwas schwierig anließ, musste es eben so sein. Was meinst du?« Lucy griff nach Ethans Hand.

Ethan schien das Gesagte sacken lassen zu müssen. Verschiedene Emotionen tanzten auf seinem Gesicht und verschwanden wieder. Dann kehrte Ruhe ein und er lächelte breit. »Ich glaube ja nicht wirklich an so etwas, aber irgendwie klingt es auch tröstlich, dass es Mächte gibt, die zu unserem Wohl über uns wachen. Und wenn die uns zusammengeführt haben, dann will ich das mal nicht anzweifeln.« Er drückte Lucys Hand.

»Wollen wir es also auch mal außerhalb unserer Träume miteinander probieren?«, fragte Lucy. Noch fühlten sich Ethans Nähe und ihre Gedanken ungewohnt an. »Im Moment bist du allerdings mein Patient. Das heißt, ab jetzt bringe ich dich persönlich zu jeder Therapiestunde«, legte sie schnell nach, um sich aus der Befangenheit zu lösen.

Ethan lachte laut auf. »Unbedingt! Dabei kann ich doch gleich für unser gemeinsames Klinikprojekt recherchieren. Inkognito quasi.« Während er sich vom Sand erhob, zog er Lucy mit sich.

So standen sie direkt voreinander. Kurz flimmerte die Erinnerung an Aaron in Lucy auf. Sie fühlte seine Nähe und doch löste sich gleichzeitig ein riesiger Stein von ihrem Herzen und schien Platz für etwas Neues zu machen. Eine neue Liebe? Wer wusste das schon?

Zaghaft hob Lucy ihren Kopf. Sie sah Ethans dunkle Augen, die sie liebevoll betrachteten, spürte seine Arme um ihren Körper und endlich auch seine Lippen auf ihren. Wenn sich so das neue Leben anfühlte, wollte sie gerne mehr davon.

Ein Jahr später

»Frau Schneider, das freut mich sehr, dass es Ihnen schon so viel besser geht«, sagte Lucy freundlich und legte der Dame mittleren Alters die Hand auf den Unterarm. »Aber bevor Sie abreisen, kommen Sie sich noch verabschieden, ja?«

Nachdem auch die letzte Patientin am späten Vormittag das Schwesternzimmer verlassen hatte, atmete Lucy auf. Sie angelte nach ihrer Wasserflasche im Rucksack und schob sich neben Nils an die Fensterbank.

»Puh, war ganz schön was los heute«, stöhnte sie, dabei nahm sie den ersten Schluck.

»Du sagst es!« Nils nippte an seinem Kaffee. »Aber irgendwie sind doch alle zufriedener als früher. Jedenfalls hatten wir schon lange keinen richtigen Motzer mehr.«

Lucy kicherte.

»Ich könnte heute aber motzen«, rief Conny aus dem Nachbarzimmer. »Dieses neue Computerprogramm macht mir noch graue Haare.«

Nils fiel in Lucys Kichern ein. »Noch mehr?«, flüsterte er augenzwinkernd.

»Das hab ich gehört, liebster Kollege.« Conny hatte ihre Stimme angehoben, trotzdem hörten sie ein Lächeln darin.

»Das war echt spannend! Ihr habt was verpasst!«, rief Fiona, sobald sie die Tür aufgerissen hatte und ins Zimmer gestürmt kam. »Lucy, du hättest dabei sein sollen. Wer hat das mal gesagt, dass das Alte viel Getöse beim Sterben macht, während das Neue schon längst da ist?« Sie ließ sich auf den Schreibtischstuhl fallen und strahlte.

»Eckhart Tolle hat das so ähnlich formuliert«, antwortete Conny, die jetzt im Türrahmen erschien.

»Kann sein«, plapperte Fiona weiter. »Ihr könnt euch ja vorstellen, dass der Ärzteschaft nicht alle unsere Vorschläge gefallen haben. Wenn die wüssten, dass wir so vieles davon schon anwenden. Ständig wollten sie wissen, wie sie das denn umsetzen sollten, was das alles kostet und wie viel zusätzliches Personal man dafür bräuchte.« Fiona griff nach Lucys Wasserflasche und nahm einen großen Schluck. »Aber ... Ethan hat auf alle Fragen souverän geantwortet. Und er konnte so viele Beispiele bringen, da er unseren Klinikalltag ja im letzten Jahr hautnah miterlebt hat. Das war klasse! Ich fand aber auch gut, dass er immer wieder betont hat, dass die Arbeit der letzten Jahre nicht schlecht gewesen war, sondern dass es einfach Zeit für ein moderneres und ganzheitliches Konzept wird. Das hat die Belegschaft natürlich beruhigt. Und wisst ihr was? Als Frau Weiland ihre Rede gehalten hat, war es mucksmäuschenstill im Konferenzraum. Ihr wisst ja, dass sie die Menschen begeistern kann. Das hat sie auch heute wieder geschafft. Und die Idee mit ihrem ehrenamtlichen Team kam gut an. Also ...« Sie reichte Lucy die Flasche zurück. »Ich bin echt gespannt, wie es hier weitergeht. Und ich bin wirklich froh, dass wir ein Team bleiben.« Nils und sie klatschten sich ab.

In dem Moment klopfte es an der Tür. Conny, die am nächsten stand, öffnete mit dem Drücker.

»Ah, ich sehe, ihr seid schon bestens informiert.« Ethan zog die Tür hinter sich zu und strahlte in die Runde, bis sein Blick an Lucy hängenblieb. »Ich dachte, ich könnte dich zum Fischbrötchen am Hafen entführen?«

Bei Ethans Anblick machte Lucys Herz einen Hüpfer. Hoffentlich begannen ihre Wangen nicht wieder zu glühen, so wie jedes Mal, wenn sie sich begegneten. Sie drehte ihren Kopf von den Kollegen weg, um ihr Gesicht zu verbergen, und zog ihr Handy aus der Tasche. »Mittagspause ist erst in zehn Minuten.«

»Na, macht euch mal auf den Weg. Wir kommen alleine zurecht.« Conny nickte fröhlich.

»Schöne Mittagspause, Lucy. Herr van Holt ...« Nils verbeugte sich leicht.

»Du hast schon tolle Kolleginnen«, begann Ethan, als sie das Klinikgelände verlassen hatten und den ersten Sand unter den Füßen spürten. »Und Nils ist sowieso eine Klasse für sich.« Dabei imitierte er ihn und verbeugte sich vor Lucy.

Lachend knickste Lucy zurück.

»Obwohl ich dich viel lieber an meiner Seite hätte. Noch ist die Stelle frei und ich mag sie auch gar nicht mit jemand anderem besetzen.« Ethan zog Lucy an sich und legte einen Arm um ihre Schultern.

»Ich weiß, mein Lieber, aber ich werde meine Meinung nicht ändern. In so einer Chefetage fühle ich mich irgendwie fehl am Platz. Ich möchte doch mit den Menschen arbeiten und für sie da sein. Jetzt erst recht, wenn wir einiges von unserem Konzept umsetzen können. Da eröffnen sich völlig neue Welten. Das möchte ich nicht verpassen. Außerdem wird doch sowieso schon über uns geredet. Was meinst du, was los wäre, wenn wir auch noch gemeinsam das Sagen hätten! Ist doch schön, dass Fiona als Vertreterin des Pflegepersonals an den Sitzungen teilnehmen kann. Und ich bin eben die gute Fee im Hintergrund. Keine Angst, ich werde dir schon auf die Nerven gehen, wenn mir was im Klinikalltag nicht gefällt.«

Ethan seufzte theatralisch. »Einen letzten Versuch war es wert. Und solange du dich nicht neben mir fehl am Platz fühlst, ist ja alles gut.«

»Da sind ja meine Turteltäubchen«, fuhr plötzlich eine Stimme dazwischen.

Erschrocken zuckte Lucy zusammen. »Mensch Fedder, dass du dich immer so anschleichen musst!«

»Schleichen kann ich schon seit Jahrzehnten nicht mehr. Schau dir doch mal meinen Gang an, der ähnelt doch eher einem Seebären, was?« Sein dröhnendes Lachen schallte über den ganzen Hafen hinweg. »Ich kann euch übrigens heute die ...«

»Fischsuppe empfehlen«, beendeten Lucy und Ethan Fedders Satz.

»Ah, ich sehe, langsam kommt ihr dahinter, ihr Landratten.« Über das ganze Gesicht grinsend zwinkerte er den beiden zu und sprach einen Urlauber an, der sich unschlüssig im Kreis drehte.

»Wie kann man dir denn weiterhelfen? Das hier ist ein Hafen, kein Karussell.«

»Dann lassen wir uns mal die Fischsuppe schmecken«, sagte Ethan lachend und zog Lucy mit sich.

»Meinst du, Fedder merkt das, wenn ich mir heute mal nur ein Fischbrötchen gönne?«, fragte Lucy glucksend.

Später saßen sie gemeinsam an einem Tisch mit Blick Richtung Kap Arkona und genossen die wärmenden Sonnenstrahlen.

»Sag mal, wollen wir heute Abend nach dem neuen Fußboden schauen? Ich habe mir Muster schicken lassen. Ist echt schickes Parkett dabei, aber noch kenne ich ja deinen Geschmack nicht.« Ethan schob den Teller beiseite und lehnte sich zufrieden zurück.

»Warum nicht? Dann muss ich nur Naima Bescheid geben, dass ich später heimkomme. Sie und Stella basteln ja schon fleißig an Stellas Schultüte. Da würde ich mit meinen zwei linken Händen sowieso nur stören.«

Entspannt lehnte sich Lucy an Ethan und nahm seinen Duft in sich auf. Noch immer staunte sie über die ganzen Veränderungen in ihrem Leben. Schon während Ethans Aufenthalt in der Klinik im letzten Jahr hatten sie begonnen, die Insel gemeinsam zu erkunden und waren sich dabei vorsichtig näher gekommen. Lucy hatte es als angenehm empfunden, dass Ethan sie zu nichts drängte. So konnte sie sich nach und nach an einen neuen Mann in ihrem Leben gewöhnen. Und Stella schließlich auch.

Als Ethan dann die Klinik im Herbst verlassen konnte, war noch einmal ein ängstliches Gefühl vor dem Neuen in Lucy aufgestiegen. Für Ethan war es wichtig, ein klärendes Gespräch mit seinen Eltern zu führen. Sogar seine Schwester konnte er dafür gewinnen, ihn zu unterstützen. Erst danach war klar, dass er endgültig auf die Insel Rügen ziehen wollte.

Doch wohin? Wie weit waren sie in ihrer Beziehung? Lucy wusste nur eines, sie wollte nicht, dass er mit in Dranske in die Wohnung zog. Das hätte sie noch immer nicht übers Herz gebracht. Und irgendwie passte es auch nicht.

Wie immer hatte Fiona eine super Idee, mit der alle leben konnten. Also war Ethan in Lucys Obergeschosswohnung im Haus ihrer Eltern in Putgarten gezogen. Dort hatten sie zu dritt ein wunderschönes Weihnachtsfest verbracht und später sogar Besuch von Naima, Fiona und ihren Eltern bekommen. Alles hatte sich so richtig angefühlt. Selbst dann noch, als sie in der Neujahrsnacht in den Sternenhimmel geschaut und Aaron einen lieben Gruß geschickt hatte.

Vor ein paar Wochen, als sie überlegt hatte, die Ferienwohnung im Erdgeschoss wieder für die Sommergäste herzurichten, hatte Ethan sie gefragt, ob sie nicht den nächsten Schritt gehen und zusammenziehen wollten.

Lucy ahnte, dass ihr der Auszug aus der Dransker Wohnung, die sie damals mit Aaron gefunden hatte, nicht leicht fallen würde. Andererseits spürte sie auch, dass sie jetzt bereit dafür war. Blieb nur noch eine Sache zu erledigen.

Als Ethan sie am frühen Abend mit dem Auto nach Dranske fuhr, wurden sie schon von Stella erwartet.

»Wann kommt ihr denn endlich? Wir wollen doch ein Picknick am Strand machen.«

Lucy gab ihrer Tochter einen Kuss und schaute Naima lächelnd an. »Das passt gut, wir müssen euch nämlich was erzählen.«

Sie nahm die Picknickdecke und Ethan griff nach dem Korb mit allerlei Leckereien. Stella hopste neben ihm her und erzählte ihm die neuesten Erlebnisse aus dem Kindergarten.

»Lass mich raten«, begann Naima, die sich bei Lucy untergehakt hatte. »Ihr wollt zusammenziehen.«

»Woher weißt du das? Nicht von Stella, der habe ich noch nichts erzählt.«

»Hey Süße, erinnere dich ... meine Glaskugel«, antwortete Naima kichernd.

»Von wegen Glaskugel«, fiel Lucy ein.

»Na ja, das ist diesmal wirklich nicht schwer zu erraten. Ethan wohnt doch sowieso schon in deinem Elternhaus. Und jetzt, wo Stella bald in die Schule kommt, wäre es doch Quatsch, noch hier zu wohnen. In Putgarten habt ihr einen herrlichen Garten, Fiona wohnt in der Nähe, der Weg zur Arbeit wird einfacher für dich, wenn du mit ihr oder Ethan fahren kannst und keinen Bus mehr brauchst und Stellas Schulweg ist ähnlich weit wie von hier.« Naima drückte Lucys Arm.

Ein Seufzer entfuhr Lucys Kehle. »Aber du bist nicht mehr in meiner Nähe«, flüsterte sie.

»Ach was, du ziehst ja nicht nach Brasilien oder so. Ich habe ein Auto und kann Stella auch nach der Schule abholen, wenn du mal meine Hilfe brauchst. Außerdem ist sie groß genug, alleine mit dem Bus zu mir zu kommen.«

»Wohin soll ich alleine mit dem Bus fahren?«, fragte

Stella dazwischen, gerade als sie den Strand am Campingplatz erreicht hatten. Sie schaute Naima mit großen Augen an.

Lucy beugte sich nach unten und nahm ihre Tochter in den Arm. Dann erzählte sie ihr von ihren Umzugsplänen.

Stella hatte die ganze Zeit aufmerksam zugehört. Eine ganze Weile schaute sie ihre Mama an und Lucy sah, wie es in ihrem kleinen Kopf ratterte. »Das ist schön und nicht so schön«, begann Stella schließlich.

»Was ist denn schön?«, fragte Lucy.

»Na, dass Ethan auch dort wohnt. Sind wir dann wie eine richtige Familie?«

Lucy holte tief Luft und lächelte, dann nickte sie.

»Aber Naima ist dann ganz alleine hier«, schob Stella betrübt nach.

Als hätte Naima nur darauf gewartet, rief sie Stella zu: »Mein kleiner Engel, um mich musst du dir keine Sorgen machen. Ich bin manchmal ganz gerne alleine. Und außerdem habe ich doch schon Ideen, wie wir uns so oft wie möglich sehen können. Willst du die hören?«

Stella schlang noch einmal ihre Arme um Lucys Hals und drückte ihrer Mama einen Kuss auf die Wange. Dann hüpfte sie zu Naima. Hand in Hand machten sie sich auf den Weg zu ihrem Lieblingsstrandabschnitt.

Erleichtert atmete Lucy auf. Sie folgte den beiden bis zum Meeressaum und hielt nach Ethan Ausschau. Er hatte sich auf einen der Felsen gesetzt und schien mit geschlossenen Augen die Abendsonne zu genießen.

Bei dem Anblick wurde es Lucy ganz warm ums Herz. Manchmal konnte sie nicht glauben, dass das Leben noch eine zweite große Liebe für sie bereitgehalten hatte. Und sie war heilfroh, dass sie das Angebot annehmen konnte.

Glücklich ließ sie ihren Blick über die sich allmählich orange färbende Wasseroberfläche gleiten. Sie fühlte die tiefe Verbundenheit zum Meer, so als könnte sie Aaron in jedem Wassertropfen spüren.

»Träumst du wieder?«, hörte sie eine warme Stimme sagen. Unbemerkt war Ethan hinter sie getreten und schlang seine Arme zärtlich um ihre Schultern.

»Ja, aber diesmal ist es ein Tagtraum, der hoffentlich nie vergeht.« Lucy drehte sich in seinen Armen um und schmiegte sich zufrieden lächelnd an ihn.

Danke

Am Anfang waren die Träume. Nachdem aus ihnen Romanideen wurden und ich die erste mit »Zwischen uns der Tag« aufgeschrieben hatte, waren noch viele Menschen bis zur Veröffentlichung des Buches beteiligt. Euch allen danke ich von Herzen, denn ohne euch wäre es immer noch nur eine Geschichte auf Papier.

Danke an

∞ Holm, der mich geduldig während unserer Recherchereise auf Rügen begleitet und manche Schauplätze auch dreimal mit mir besucht hat.

∞ meine Tochter Eveli, die schon bei der Entstehung der Geschichte dabei war.

∞ Nettl, die mir einiges über einen Klinikalltag erzählen konnte.

∞ meine Vorab-Testleserinnen Sylke, Anett und Nettl, die mir das ersten Daumen hoch geschickt, mich aber auch rücksichtsvoll auf gewisse Schwächen in der Geschichte hingewiesen haben.

∞ meine Lektorin Dorothee Winterling, mit der ich wieder viel Spaß beim Überarbeiten hatte. Besonders dann, wenn wir über meine witzigen Wortkreationen diskutiert haben.

∞ meine Coverdesignerin Anne Gebhardt, die mit ihrem untrüglichen Gespür für Ästhetik wieder ein perfekt passendes Cover zur Geschichte gestaltet hat.

∞ meine Buchgestalterin Dorit Schneider, die mit ihrem Blick fürs Detail meinem Text einen letzten Schliff verpasst und ihn in einem wunderschönen Buchsatz Form gegeben hat.

∞ meine Testleserinnen Steffi, Anja, Laura, Silke, Stefanie, Regina, Yasmin und Anika für ihre herzlichen Rückmeldungen und ersten Leserstimmen.

∞ meine lieben Kolleginnen Sylke und Krissi für die gemeinsame Veröffentlichung des Taschenbuches im Neissuferverlag.

Und zu guter Letzt danke ich natürlich euch, meinen lieben Leserinnen und Lesern, dass ihr meine Bücher lest. Ich freu mich riesig, dass ihr mit mir auf diese Geschichtenreisen geht. Ohne euch würde es sie nicht geben!

Herzlich,
eure Frida Luise Sommerkorn

Drei Freundinnen, drei Geschichten, drei Mal Ostseeliebe

Während Stine in »Kaffeeduft und Meeresluft« kurz vor ihrer Hochzeit mit Arthur auf Ben, ihre große Liebe, trifft und sich entscheiden muss, erbt Anne in »Sanddornpunsch und Herzenswunsch« ein Haus auf dem Darß von einem wildfremden Mann, der ihre Vergangenheit plötzlich geheimnisvoll erscheinen lässt. In »Himbeerschaum und Dünentraum« kämpft Caro mit der Angst um Johannes, ihrem zukünftigen Mann, und dem Chaos um eine verhängnisvolle Nacht. Doch trotz aller Turbulenzen ist eines sicher: Mädelsabende können Wunder bewirken.

Alle Titel der Ostseeliebereihe:

Kaffeeduft und Meeresluft – ISBN: 978-3-910866-00-3

Sanddornpunsch und Herzenswunsch – ISBN: 978-3-910866-01-0

Himbeerschaum und Dünentraum:– ISBN: 978-3-910866-02-7

Wer die Romane von Frida Luise Sommerkorn kennt, der weiß, dass sie die Halbinsel Fischland-Darß-Zingst liebt. Darum ist es auch nicht verwunderlich, dass in der Ostseetraumreihe auch ihre liebgewonnenen Charaktere Stine, Anne und Caro aus der Ostseeliebereihe zu Wort kommen. Lasst euch also überraschen, wie Sontje in Teil 1 der Ostseetraumreihe wieder den Weg zurück in ihre Heimat findet, warum Opa Fiete in Teil 2 das Gestüt verkaufen will und dabei Sontjes große Liebe Flo nicht berücksichtigt und wie Stine in Teil 3 Sontje und Chloé aus der Patsche hilft und warum Anne unbewusst Ingela die große Liebe vorstellt.

Alle Titel der Ostseetraumreihe:

Tanz auf den Wellen – ISBN: 978-3-9821546-6-4

Frag nach der Liebe – ISBN: 978-3-9821546-7-1

Schau mit dem Herzen – ISBN: 978-3-910866-16-4

Das gesamte Programm des Neissuferverlages
finden Sie unter:

www.neissuferverlag.de

Stöbern Sie nach weiteren interessanten Büchern.
Lernen Sie unsere Autorinnen kennen.
Finden Sie alle Termine, Lesungen und Kurse.
Abonnieren Sie unseren Newsletter, um von Neuigkeiten,
Gewinnspielen, Aktionen, etc. zu erfahren.
Folgen Sie uns auch auf Instagram, Facebook und Youtube.
Ihr Neissuferverlag - vielSEITIGer Lesegenuss

NEISSUFER
VERLAG